孤島の鬼

江戸川乱歩

春陽堂

目次

孤島の鬼

孤島の鬼

はしがき

私はまだ三十にもならぬに、濃い髪の毛が、一本も残らずまっ白になっている。このような不思議な人間が他《ほか》にあろうか。かつて白頭宰相《はくとうさいしょう》と云われた人にも劣らぬ見事な綿帽子が若い私の頭上にかぶさっているのだ。私の身の上を知らぬ人は、私に会うと第一に私の頭に不審の目を向ける。無遠慮な人は、挨拶《あいさつ》がすむかすまぬに、先《ま》ず私の白頭についていぶかしげに質問する。これは男女にかかわらず私を悩ますところの質問であるが、そのほかにもう一つ、私の家内とごく親しい婦人だけがそっと私に聞きに来る疑問がある。少々無躾《ぶしつけ》にわたるが、それは私の妻の右側の腿《もも》の上部の所にある、恐ろしく大きな傷の痕《あと》についてである。そこには不規則な円形の、大手術の跡かと見える、むごたらしい赤あざがあるのだ。

この二つの異様の事柄は、しかし別段私達の秘密だというわけではないし、私はことさらにそれらのものの原因について語ることを拒むわけでもない。ただ、私の話を相手にわからせることが非常に面倒なのだ。それについては実に長々しい物語があるのだし、たといその煩《わずら》わしさを我慢して話をして見たところで、私の話の仕方が下手なせいもあろうけれど、聞き手は私の話を容易に信じてはくれない。たいていの人は

「まさかそんなことが」と頭から相手にしない。私が大法螺吹《おおぼらふ》きか何ぞのように云う。私の白頭と、妻の傷痕という、れっきとした証拠物があるにもかかわらず、人々は信用しない。それほど私達の経験した事柄というのは奇怪至極なものであったのだ。

私は、かつて「白髪鬼《はくはつき》」という小説を読んだことがある。それには、ある貴族が早過ぎた埋葬に会って、出るに出られぬ墓場の中で死の苦しみをなめたため、一夜にして漆黒《しっこく》の頭髪が、ことごとく白毛《しらが》と化した事が書いてあった。又、鉄製の樽《たる》の中へはいってナイヤガラの瀧へ飛込んだ男の話を聞いたことがある。その男は仕合《しあわ》せにも大した怪我《けが》もせず爆布《ばくふ》を下ることが出来たけれど、その一刹那《せつな》に、頭髪がすっかり白くなってしまった由《よし》である。およそ、人間の頭髪をまっ白にしてしまうほどの出来事は、このように、世にためしのない大恐怖か大苦痛を伴っているものだ。三十にもならぬ私のこの白頭も、人々が信用しかねるほどの異常事を私が経験した証拠にはならないだろうか。妻の傷痕にしても同じことが云える。あの傷痕を外科医に見せたならば、彼はきっと、それが何故《なにゆえ》の傷であるかを判断するに苦しむに相違ない。あんな大きな腫物《しゅもつ》のあとなんてあるはずがないし、筋肉の内部の病気にしても、これほど大きな切口を残すような藪医者は何処にもないのだ。焼けどにしては治癒のあとが違うし、生れつきのあざでもない。それはちょうどそこからもう一本足がはえていて、それを切り取ったら定めしこんな傷痕が残るであろうと思われるような、何かそんなふうな変てこな感じを与える傷口なのだ。これとてもまたなみたいていの異変で生じるものではないのである。

そんなわけで、私は、このことを逢《あ》う人毎《ごと》に聞かれるのが煩わしいばかりでなく、折角《せっかく》身の上話をしても、相手が信用してくれない歯痒《はがゆ》さもあるし、それに実を云うと私は、世人がかつて想像もしなかったような、あの奇怪事を、――私達の経験した人《じん》外境《がいきょう》を、この世にはこんな恐ろしい事実もあるのだぞと、ハッキリと人々に告げ知らせたい慾望もある。そこで、例の質問をあびせられた時には、「それについては、私の著書に詳しく書いてあります。どうかこれを読んでお疑いをはらして下さい」といって、その人の前に差出すことの出来るような、一冊の書物に、私の経験談を書き上げて見ようと思い立ったわけである。

だが何をいうにも、私には文章の素養がない。小説が好きで読む方はずいぶん読んでいるけれど、実業学校の初年級で作文を教わって以来、事務的な手紙の文章などのほかには、文章というものを書いたことがないのだ。なに、今の小説を見るのに、ただ思ったことをダラダラと書いて行けばいいらしいのだから、私にだってあのくらいの真似《まね》は出来よう。それに私のは作り話でなく、身をもって経験した事柄なのだから、一層書き易《やす》いというものだ、などと、たかをくくって、さて書き出して見たところが、なかなかそんな楽なものでないことがわかって来た。第一予想とは正反対に、物語が実際の出来事であるために、かえって非常に骨が折れる。文章に不馴《ふな》れな私は文章を駆使《くし》するのでなくて、文章に駆使されて、つい余計なことを書いてしまったり、必要なことが書けなかったりして、折角の事実が世のつまらない小説よりも一層作り話みたいになってしまう。ほんとうの事をほんとうらしく書くことさえ、どんなにむずかしいかということを今さらのように感じたのである。

物語の発端だけでも、私は二十回も、書いては破り書いては破りした。そして結局、私と木崎初代《きざきはつよ》との恋物語から始めるのが一ばん穏当だと思うようになった。実を云うと自分の恋のうち明け話を、書物にして衆人の目にさらすというのは、小説家でない私には、妙に恥かしく、苦痛でさえあるのだが、どう考えてみても、それを書かないでは、物語の筋道を失うので、初代との関係ばかりではなく、その他の同じような事実をも、はなはだしいのは、一人物との間に醸《かも》された同性恋愛的な事件までをも、恥を忍んで私は暴露《ばくろ》しなければなるまいかと思う。

際立った事件の方から云うと、この物語は二た月ばかり間を置いて起った二人の人物の変死事件——殺人事件を発端とするので、この話が世の探偵小説怪奇小説というようなものに類似していながら、その実ははなはだしく風変りであることは、全体としての事件が、まだ本筋に入らぬうちに一人は主人公（或いは副主人公）である私の恋人木崎初代が殺されてしまい、もう一人は、私の尊敬する素人探偵で、私が初代変死事件の解決を依頼した深山木幸吉《みやまぎこうきち》が、早くも殺されてしまうのである。しかも私の語ろうとする怪異談は、この二人物の変死事件を単に発端とするばかりで、本筋は、もっともっと驚嘆すべく、戦慄《せんりつ》すべき大規模な邪悪、いまだかつて何人《なんぴと》も想像しなかった罪業《ざいごう》に関する、私の経験談なのである。

素人の悲しさに、大袈裟《おおげさ》な前ぶればかりしていて、一向《いっこう》読者に迫るところがないようであるから（だが、この前ぶれが少しも誇張でないことは、後々に至って読者に合点《がってん》が行くであろう）前置きはこの位にとどめて、さて私の拙《つたな》い物語を始めることにしよう。

思い出の一夜

当時私は二十五歳の青年で、丸の内のあるビルディングにオフィスを持つ貿易商、合資会社S・K商会のクラークを勤めていた。実際は、わずかばかりの月給なぞほとんど私自身のお小遣になってしまうのだが、と云ってW実業学校を出た私を、それ以上の学校へ上げてくれるほど、私の家は豊かではなかったのだ。

二十一歳から勤め出して、私はその春で丸四年勤続したわけであった。受持ちの仕事は会計の帳簿の一部分で、朝から夕方まで、パチパチ算盤玉《そろばんだま》をはじいていればよいのであったが、実業学校なんかやったくせに、小説や絵や芝居や映画がひどく好きで、一《いっ》ぱし芸術がわかるつもりでいた私は、機械みたいなこの勤務を、ほかの店員達よりも一層いやに思っていたことは事実であった。同僚達は、夜《よ》な夜なカフェ廻りをやったり、ダンス場へ通ったり、そうでないのは暇さえあればスポーツの話ばかりしているると云った派手で勇敢で現実的な人々が大部分であったから、空想好きで内気者《うちきもの》の私には、四年もいたのだけれど、ほんとうの友達は一人もないと云ってよかった。それがひときわ私のオフィス勤めを味気《あじき》ないものにしたのだった。

ところが、その半年ばかり前からというものは、私は朝々の出勤を今迄《まで》ほどいやに思わぬようになっていた。と云うのは、その頃十八歳の木崎初代が、初めて見習タイピストとしてS・K商会の人となったからである。木崎初代は、私が生れるときから胸に描いていたような女であった。色は憂鬱《ゆううつ》な白さで、と云って不健康な感じではなく、身体《からだ》は鯨骨《くじらぼね》のようにしなやかで弾力に富み、と云ってアラビヤ馬みたいに勇壮なのではなく、女にしては高く白い額に、左右不揃いな眉《まゆ》が不可思議な魅力をたたえ、切れの長い(注1)一《ひと》かわ目に微妙な謎を宿し、高からぬ鼻と薄過ぎぬ唇が、小さい顎《あご》を持ったしまった頬《ほお》の上に浮彫《うきぼ》りされ、鼻と上唇の間が人並みよりは狭くて、その上唇が上方にややめくれ上がった形をしていると、細かに書いてしまうと、一向初代らしい感じがしないのだが、彼女は大体そのように、一般の美人の標準にはずれた、その代りには私だけには此上《このうえ》もない魅力を感じさせる種類の女性であった。

内気者の私はふと機会を失って、半年もの間、彼女と言葉をかわさず、朝、顔を見合わせても目礼さえしない間柄であった（社員の多いこのオフィスでは、仕事の共通なものや、特別に親しい者のほかは、朝の挨拶などもしないような習わしであった）。それが、どういう魔がさしたものか、ある日、私はふと彼女に声をかけたのである。後になって考えて見ると、この事が、いや私の勤めているオフィスに彼女が入社して来たことすらが、まことに不思議なめぐり合わせであった。彼女と私との間にかもされた恋のことを云うのではない。それよりも、その時彼女に声をかけたばっかりに、後に私を、この物語に記すような世にも恐ろしい出来事に導いた運命について云うのである。

その時木崎初代は、自分で結《ゆ》ったらしい、オールバックまがいの、恰好《かっこう》のいい頭を、タイプライターの上にうつむけて、藤色セル(注2)の仕事着の背中を、やや猫背にして、何か熱心にキイを叩いていた。

HIGUCHI　HIGUCHI　HIGUCHI　HIGUCHI
HIGUCHI

見ると、レターペーパーの上には、樋口《ひぐち》と読むのであろう、誰かの姓らしいものが、模様みたいにベッタリと並んでいた。

私は「木崎さん、御熱心ですね」とか何とか云うつもりであったのだ。それが内気者の常として、私はうろたえてしまって、愚かにもかなり頓狂《とんきょう》な声で、

「樋口さん」

と呼んでしまった。すると、響きに応じるように、木崎初代は私の方をふり向いて、

「なあに？」

と至極《しごく》落ちついて、だが、まるで小学生みたいなあどけない調子で答えたのである。彼女は樋口と呼ばれて少しも疑うところがないのだ。私は再びうろたえてしまった。木崎というのは私のとんでもない思い違いだったのかしら。彼女は彼女自身の姓を叩いていたに過ぎないのかしら。この疑問は少しの間私に羞恥《しゅうち》を忘れさせ、私は思わず長い言葉を喋《しゃべ》った。

「あなた、樋口さんて云うの？　僕は木崎さんだとばかり思っていた」

すると、彼女もまたハッとしたように、目のふちを薄赤くして、云うのである。

「まア、あたしうっかりして。……木崎ですのよ」

「じゃあ、樋口っていうのは？」

あなたのラヴ……と云いかけて、びっくりして口をつぐんだ。

「何んでもないのよ。……」

そして木崎初代はあわてて、レターペーパーを器械からとりはずし、片手で、もみくちゃにするのであった。

私はなぜこんなつまらない会話を記したかというに、それには理由があるのだ。この会話が私達の間にもっと深い関係を作るきっかけをなしたという意味ばかりではない。彼女が叩いていた「樋口」という姓には、又彼女が樋口と呼ばれて何の躊躇《ちゅうちょ》もなく返事をした事実には、実はこの物語の根本《こんぽん》に関する大きな意味が含まれていたからである。

この書物《かきもの》は、恋物語を書くのが主眼でもなく、そんなことで暇どるには余りに書くべき事柄が多いので、それからの、私と木崎初代との恋愛の進行については、ごくかいつまんで記すに止めるが、この偶然の会話を取りかわして以来、どちらが待ち合わせるともなく、私達はちょくちょく帰りが一緒になるようになった。そして、エレベーターの中と、ビルディングから電車の停留所までと、電車にのってから彼女は巣鴨《すがも》の方へ、私は早稲田《わせだ》の方へ、その乗換場所までの、僅《わず》かな間を、私は一日中の最も楽しい時間とするようになった。間もなく、私達はだんだん大胆になっていった。帰宅を少しおくらせて、事務所に近い日比谷《ひびや》公園に立寄り、片隅《かたすみ》のベンチに短い語らいの時間を作ることもあった。又、小川町《おがわまち》の乗換場で降りて、その辺のみすぼらしいカフエにはいり、一杯ずつお茶を命じるようなこともあった。だが、うぶな私達は、非常な勇気を出して、場末のホテルへはいって行くまでには、ほとんど半年もかかったほどであった。

私が淋《さび》しがっていたように、木崎初代も淋しがっていたのだ。お互いに勇敢なる現代人ではなかったのだ。そして、彼女の容貌《ようぼう》が私の生れた時から胸に描いていたものであったように、嬉しいことには、私の容姿もまた彼女が生れた時から恋するところのものであったのだ。変なことを云うようだけれど、容貌については、私は以前からややたのむところがあった。諸戸道雄《もろとみちお》というのは矢張《やは》りこの物語に重要な役目を演ずる一人物であって、彼は医科大学を卒業して、そこの研究室である奇妙な実験に従事している男であったが、その諸戸道雄が、彼は医学生であり、私は実業学校の生徒であった頃から、この私に対して、かなり真剣な同性の恋愛を感じているらしいのである。

彼は私の知る限りにおいて、肉体的にも、精神的にも、最も高貴《ノーブル》な感じの美青年であり、私の方では決して彼に妙な愛着を感じているわけではないけれど、彼の気むずかしい選択にかなったかと思うと少くとも私は私の外形についていささかの自信を持ちうるように感じることもあったのである。だが、私と諸戸との関係については、後にしばしば述べる機会があるであろう。

それはともかく、木崎初代との、あの場末のホテルにおいての最初の夜は、今もなお私の忘れかねるところのものであった。それはどこかのカフェで、その時私達はかけおち者のような、いやに涙っぽく、やけな気持ちになっていたのだが、私は口なれぬウィスキーをグラスに三つも重ねるし、初代も甘いカクテルを二杯ばかりもやって、二人ともまっ赤になって、やや、正気を失った形で、それ故、大した羞恥を感じることもなく、そのホテルのカウンターの前に立つことが出来たのであった。私達は巾《はば》の広いベッドを置いた、壁紙にしみのあるようないやに陰気な部屋に通された。ボーイが一隅の卓《テーブル》の上にドアの鍵と渋茶とを置いて黙って出て行った時、私達は突然非常な驚きの目を見かわした。初代は見かけの弱々しい割には、心にしっかりしたところのある娘であったが、それでも、酔いのさめた青ざめた顔をして、ワナワナと唇の色をなくしていた。

「君、怖いの？」

私は私自身の恐怖をまぎらすために、そんなことをささやいた。彼女は黙って、目をつぶるようにして見えぬほど首を左右に動かした。だがいう迄もなく彼女は怖がっているのだった。

それはまことに変てこな、気まずい場合であった。二人とも、まさかこんなふうになろうとは予期していなかった。もっとさりげなく、世の大人達のように、最初の夜を楽しむことが出来るものと信じていた。それが、その時の私達には、ベッドの上に横になる勇気さえなかったのだ。着物を脱いで肌をあらわすことなど思いも及ばなかった。一と口に言えば、私達は非常な焦慮《しょうりょ》を感じながら、すでに度々《たびたび》交していた唇をさえ交わすことなく、むろんそのほかの何事をもしないで、ベッドの上に並んで腰をかけ、気まずさをごまかすために、ぎごちなく両足をブラブラさせながら、ほとんど一時間もの間、黙っていたのである。

「ね、話しましょうよ。私なんだか小さかった時分のことが話して見たくなったのよ」

彼女が低い透き通った声でこんなことを云った時、私はすでに肉体的な激しい焦慮を通り越して、かえって妙にすがすがしい気持になっていた。

「ああ、それがいい」

私はよいところへ気がついたと云う意味で答えた。

「話して下さい。君の身の上話を」

彼女は身体を楽な姿勢にして、澄みきった細い声で彼女の幼少の頃からの不思議な思い出を物語るのであった。私はじっと耳をすまして、長い間ほとんど身動きもせずそれに聞き入っていた。彼女の声はなかばは子守歌のように、私の耳を楽しませたのである。

私は、それまでにもまたそれから以後にも、彼女の身の上話は、切れ切れに、たびたび耳にしたのであったが、この時ほど感銘《かんめい》深くそれを聞いたことはない。今でも、その折の彼女の一語一語を、まざまざと思い浮べることが出来るほどである。だが、ここには、この物語のためには、彼女の身の上話を悉《ことごと》くは記す必要がない。私はそのうちから、後にこの話に関係を生じるであろう部分だけをごく簡単に書きとめておけばよいわけである。

「いつかもお話したように、私はどこで生れた誰の子なのかもわからないのよ。今のお母さん――あなたはまだ逢わないけれど、私はそのお母さんと二人暮しで、お母さんのためにこうして働いているわけなの――そのお母さんが云うのです。初代や、お前は私達夫婦が若かった時分、大阪の川口《かわぐち》という船着場《ふなつきば》で拾って来て、たんせいをして育て上げた子なんだよ。お前は汽船待合所の薄暗い片隅に、手に小さな風呂敷包《ふろしきづつ》みを持って、めそめそと泣いていたっけ。あとで風呂敷包みをあけて見ると、中から多分お前の先祖のであろう、一冊の系図書《けいずが》きと、一枚の書きつけとが出て来て、その書きつけで初代というお前の名も、その時ちょうどお前が三つであったこともわかったのだよ。でもね、私達には子供がなかったので、神様から授かったほんとうの娘だと思って、警察の手続もすませ、立派にお前を貰《もら》って来て、私達はたんせいをこらしたのさ。だからね、お前も水臭い考えを起したりなんぞしないで、私を――お父さんも死んでしまって、一人ぼっちなんだから――ほんとうのお母さんだと思っていておくれよ、とね。でも、私それを聞いても、何だかお伽噺《とぎばなし》でも聞かせてもらっているようで、ほんとうは悲しくもなんともなかったのですけれど、それが、妙なのよ、涙が止めどもなくながれて仕様がなかったの」

彼女の育ての父親の在世《ざいせい》の頃、その系図書きをいろいろ調べて、ずいぶんほんとうの親達を尋《たず》ね出そうと骨折ったのだけれども、系図書きに破けたところがあって、ただ先祖の名前や号やおくり名が羅列《られつ》してあるばかりで、そんなものが残っているところを見れば相当の武士の家柄には相違ないのだが、その人達の属した藩《はん》なり、住居なりの記載が一つもないのでどうすることも出来なかったのである。

「三つになっていて、私馬鹿ですわねえ。両親の顔をまるで覚えていないのよ。そして、人ごみの中で置き去りにされてしまうなんて。でもね、二つだけ私、今でもこう目をつむると、闇の中へ綺麗《きれい》に浮き出して見えるほど、ハッキリ覚えていることがありますわ。その一つは、私がどこかの浜辺の芝生のような所で、暖かい日に照らされて、可愛い赤《あか》さんと遊んでいる景色なの。それは可愛い赤さんで、私は姉さまぶって、その子のお守りをしていたのかもしれませんわ。下の方には海の色がまっ青に見えていて、そのずっと向うに紫色に煙ってちょうど牛の臥《ね》た形で、どこかの陸が見えるのです。私、時々思うことがありますわ。この赤さんは私の実の弟か妹で、その子は私みたいに置き去りにされないで、今でもどこかに両親と一緒に仕合せに暮しているのではないかと。そんなことを考えると、私何だか胸をしめつけられるように、懐《なつ》かしい悲しい気持になって来ますのよ」

彼女は遠い所を見つめて、独《ひと》り言《ごと》のように云うのである。そして、もう一つの彼女の幼い時の記憶と云うのは、「岩ばかりで出来たような、小山があって、その中腹から眺めた景色なのよ。少し隔《へだた》ったところに、誰かの大きなお邸《やしき》があって、万里の長城みたいにいかめしい土塀《どべい》や、母屋《おもや》の大鳥の羽根をひろげたように見える立派な屋根や、その横手にある白い大きな土蔵なんかが、日に照らされて、クッキリと見えているの。そして、それっきりで、ほかに家らしいものは一軒もなく、そのお邸の向うの方には、やっぱり青々とした海が見えているし、その又向うには、やっぱり牛の臥たような陸地がもやにかすんで、横たわっているのよ。きっと何ですわ。私が赤さんと遊んでいたところと、同じ土地の景色なのね。私、幾度その同じ場所を夢に見たでしょう。夢の中で、ア、又あすこへ行くんだなと思って、歩いていると、きっとその岩山の所へ出るにきまっていますわ。私、日本中を隅々《すみずみ》まで残らず歩き廻って見たら、きっとこの夢の中の景色と寸分違わぬ土地があるに違いないと思いますわ。そしてその土地こそ私の懐かしい生れ故郷なのよ」

「ちょっと、ちょっと」私はその時、初代の話をとめて云った。「僕、まずいけれど、そこの君の夢に出て来る景色は、何だか絵になりそうだな。書いて見ようか」

「そう、じゃあもっと詳しく話しましょうか」

そこで私は机の上の籠《かご》に入れてあったホテルの用箋《ようせん》を取出して、備え付けのペンで、彼女が岩山から見たという海岸の景色を描いた。この即席のいたずら書きが、後に私にとってはなはだ重要な役目をつとめてくれようなどとは、むろんその時には想像もしていなかったのである。

「まあ、不思議ねえ。その通りですのよ。その通りですのよ」

初代は出来上がった私の絵を見て、喜ばしげに叫んだ。

「これ、僕貰っておいてもいいでしょう」

私は、恋人の夢を抱《いだ》く気持で、その紙を小さく畳《たた》み、上衣《うわぎ》の内ポケットにしまいながら云った。

初代は、それから又、彼女が物心ついてからの、さまざまの悲しみ喜びについて、尽きぬ思い出を語ったのである。がそれはここに記す要はない。ともかくも、私達は、そうして私達の最初の夜を、美しい夢のように過してしまったのである。むろん私達はホテルに泊りはしないで、その夜更《よふ》けに、めいめいの家に帰った。

異様なる恋

私と木崎初代との間柄は日と共に深くなっていった。それから一と月ばかりたって、同じホテルに二度目の夜を過した時から、私達の関係はさきの少年の夢のように、美しいばかりのものではなくなっていた。私は初代の家を訪ねて、彼女のやさしい養母とも話をした。そして間もなく、私も初代も、銘々の母親に、私達の意中を打明けるようにさえなった。母親達にも別段積極的な異議があるらしくなかった。だが、私達はあまりにも若かった。結婚というような事柄は、もやを隔てて遠い遠い向う岸にあった。

若い私達は、子供が指切りをするような真似をして、幼い贈り物を取かわしたものである。私は一カ月の給料をはたいて、初代の生れ月に相当する、電気石をはめた指《ゆび》環《わ》を買求めて、彼女に贈った。それを私は映画で覚えた手つきで、ある日、日比谷公園のベンチの上で、彼女の指にはめてやったのである。すると初代は子供みたいに、それを嬉しがって（貧乏な彼女の指にはまだ一つの指環さえなかったのだ）しばらく考えていたが、

「ああ、私思いついたわ」

彼女はいつも持っている、手提《てさげ》の口を開きながら、

「わかる？　私今、何をお返しにすればいいかと思って、心配していたのよ。指環なんて、私買えないでしょう。でも、いいものがあるわ。ホラ、いつかもお話した私の知らないお父さまやお母さまの、たった一つのかたみの、あの系図書きよ。私大切にして、外出する時にも、私のご先祖から離れないように、いつもこの手提に入れて持っていますのよ。でも、これ一つが私と、どっか遠い所にいらっしゃるお母さまを、

結びつけているのかと思うと、どんなことがあっても、手離す気がしないのだけれど、ほかにお贈りするものがないのですから、私の命から二番目に大切なこれを、あなたにお預けしますわ。ね、いいでしょ。つまらない反古《(注3)ほご》のようなものですけれど、あなたも大切にしてね」

そして、彼女は手提の中から、古めかしい織物の表紙のついた、薄い系図帳を取り出して、私に渡したのである。私はそれを受取って、バラバラとめくって見たが、そこには昔風な武張《ぶば》った名前が、朱線でつらねてあるばかりであった。

「そこに樋口って書いてあるでしょ。わかって。いつか私がタイプライターでいたずらして、あなたに見つかった名前。ね、私木崎っていうよりも、樋口の方がほんとうの私の名前だと思っているものですから、あの時、あなたに樋口って呼ばれて、つい返事してしまったのよ」

彼女はそんなことを云った。

「これ、つまらない反古のようですけれど、でも、いつかずいぶん高い値をつけて買いに来た人があるのよ。近所の古本屋ですの。お母さんがふと口をすべらせたのを、どっからか聞き込んで来たのでしょう。でもどんなにお金になっても、こればかりは譲れませんって、お断わりしましたの。ですから、まんざら値打のないものでもありませんわねえ」

彼女は又、そんな子供らしいことを云った。

いわば、それがお互いの婚約の贈り物であったのだ。

だが、間もなく、私達にとって少々面倒な事件が起った。それは、地位にしろ、財産にしろ、学殖《がくしょく》にしろ、私とは段違いの求婚者が、突然初代の前に現われたことであった。彼は、有力な仲人《なこうど》を介し、初代の母親に対して、猛烈な求婚運動を始めたのである。

初代がそれを母親から聞き知ったのは、私達が例の贈り物を取かわした、ちょうど翌日であったが、実はといって母親が打明けたところによると、親戚関係をたどって、求婚の仲介者が母親の所へ来始めたのは、すでに一カ月も以前からのことだというのであった。私はそれを聞いて、いうまでもなく驚いたが、だが私の驚いたのは、求婚者が私よりは数段立ちまさった人物であったことよりも、又初代の母親の心がどうやらその人物の方へ傾いているらしいことよりも、初代に対する求婚者というのが、私と妙な関係を持っている、かの諸戸道雄その人であったことである。この驚きは、他のもろもろの驚きや心痛を打消してしまったほど、ひどかったのだ。

なぜそんなに驚いたかというに、それについては、私は少しばかり恥かしい打明け話をしなければならないのであるが……。

先にもちょっと述べたように、科学者諸戸道雄は、私に対して、実に数年の長い間、ある不可思議な恋情を抱いていた。そして、私はと云うと、むろんそのような恋情を理解することは出来なかったけれど、彼の学殖なり、一種天才的な言動なり、又異様な魅力を持つ容貌なりに、決して不快を感じてはいなかった。それ故彼の行為が、ある程度を越えない限りにおいては、彼の好意を、単なる友人としての好意を、受けるに吝《やぶさ》かでなかったのである。

私は実業学校の四年生であった頃、家の都合もあったのだが、むしろ大部分は私の幼い好奇心から、同じ東京に家庭を持ちながら、私は神田《かんだ》の初音館《はつねかん》という下宿屋に泊っていたことがあって、諸戸はその同宿人として知り合ったのが最初であった。年齢は六つも違って、その時私は十七歳、諸戸は二十三歳であったが、彼の方から誘うままに、何しろ彼は大学生でしかも秀才として聞こえていたほどだから、私はむしろ尊敬に近い気持で、喜んで彼とつき合っていたわけである。

私が彼の心持を知ったのは、初対面から二カ月ばかりたった頃であったが、それは直接彼からではなく、諸戸の友人達の間の噂話《うわさばなし》からであった。「諸戸と蓑浦《みのうら》は変だ」と盛んに云いふらす者があったのだ。それ以来注意して見ると、諸戸は私に対する時に限って、その白い頬のあたりに微《かす》かな羞恥の表情を示すことに気づいた。私は当時子供であったし、私の学校にも、遊戯に近い感じでは、同じような事柄が行われていたので、諸戸の気持を想像して、独り顔を赤くするようなことがあった。それはそんなにひどく不快な感じではなかった。

彼はよく私を銭湯《せんとう》に誘ったことを思い出す。そこでは、きっと背中の流しっこをしたものであるが、彼は私の身体を石鹸のあぶくだらけにして、まるで母親が幼児に行水《ぎょうずい》でも使わせるように、丹念に洗ってくれたものである。最初の間は私はそれを単なる親切と解していたが、後には彼の気持を意識しながら、それをさせていた。それほどのことでは、別段私の自尊心を傷つけなかったからである。

散歩の時に手を引合ったり、肩を組み合うようなこともあった。それも私は意識してやっていた。時とすると、彼の指先が烈《はげ》しい情熱をもって私の指をしめつけたりするのだけれど、私は無心を粧《よそお》って、しかしやや胸をときめかしながら、彼のなすがままに任《まか》せた。と云って、決して私は彼の手を握り返すことはしなかったのである。

又、彼がそのような肉体的な事柄ではなく私に親切を尽したことは云うまでもなかった。彼は私にいろいろ贈り物をした。芝居や映画や運動競技などにも連れて行ってくれた。私の語学を見てくれた。私の試験の前などには、わが事のように骨折ったり心配したりしてくれた。そのような精神的な庇護《ひご》については、今もなお彼の好意を忘れかねるほどである。

だが私達の関係が、いつまでもその程度に止《とど》まっているはずはなかった。ある期間を過ぎると、しばらくの間、彼は私の顔さえ見れば憂鬱《ゆううつ》になってしまって、黙って溜息ばかりついているような時期が続いたが、やがて彼と知合って半年もたった頃、私達の上についに或る危機が来たのだった。

その夜、私達は下宿の飯《めし》がまずいといって、近くのレストランへ行って、一緒に食事をしたのだが、彼はなぜかやけのようになって、したたか酒をあおり、私に呑めといって聞かぬのだ。むろん私は酒なんか呑めなかったけれど、勧められるままに二三杯口にしたところが、忽《たちま》ちカッと顔が熱くなり、頭の中にブランコでもゆすっているような気持で、何かしら放縦《ほうじゅう》なものが心を占めて行くのを感じ始めた。

私達は肩を組み合い、もつれるようにして、一高《いちこう》の寮歌《りょうか》などを歌いながら、下宿に帰った。

「君の部屋へ行こう。君の部屋へ行こう」

諸戸はそう云って、私を引きずるようにして、私の部屋へはいった。そこには私の万年床が敷き放しになっていた。彼につき倒されたのであったか、私が何かにつまずいたのであったか、私はいきなり、その万年床の上に転がったのである。

諸戸は私の傍《わき》に突っ立って、じっと私の顔を見下していたが、ぶっきら棒に、

「君は美しい」

と云った。その刹那《せつな》非常に妙なことを云うようだけれど、私は女性に化して、そこに立っている、酔いのため上気はしていたけれど、それ故に一層魅力を加えたこの美貌の青年は、私の夫であるという、異様な観念が私の頭をかすめて通り過ぎたのである。

諸戸はそこに膝まずいて、だらしなく投げ出された私の右手を捉《とら》えて云った。

「あつい手だね」

私も同時に火のような相手の掌《てのひら》を感じた。

私がまっ青になって、部屋の隅に縮込《ちぢこ》んでしまった時、見る見る諸戸の眉間《みけん》に、取返しのつかぬことをしたという、後悔の表情が浮んだ。そして喉《のど》につまった声で、

「冗談だよ。冗談だよ、今のは嘘だよ。僕はそんなことはしないよ」

といった。

それからしばらくの間、私達は銘々そっぽを向いて、黙り込んでいたが、突然かた

んという音がして、諸戸は私の机の上に俯伏《うつぶ》してしまった。両腕を組合せて、じっとしている。私はそれを見て、彼は泣いているのではないかと思った。

「僕を軽蔑しないでくれ給え。君は浅間《あさま》しいと思うだろうね。僕は人種が違っているのだ。すべての意味で異人種なのだ。だが、その意味を説明することが出来ない。僕は時々一人で怖くなって慄《ふる》え上がるのだ」

やがて彼は顔を上げてこんなことを言った。しかし彼は何をそんなに怖がっているのか、私にはよく理解出来なかった。ずっと後になってある場面に遭遇するまでは。

私が想像した通り、諸戸の顔は、涙に洗われたようになっていた。

「君はわかっていてくれるだろうね。わかってさえいてくれればいいのだよ。それ以上望むのは僕の無理かも知れないのだから。だが、どうか僕から逃げないでくれ給え。僕の話相手になってくれ給え。そして僕の友情だけなりとも受入れてくれ給え。僕が独りで思っている、せめてもそれだけの自由を僕に許してくれないだろうか。ねえ、蓑浦君せめてそれだけの……」

私は強情に押黙っていた。だが、かき口説《くど》きながら、頬に流れる諸戸の涙を見ているうちに、私もまたまぶたの間に熱いものが、もり上がって来るのをどうすることも出来なくなってしまった。

私の気まぐれな下宿生活は、この事件を境にして、中止された。あながち諸戸に嫌悪を感じたのではなかったが、二人の間にかもされた妙な気まずさや、内気な私の羞恥心が、私をその下宿にいたたまれなくしたのである。

それにしても、理解し難きは諸戸道雄の心持であった。彼はその後も異様な恋情を棄《す》てなかったばかりか、それは月日がたつに従って、いよいよこまやかに、いよいよ深くなりまさるかと思われた。そして、たまたま逢う機会があれば、それとなく会話の間に、多くの場合は、世にためしなき恋文のうちに、彼の切ない思いをかき口説くのであった。しかもそれが私の二十五歳の当時まで続いていたというのは、あまりにも理解し難き彼の心持ではなかったか。たとい、私のなめらかな頬に少年のおもかげが失せなかったにもしろ、私の筋肉が世の大人達のように発達せず、婦女子の如く艶《つや》やかであったにもしろ。

そういう彼が、突如として、人もあろうに私の恋人に求婚したというのは、私にとって、はなはだしい驚きであった。私は彼に対して恋の競争者として敵意を抱く前に、むしろ一種の失望に似たものを感じないではいられなかった。

「もしや……もしや彼は、私と初代との恋を知って、私を異性に与えまいために、私を彼の心の内にいつまでも一人で保っておきたいために、みずから求婚者となって、私達の恋を妨げようと企てたのではあるまいか」
自惚《うぬぼれ》の強い私の猜疑心《さいぎしん》は、そんな途方もないことまでも想像するのであった。

怪　老　人

これは甚《はなは》だ奇妙な事柄である。一人の男がもう一人の男を愛するあまり、その男の恋人を奪おうとする。普通の人に想像も出来ないような事柄である。私は先に述べた諸戸の求婚運動を、もしや私から初代を奪わんがためではあるまいかと邪推《じゃすい》した時、私自身私の猜疑心を嗤《わら》ったくらいである。だがこの一度《ひとたび》きざした疑いは、妙に私を捉えて離さなかった。私は覚えていた。諸戸はいつか私に彼の異様な心持を、比較的詳しく打あけた折「僕は婦人には何の魅力も感じることが出来ないのだ。むしろ嫌悪を感じ、汚なくさえ思われるのだ。君にはわかるかしら。これは、単に恥かしいというだけの心持ちではないのだよ。恐ろしいのだ。僕は時々居ても立ってもいられぬほど恐ろしくなることがある」と述懐したことを覚えていた。

その生来女嫌いの諸戸道雄が、突然結婚する気になり、しかもあんなに猛烈に求婚運動を始めたというのは、まことに変ではないか。私は今「突然」という言葉を使ったが、実を云うと、その少し前までは、私は絶えず諸戸の一種異様なしかしはなはだ真剣な恋文を受取ってもいたし、ちょうど一カ月ばかり以前、諸戸に誘われて、一緒に帝国劇場を見物したことさえあった。そして、むろん、諸戸のこの観劇勧誘の動機は、私に対する愛情にあったことは申すまでもない。それはその折の彼の様子で疑う余地はないのだ。それが僅か一カ月かそこいらの間に、豹変《ひょうへん》して私を捨て（というと二人の間に何かいまわしい関係でも出来ていたようだが、決してそんなことはない）木崎初代に対して求婚運動を始めたのであるから、まったく「突然」に相違ないのである。しかも、その相手に選ばれたのが、申し合わせたように私の恋人の木崎初代であったというのは、偶然にしては多少変に感じられるではないか。

というように、だんだん説明して見ると、私の疑いもまんざら無根の猜疑ばかりではなかったことがわかるのである。だが、この諸戸道雄の奇妙な行動なり心理なりは、世の正当な人々にはちょっと会得《えとく》しにくいかも知れぬ。そして、私のつまらぬ邪推を長々と述べ立てることを非難するかも知れぬ。私のように直接諸戸の異様な言動に接していない人々にはそれももっともだ。では、私は順序を少し逆にして、後に至ってわかったことを、ここで読者に打明けてしまった方がよいかも知れぬ。つまり、この私の疑いは決して邪推ではなかったのだ。諸戸道雄は、私の想像した通り、私と初代との仲を裂く目的で、あんな大騒ぎの求婚運動を始めたのであった。

どんなに大騒ぎな求婚運動であったかというと、

「そりゃ、うるさいのよ。毎日のように世話人がお母さんを口説きに来るらしいのよ。そして、あなたのこともちゃんと知っていて、あなたの家《うち》の財産だとか、あなたの会社の月給まで、お母さんに告口《つげぐち》して、とても初代さんの夫となりお母さんを養っていけるような人柄じゃない。なんて、それはひどいことまでいうのですって。それに口惜《くや》しいのは、お母さんが向うの人の写真を見たり学歴や暮し向きなんか聞いて、すっかり乗気になっているのですわ。お母さんはいい人なんですけれど、今度ばかりは、私ほんとうにお母さんがにくらしくなった。浅間《あさま》しいわ。近頃お母さんと私はまるで敵《かたき》同士よ。物を云えば、すぐその事になって、喧嘩《けんか》なんですもの」

初代はそんなふうに訴えるのだ。彼女の口裏から、私は諸戸の運動がどんなに烈しいものだかを察することが出来た。

「あんな人のお蔭で、お母さんと私の間が、変になってしまったことは、一と月前には想像さえ出来なかったほどですわ。例えばね、お母さんたら、近頃はしょっちゅう、私の留守中に、私の机や手文庫なんかを調べるらしいの。あなたの手紙を探して、私達の間がどこまで行っているかを探るらしいのよ。私几帳面《きちょうめん》なたちですから、抽斗《ひきだし》の中でも、キチンとしておくのに、それがよく乱れていますの。ほんとうにあさましいと思うわ」

そんなことさえあったのだ。大人しい親思いの初代ではあったが、彼女はこの母親との戦いには決して負けていなかった。あくまでも意地を張り通して、母親の機嫌を損じることなどはかえりみていなかった。

だがこの思いがけぬ障碍《しょうがい》は、かえって私達の関係を一層複雑にも濃厚にもしたことであった。私は一時恐れをなした私の恋の大敵を見向きもせず、ひたすら私を慕って来る初代の真心をどんなにか感謝したであろう。ちょうどそれは晩春の頃であったが、私達は、初代が家《うち》に帰って母親と顔を合わすことを避けたがるので、会社がひけてから、長い時間、美しく燈《ともしび》のはいった大通りや若葉の匂いのむせ返る公園などを、肩を並べて歩いたものである。休日には郊外電車の駅で待合わせて、よく緑の武蔵野《むさしの》を散歩した。こう目をつむると、小川が見えて来る。土橋《どばし》が見えて来る。鎮守の森とでもいうような、高い老樹の樹立《こだち》や石垣が見えて来る。それらの景色の中を、二十五歳の子供子供した私が、派手《はで》な銘仙《めいせん》に私の好きな岩絵具《いわえのぐ》の色をした織物の帯を高く結んだ初代と、肩を並べて歩いているのだ。幼いと笑って下さるな。これが私の初恋の最も楽しい思い出なのだ。僅々《きんきん》八、九カ月の間柄ではあったが、二人はもう決して離れることの出来ない関係になっていた。私は会社の勤めも、家庭のこともすっかり忘れてしまって、ただもう桃色の雲の中に、無我夢中で漂っていたのである。私は諸戸の求婚などはもう少しも恐れなかった。初代の変心《へんしん》を気遣《きづか》う理由は少しもなかったからである。初代も今はたった一人の母親の叱責《しっせき》をさえ気にかけなかった。彼女は私以外の求婚に応ずる心は微塵《みじん》もなかったからである。

私は今でも、あの当時の夢のような楽しさを忘れることが出来ない。だが、それはほんとうに束《つか》の間《ま》であった。私達が最初口をきき合ってからちょうど九カ月目、私ははっきりと覚えている、大正十四年の六月二十五日であった。その日限り私達の関係は打断《うちた》たれてしまったのである。諸戸道雄の求婚運動が成功したのではない。当の木崎初代が死んでしまったからだ。それも普通の死に方ではなく、世にも不思議な殺人事件の被害者として無残にこの世を去ってしまったからである。

だが、木崎初代の変死事件に入るに先だって、私は少しく読者の注意をひいておきたいことがある。それは初代が、死の数日前に私に訴えたところの奇妙な事実についてである。これは後にも関係のあることだから、読者の記憶の一隅《ぐう》に留《とど》めておいてもらわねばならぬのだ。

ある日のこと、その日は会社の勤務時間中も初代は終日青ざめて、何かしらおびえているふうに見えたのだが、会社が退《ひ》けて、丸ノ内の大通りを並んで歩きながら、私がそれについて聞きただした時、初代はやっぱりうしろを振返るようにしながら、私の傍にすりよって、次のような事柄を訴えたのである。

「昨夜《ゆうべ》でもう三度目なのよ。いつもそれは私がおそく湯に行く時なんですが、あなたも知っていらっしゃる通り淋しい町でしょう、夜なんぞはもうまっ暗なのよ。何の気なしに格子戸《こうしど》を開けて表へ出ると、ちょうど私の家の格子窓の所に変なお爺さんが立止っていますの。三度とも同じことなのよ。私が格子を開けると、何だかはっとしたように、姿勢を変えて何食わぬ顔で通り過ぎてしまうけれど、でも、その瞬間まで、じっと窓の所から、家の中の様子をうかがっていたらしいそぶりですの。二度目までは、私の気のせいかも知れないと思ってましたけれど、昨夜もそれなんでしょう。決して偶然な通りすがりの人じゃありませんわ。といって御近所にあんなお爺さんは見たこともないし、私何だか悪いことの前兆のような気がして、気味がわるくて仕方がないのよ」

　私が危うく笑いそうになるのを見ると、彼女はやっきとなって続けるのだ。

「それが普通のお爺さんじゃないのよ。私あんな不気味なお爺さんて、見たことがありませんわ。年も五十や六十じゃなさそうなの。どうしたって八十以上のお爺さんよ。まるで背中の所で二つに折れたみたいに腰が曲っていて、歩くにも、杖《つえ》にすがって、鍵のように折れ曲って、首だけで向うを見て歩くのよ。だから遠くから見ると、背の高さが、普通の大人の半分くらいに見えますの。何だか気味のわるい虫が這《は》っているようなの。そして、その顔といったら皺《しわ》だらけで、目立たなくなっていますけれど、あれじゃ若い時分だって、普通の顔じゃないわ。私怖いものだから、それに暗いので、よく見なかったけれど、でも、私の家の軒燈《けんとう》の光で、チラッと口の所だけ見てしまったのよ。唇がちょうど兎《うさぎ》のように二つに割れていて、私と目を合わせた時、てれ隠しに、ニヤッと笑った口というものは、私今でも思い出すと、寒気がするようよ。あんな化物みたいな、八十以上にも見える、お爺さんが、しかも夜更けに三度も私の家の前に立止まっているなんて、変ですわ。何か悪い事の起る前兆じゃないでしょうか」

　私は初代の唇が色を失って、細かく震えているのを見た。よほど怖かったものに相違ない。私はその時無理にも、彼女の思い過しだと云って、笑って見せたことであるが、たといこの初代の見たところが真実であったとしても、それが何を意味するのか少しもわからなかったし、八十以上の腰の曲ったお爺さんに危険な企らみがあろうとも思えない。私はそれを少女の馬鹿馬鹿しい恐怖としてほとんど気にも止めなかったのである。だが、後《のち》になって、この初代の直覚《ちょっかく》が、恐ろしいほど当っていたことがわかって来たのである。

入口のない部屋

　さて、私は大正十四年六月二十五日のあの恐ろしい出来事を語らねばならぬ順序となった。

　その前日、いやその前夜七時頃までも、私は初代と語り合っていたのだった。晩春の銀座の夜を思い出す。私は滅多《めった》に銀座など歩くことはなかったのだが、その夜は、どうしたのか初代が銀座へ行って見ましょうと云い出した。初代は見立てのいい柄の、仕立卸《したておろ》しの黒っぽい単衣物《ひとえもの》を着ていた。帯はやっぱり黒地に少し銀糸をまぜた織物であった。臙脂《えんじ》色の鼻緒《はなお》の草履《ぞうり》もおろしたばかりだった。私のよく磨いた靴と彼女の草履とが足並をそろえて、ペーヴメント(注4)の上をスッスッと進んで行った。私達はその時、遠慮勝ちに新時代の青年男女の流行風俗を真似て見たのであった。ちょうど月給日だったので、私達は少しおごって、新橋のある鳥料理へ上がったものだ。そして、七時頃まで少しお酒を飲みながら、私達は楽しく語り合った。酔って来ると私は諸戸なんか、今に御覧なさい私だって、というような気焔《きえん》を上げた。そして、今頃諸戸はきっとくしゃみをしているでしょうね、といって思い上がった笑い方をしたのを覚えている。ああ、私は何という愚かものであったのだろう。

私はその翌朝、昨夜別れる時、初代が残して行った、私のすきでたまらない彼女の笑顔と、ある懐かしい言葉とを思い出しながら、春のようにうららかな気持で、S・K商会のドアを開けた。そして、いつもするように、先ず第一に初代の席を眺めた。毎朝どちらが先に出勤するかというようなことさえ、私達の楽しい話題の一つになるのであったから。

だが、もう出勤時間が少し過ぎていたのに、そこには初代の姿はなく、タイプライターの覆《おお》いもとれてはいなかった。変だなと思って、自分の席の方へ行こうとすると、突然横合いから興奮した声で呼びかけられた。

「蓑浦君、大変だよ。びっくりしちゃいけないよ。木崎さんが殺されたんだって」

それは人事を扱っている庶務主任のK氏だった。

「今しがた、警察の方から知らせがあったんだ。僕はこれから見舞に行こうと思うんだが、君も一緒に行くかい」

K氏は幾分《いくぶん》は好意的に、幾分はひやかし気味に云った。私達の関係はほとんど社内に知れ渡っていたのだから。

「ええ、一緒に参りましょう」

私は何も考えることが出来なくて、機械的に答えた。私はちょっと同僚に断わって、K氏と同道して、自動車に乗った。

「どこで、誰に殺されたのですか」

車が走り出してから、私は乾いた唇で、かすれた声で、やっとそれを尋ねることが出来た。

「家《うち》でだよ。君は行ったことがあるんだろう。下手人《げしゅにん》はまるでわからないと云うことだよ。とんだ目に遭ったものだね」

好人物のK氏は他人事《ひとごと》ではないという調子で答えた。

痛さが余り烈しい時には、人はすぐ泣き出さず、かえって妙な笑顔《わらいがお》をするものだが、悲しみの場合も同じことで、それがあまりひどい時は、涙を忘れ、悲しいと感じる力さえ失ったようになるものである。そして、やっとしてから、よほど日数がたってから、ほんとうの悲しさというものがわかって来るのだ。私の場合もちょうどそれで、私は自動車の上でも、先方について初代の死体を見た時でさえも、何だか他人のことのようで、ボンヤリと普通の見舞客みたいに振舞っていたことを記憶している。

初代の家は巣鴨宮仲《すがもみやなか》の表通りとも裏通りとも判別のつかぬ、小規模な商家(注5)い、いた家《や》とが軒を並べているような、細い町にあった。彼女の家と隣りの古道具屋とだけが平屋建てで、屋根が低くなっているので、遠くから目印になった。初代はこの三間《みま》か四間《よま》の小さな家に彼女の養母とたった二人で住んでいたのである。

私達がそこに着いた時には、もう死体の調べなども済んで、警察の人達が附近の住人達を取調べているところだった。初代の家の格子戸の前には、一人の制服の巡査《じゅんさ》が、門番みたいに立ちはだかっていたが、K氏と私とは、S・K商会の名刺を見せて、中へはいって行った。

六畳の奥の間に、初代はもう仏《ほとけ》になって横たわっていた。全身に白い布がおおわれ、その前に白布《はくふ》をかけた机をすえて、小さな蠟燭《ろうそく》と線香が立ててあった。一度逢ったことのある小柄な彼女の母親が、仏の枕元に泣き伏していた。その側に彼女の亡夫の弟だという人が、憮然《ぶぜん》として坐っていた。私はK氏の次に母親に悔みを述べて、机の前で一礼すると、仏の側へ寄ってそっと白布をまくり初代の顔を覗《のぞ》いた。心臓を一とえぐりにやられたということであったが、顔には苦悶《くもん》の跡もなく、微笑しているのかと思われるほど、なごやかな表情をしていた。生前から赤みの少い顔であったが、それが白蠟《はくろう》のように白《しら》けてじっと目をふさいでいた。胸の傷痕には、ちょうど彼女が生前帯をしめていた恰好で、厚ぼったく繃帯《ほうたい》が巻いてあった。それを見ながら、私は、今からたった十三四時間前に、新橋の鳥屋で差向いに坐って笑い興じていた初代を思い出した。すると、内臓の病気ではないかと思ったほど、胸の奥がギュウと引締められるような気がした。その刹那《せつな》、ポタポタと音を立てて、仏の枕元の畳の上に、続けざまに私は涙をこぼしたのであった。

いや、私はあまりに帰らぬ思い出に耽《ふけ》り過ぎたようである。こんな泣き言を並べるのがこの書物の目的ではなかったのだ。読者よ、どうか私の愚痴《ぐち》を許して下さい。

K氏と私とは、その現場《げんじょう》でも、また後日役所に呼び出されさえして、いろいろと初代の日常に関して取調べを受けたのであるが、それによって得た知識、又初代の母親や近所の人達から聞き知ったところなどを綜合《そうごう》すると、この悲しむべき殺人事件の経過は、大体次のようなものであったことがわかった。

初代の母親は、その前夜、やっぱり娘の縁談のことについて相談するために、品川の方にいる彼女の亡夫の弟の所へ出向いて、遠方の事ゆえ、帰宅したのはもう一時を過ぎていた。戸締りをして、起きて来た娘としばらく話をして、彼女の寝室に定めてある方の、玄関ともいうべき四畳半へ臥《ふ》せった。ここでちょっとこの家の間取りを説明しておくと、今云った玄関の四畳半の奥に六畳の茶の間があり、それが横に長い六畳で、そこから奥の六畳と三畳の台所と両方へ行けるようになっている。奥の間の六畳というのは、客座敷と初代の居間との兼用になっていて、初代は勤めに出て家計を助けているので、主人格として一ばん上等の部屋を当てがわれていたのである。玄関の四畳半は南に面していて、冬は日当りがよく、夏は涼しく、明るくて気持がよいというので、母親が居間のようにして、そこで針仕事などすることになっていた。中の茶の間は広いけれど、障子《しょうじ》ひと重で台所だし、光線がはいらず、陰気でじめじめしているので、母親はそこを嫌って寝室にも玄関を選んだわけであった。何故私はこんなにこまごまと間取りを説明したかというに、実はこの部屋の関係が初代変死事件をあれほど面倒なものにした、一つめの素因をなしていたからである。事のついでにもう一つ、この事件を困難にした事情を述べておくが、初代の母親は少し耳が遠くなっていた。それにその夜は夜更《よふ》かしをした上にちょっと興奮するような出来事もあったので、寝つきがわるかった代りには、わずかの間であったが、ぐっすりと熟睡してしまって、朝六時頃に目を覚ましたまでは何事も知らず、少々の物音には気のつかぬ状態であった。

母親は六時に目を覚ますと、いつもするように、戸をあける前に、台所へ行って、仕かけておいた竈《かまど》の下をたきつけて、少し気掛りなことがあったものだから、茶の間の襖《ふすま》をあけて、初代の寝間をのぞいて見たのだが、雨戸の隙間からの光と、まだ、つけたままの机の上の置《お》き電燈の光によって、一と目でその場の様子がわかった。布団《ふとん》がまくれて、仰臥《ぎょうが》した初代の胸がまっ赤に染まり、そこに小さな白鞘《しらさや》の短刀がつっ立ったままになっていた。格闘の跡もなく、さしたる苦悶の表情もなく、初代はちょっと暑いので、布団から乗出したという恰好で静かに死んでいた。曲者《くせもの》の手練《しゅれん》が、たった一と突きで心臓をえぐったので、ほとんど苦痛を訴える隙もなかったのであろう。

母親はあまりの驚きに、そこにペッタリ坐ったまま「どなたか来て下さいよ」と連呼した。耳が遠いのでふだんから大声であったが、それが思いきり叫んだのであるから、たちまち壁ひと重の隣家を驚かせた。それから大騒ぎになって、ちょっとの間に近所の人達が五六人集まって来たが、はいろうにも、戸締りをしたままなので、家の中へはいることが出来ない。人々は「お婆さんここを開けなさい」と叫んでドンドン入口の戸を叩いた。もどかしがって裏へ廻る者もあったが、そこも締りのままで開くことが出来ない。でもしばらくすると、母親が気が顚倒《てんどう》していたのでという意味の詫《わび》言《ごと》をして、締りをはずしたので、人々はやっと屋内に入り、恐ろしい殺人事件が起ったことを知ったのである。それから警察に知らせるやら、母親の亡夫の弟の所へ使《つかい》を走らせるやら、大騒ぎになったが、もうその頃は町内じゅう総出の有様で、隣家の古道具やの店先などは、そこの老主人の言葉を借りると「葬式なんかの折の休憩所」といった観を呈していた。町内が狭いところへ、どの家からも、二三人の人が門口へ出ているので、ひとしお騒ぎが大きく見えた。

兇行のあったのは、後に警察医の検診によって、午前の三時頃ということがわかったが、兇行の理由と見なすべき事柄は、やや曖昧《あいまい》にしかわからなかった。初代の居間は、大して取乱したようすもなく、箪笥《たんす》なんかにも異状はなかったが、だんだん調べて行くと、初代の母親は二つの品物の紛失していることに気づいた。其の一つは初代がいつも持っていた手提袋で、その中にはちょうど貰ったばかりの月給がはいっていた。その前夜少しごたごたしたことがあったので、それを袋から出す隙もなく、初代の机の上に置いたままになっていたはずだと母親はいうのだ。

これだけの事実によって判断すると、この事件は何者かが、多分夜盗のたぐいであったに相違ないが、初代の居間に忍び込んで、あらかじめ目星をつけおいた月給入の手提袋を盗み去ろうとした時、初代が目を覚まして声を立てるか何かしたので、うろたえた賊が所持の短刀で初代を刺し、そのまま手提袋を持って逃亡したというふうに、想像することが出来た。母親がその騒ぎに気づかなんだのは少々変であるが、前にも述べた通り初代の寝間と母親の寝間とが離れていたこと、母親は耳が遠い上に、その夜は殊に疲れて熟睡していたことなどを考えると、無理もないことであった。それは又、初代が大声で叫び立てる隙を与えず、咄嗟《とっさ》の間に賊が彼女の急所を刺したためだと考えることが出来た。

読者は、私がそんな平凡な月給泥棒の話を、なぜ細々と記しているのかと、定めし不審に思われるでありましょう。なるほど以上の事実はまことに平凡である。だが事件全体は決して平凡ではなかった。実をいうと、その平凡でない部分を、私はまだ少しも、読者に告げていないのである。物には順序があるからだ。

では、その平凡でない部分とは何であるかと云うに、先ず第一は月給泥棒が、なぜチョコレートの罐《かん》を一緒に盗んでいったかということである。母親が発見した二つの紛失物の内の一つが、そのチョコレートの罐であったのだ。チョコレートと聞いて私は思い出した。その前夜私達が銀座を散歩した時、私は初代がチョコレートを好きなことを知っていたものだから、彼女と一緒に一軒の菓子屋にはいって、ガラス箱の中に光っていた美しい宝石のような模様の罐に入ったのを買ってやったのである。丸く平べったい掌ぐらいの小罐であったが、非常に綺麗に装飾がしてあって、私は中味よりも罐が気に入って、それを選んだほどであった。初代の死体の枕元に、銀紙が散らばっていたというのだから、彼女は昨夜、寝ながら、その幾《いく》つかをたべたものに相違ない。人を殺した賊が、危急の場合、何の余裕があって、又何の物好きから、そんな下らない、お金にして一円足らずのお菓子などを、持って行ったのであろうか。母親の思い違いではないか、どっかにしまい込んであるのではないかと、いろいろ調べて見たが、その綺麗な罐は何処からも出て来なかった。だが、チョコレートの罐ぐらいは、なくなろうとどうしようと、大した問題ではなかった。この殺人事件の不思議さは、もっともっとほかの部分にあったのである。

一体、この賊は、どこから忍び入り、どこから逃げ出したのであろう。先ず、この家には普通に人の出入りする箇所が三つあった。第一は表の格子戸、第二は裏の二枚障子になった勝手口、第三は初代の部屋の縁側《えんがわ》である。そのほかは、壁と厳重にとりつけた格子窓ばかりだ。この三つの出入口は、前夜充分に戸締りがしてあった。縁側の戸にも一枚一枚(注6)、クルルがついていて、中途からはずすことは出来ない。つまり泥棒は普通の出入口からはいることは絶対不可能だったのである。それは母親の証言ばかりでなく、最初叫び声を聞きつけて現場にはいった近隣の五六人の人達が充分認めていた、と云うのはその朝彼等が初代の家にはいろうとして、戸を叩いた時、すでに読者にもわかっている通り、表口も裏口も、中から錠がおろしてあって、どうしても開けることが出来なかったからである。又初代の部屋にはいって、光線を入れるために、三人でそこの縁側の雨戸をくった時にも、雨戸には完全に締りがしてあったのだ。とすると、賊はこの三つの出入口のほかから忍び込み又逃げ去ったものと考えるほかないのだが、そんな箇所がどこにあったのであろうか。

先ず最初に気がつくのは、縁の下であるが、縁の下と云っても、外に現われている部分は、この家には二カ所しかない。玄関の靴脱ぎの所と、初代の部屋の縁側の内庭に面した部分である。だが、玄関の方は完全に厚い板が張りつけてあるし、縁側の方は犬猫の侵入を防ぐために、一面金網張りになっている。そして、そのいずれにも、最近取りはずしたような形跡はなかったのである。

少し汚ない話をするようだが、便所の掃除口はどうかというに、その便所は初代の部屋の縁側の所にあったのだが、掃除口は昔風の大きなものでなく、近い頃用心深い家主がつけ換えたという話であったが、やっと五寸角ぐらいの小さなものであった。これも疑う余地はないのだ。又、台所の屋根についている明りとりにも異状はなかった。それの締りをする細引(注7)きはちゃんと折釘《おれくぎ》(注8)に結びつけたままになっていた。そのほか、縁側の外の内庭のしめった地面にも、足跡などは見当らず、一人の刑事が天井板の取りはずしの出来る部分から、上に昇って調べて見たが、厚く積ったほこりの上には何の痕跡も発見することは出来なかった。とすると、賊は壁を破るか、表の窓の格子をとりはずして、出入りするほかには、全く方法がないのである。云うまでもなく、壁は完全だし、格子は厳重に釘づけになっていた。

更《さ》らにこの盗賊は、彼の出入りの跡を留めなかったばかりでなく、屋内にも、何等の証拠物を残していないのであった。兇器の白鞘の短刀は、子供のおもちゃにも等しいもので、どこの金物屋にも売っているような品であったし、その鞘にも、初代の机の上にも、その他調べ得た限りの場所に、一つの指紋さえ残っていなかった。むろん遺留品はなかった。妙な云い方をすれば、これは、はいらなかった泥棒が、人を殺し、物を盗んだのである。殺人と窃盗《せっとう》ばかりがあって、殺人者、窃盗者は影も形もないのである。

ポーの「モルグ街の殺人事件」やルルウの「黄色の部屋」などで、私はこれと似たような事件を読んだことがある。共に内部から密閉された部屋での殺人事件なのだ。だが、そういうことは外国のような建物でなければ起らぬもの、日本流のヤワな板と紙との建築では起らぬものと信じていた。それが今、そうばかりともいえぬことがわかって来たのだ。たといヤワな板にもしろ、破ったり取りはずしたりすれば跡が残る。だから、探偵という立場から云えば、四分板も一尺のコンクリート壁も何の変りがないのである。

だが、ここで、ある読者は一つの疑問を提出されるかも知れない。「ポーやルルウの小説では密閉された部屋の中に被害者だけがいたのである。それ故《ゆえ》まことに不思議であったのだ。ところが君の場合では、君が一人で、この事件をさも物々しく吹聴《ふいちょう》しているに過ぎないではないか。たとい家は君のいうように密閉されていたにもしろ、その中には、被害者ばかりではなくて、もう一人の人物がちゃんといたのではないか」と。まことに左様である。当時、検事や警察の人々も、その通りに考えたのであった。

賊の出入りした痕跡が絶無だとすると、初代に近づき得た唯一の人は彼女の母親であった。盗まれた二た品《しな》というのも、ひょっとしたら彼女の欺瞞《ぎまん》であるかも知れない。小さな二た品を人知れず処分するのはさして面倒なことではない。第一おかしいのは、たとい一と間《ま》隔たっていたとは云え、耳が少しくらい遠かったとは云え、目ざといはずの老人が、人一人殺される騒ぎを、気づかなんだという点である。この事件の係りの検事は、定めしそんなふうに、考えたことであろう。

そのほか、検事はいろいろな事実を知っていた。彼女らがほんとうの親子でなかったこと、最近は結婚問題で、絶えず争いのあったこと。

ちょうど殺人のあった夜も、母親は亡夫の弟の力を借りるために彼を訪問したのだし、帰ってから二人の間に烈しいいさかいがあったらしいことも、隣家の古道具屋の老主人の証言で明かになっている。私が陳述したところの、母親が初代の留守中に、彼女の机や手文庫をソッと調べていたなどということも、かなり悪い心証を与えた様子であった。

可哀そうな初代の母親は、初代の葬儀の翌日、遂にその筋の呼出しを受けたのである。

恋人の灰

私はそれから二三日会社を休んでしまって、母親や兄夫婦に心配をかけたほど、一と間にとじこもったきりであった。たった一度、初代の葬儀に列したほかには一歩も家を出なかった。

一日二日とたつに従って、ハッキリとほんとうの悲しさがわかって来た。初代とのつき合いは、たった九カ月でしかなかったけれど、恋の深さ烈しさは、そんな月日できまるものではない。私はこの三十年の生涯にそれはいろいろの悲しみも味わって来たけれど、初代を失った時ほどの、深い悲しみは一度もない。私は十九の年に父親を、その翌年に一人の妹を失くしたが、生来柔弱《にゅうじゃく》な質《たち》の私は、その時もずいぶん悲しんだけれど、でも、初代の場合とは比べものにならぬ。恋は妙なものだ。世にたぐいなき喜びを与えてもくれる代りには、又人の世の一ばん大きな悲しみを伴なって来る場合もあるのだ。私は幸か不幸か失恋の悲しみというものを知らぬのだが、どのような失恋であろうとも、それはまだ耐えることが出来るであろう。失恋という間は、まだ相手は他人なのだ。だが私の場合は、双方から深く恋し合って、あらゆる障碍《しょうがい》を物ともせず、そうだ、私のよく形容するようにどことも知れぬ天上の、桃色の雲に包まれて、身も魂も溶け合って、全く一つのものになりきってしまっていた。どんな肉親もこうまで一つになりきれるものではないと思うほど、初代こそは、一生涯に、たった一度巡り合った私の半身であったのだ。その初代がいなくなってしまった。病死なればまだしも看病する隙《ひま》もあったであろうに、私と機嫌よく別れてから、たった十時間余りの後に、彼女はもう物云わぬ悲しい蠟人形となって、私の前に横たわっていたのだ。しかも、無残に殺されて、どこの誰ともわからぬ奴に、あの可憐な心臓をむごたらしく抉《えぐ》られて。

私は彼女の数々の手紙を読み返しては泣き、彼女から贈られた彼女のほんとうの先祖の系図帳を開いては泣き、大切に保存してあった、いつかホテルで描いた彼女の夢に出て来るという浜辺の景色を眺めては泣いた。誰に物を云うのもいやだった。誰の姿を見るのもいやだった。私はただ、狭い書斎にとじこもって、目をつむって、今はこの世にない初代とだけ逢っていたかった。心の中で、彼女とだけ話がしていたかった。

彼女の葬式の翌朝、私はふとあることを思いついて、外出の用意をした。嫂《あによめ》が「会社へいらっしゃるの」と聞いたけれど、返事もしないで外に出た。むろん会社へ出るためではなかった。初代の母親を慰問するためでもなかった。私はちょうどその朝は、なき初代の骨上《こつあ》げが行われることを知っていた。ああ、私はかつての恋人の悲しき灰を見るために、いまわしい場所を訪れたのである。

私はちょうど間に合って、初代の母親や親戚の人達が、長い箸を手にして、骨上げの儀式を行っているところへ行合《ゆきあ》わした。私は母親にその場にそぐわぬ悔みを述べて、ボンヤリ竈《かまど》の前に立っていた。そんな際誰も私の無躾《ぶしつけ》をとがめる者はなかった。(注9)隠亡《おんぼう》が金火箸《かなひばし》で乱暴に灰の塊《かたまり》をたたき割るのを見た。そして彼はまるで冶金家《やきんか》が坩堝《るつぼ》の金《かな》糞《くそ》の中から何かの金属でも探し出すように、無造作に、死人の歯を探し出して、別の小さな容器に入れていた。私は、私の恋人が、そうして、まるで「物」のように取扱われるのを、ほとんど肉体的な痛みをさえ感じて、眺めていた。だが、来なければよかったなどとは思わなかった。私には最初から、ある幼い目的があったのだから。

私はある機会に、人々の目をかすめて、その鉄板の上から、一と握りの灰を、無残に変った私の恋人の一部分を盗みとったのである（ああ、私はあまりに恥かしいことを書き出してしまった）。そして、その付近の広い野原へ逃れて、私は、気違いみたいに、あらゆる愛情の言葉をわめきながら、それを、その灰を、私の恋人を、胃の腑《ふ》の中に入れてしまったのであった。

　私は草の上に倒れて、異常なる興奮にもがき苦しんだ。

「死にたい、死にたい」とわめきながら、転げまわった。長い間、私は、そこにそうして横たわっていた。だが私は、恥かしいけれど死ぬほど強くはなかった。或いは、死んで恋人と一体になるというような、古風な気持ちにはなれなかった。その代りに、私は死の次に強く、死の次に古風な、一つの決心をしたのである。

　私は、私から大切《だいじ》な恋人を奪った奴を憎んだ。初代の冥福《めいふく》のためにというよりは、私自身のために恨んだ。腹の底からそいつの存在を呪った。私は検事が如何《いか》に疑おうと、警察官が何と判断しようと、初代の母親が下手人だとはどうしても信じられなかった。だが、初代が殺された以上、たとい賊の出入りした形跡が絶無であろうとも、そこには下手人が存在しなければならぬ。何者だかわからぬもどかしさが一層私の憎しみをあおった。私は、その野原に仰臥《ぎょうが》して、晴れた空にギラギラと輝いていた太陽を、目のくらむほど見つめながら、それを誓った。

「俺はどうしたって、下手人を見つけ出してやる。そして俺達の恨みをはらしてやる」

私が陰気な内気者であったことは、読者も知る通りであるが、その私が、どうしてそのような強い決心をすることが出来たのであるか、又その後のあらゆる危険に突き進んで行った、あの私に似げなき勇気を獲得することが出来たのであるか、私は顧みて不思議に思うほどであるが、それはすべて亡《ほろ》びた恋のさせるところであったろう。恋こそ奇妙なものである。それは時には人を喜びの頂天に持ち上げ、時には悲しみのどん底につきおとし、又時には、人に比類《ひるい》なき強力を授けさえするのだ。

やがて、興奮から醒めた私は、やっぱり同じ場所に横たわったまま、やや冷静に、これから私のなすべきことを考えた。そして、さまざまに考え巡らすうちに、ふと或る人のことを思い出した。その名は読者もすでに知っている。私が素人探偵と名づけたところの、深山木幸吉《みやまぎこうきち》のことである。警察は警察でやるがいい。私は私自身で犯人を探し出さないでは承知出来ぬのだ。「探偵」という言葉はいやだけれど、私は甘んじて「探偵」をやろうと決心した。それについては、私の奇妙な友人の深山木幸吉ほど、適当な相談相手はないのである。私は立上がると、その足で付近の省線《しょうせん》(注10)電車の駅へと急いだ。鎌倉《かまくら》の海岸近くに住む深山木の家を訪ねるためであった。

読者諸君、私は若かった。私は恋を奪われた恨みに我れを忘れた。前途にどれほどの困難があり、危険があり、この世のほかの活地獄《いきじごく》が横たわっているかを、まるで想像もしていなかった。そのうちのたった一つをすら、予知することが出来たなら、私のこの向う見ずな決心が、やがて私の尊敬すべき友人深山木幸吉の生命をさえ奪うものであることを、予知し得たならば、私は或いは、あのような恐ろしい復讐の誓いをしなかったかも知れないのだ。だが、私はその時、何のそのような顧慮《こりょ》もなく、成否はともかくも、一つの目的を定め得たことが、やや私の気分をすがすがしくしたのであったか、足並も勇ましく、初夏の郊外を、電車の駅へと急いだのである。

奇妙な友人

私は内気者で、同年輩の華やかな青年達には、あまり親しい友達を持たなかった代りに、年長のしかも少々風変りな友達にめぐまれていた。諸戸道雄もその一人に相違なかったし、これから読者に紹介しようとする深山木幸吉などは、中でも風変りな友達であった。そして、私のまわり気かも知れぬけれど、年長の友達はほとんどすべて、深山木幸吉とても例外ではなく、多かれ少かれ、私の容貌に一種の興味を持つように思われた。たといいやな意味ではなくとも、何かしら私の身内に彼等を引きつける力があるらしく見えた。そうでなくて、あのようにそれぞれ一方《ひとかた》の才能に恵まれた年長者達が、青二才の私などに構ってくれるはずはなかったのだ。

それはともかく、深山木幸吉というのは、私の勤め先の年長の友人の紹介で知合いになった間柄であったが、当時四十歳を大分過ぎていたにもかかわらず、妻もなく子もなく、そのほかの血縁らしいものは私の知る限り一人もなく、ほんとうの独り者であった。独り者といっても諸戸のように女嫌いというわけではなく、これまでにずいぶんいろいろな女と夫婦みたいな関係を結んだらしく、私の知るようになってからでも、二三度そういう女を換えているのだが、いつも長続きがしないで、しばらく間を置いて訪ねて見ると、いつの間にか女がいなくなっている、といった調子であった。「俺のは刹那的一夫一婦主義だ」といっていたが、つまり極端に惚れっぽく、飽きっぽいたちなのである。誰しも感じたり言ったりはするけれど、それを彼のように傍若無人《ぼうじゃくぶじん》に実行したものは少いであろう。こういう所にも彼の面目《めんもく》が現われていた。

彼は一種の雑学者で、何を質問しても知らぬといったことがなかった。別に収入の道はなさそうであったが、幾らか貯《たくわ》えがあると見え、稼《かせ》ぐということをしないで、本を読む間々《あいだあいだ》には、世間の隅々に隠れている、様々な秘密をかぎ出して来るのを道楽にしていた。中にも犯罪事件は彼の大好物であって、有名な犯罪事件で、彼の首を突っ込まぬはなく、時々は其の筋の専門家に有益な助言を与えるようなこともあった。

独り者の上に彼の道楽がそんなふうであったから、どこへ行くのか、三日も四日も家を空《あ》けているようなことが、ちょくちょくあって、うまく彼の在宅の折に行合わせるのはなかなかむずかしいのだ。その日も又留守を食うのではないかと心配しながら歩いていると、幸いなことには彼の家の半丁も手前から、もう彼の在宅であることがわかった。というのは、可愛らしい子供等の声にまじって、深山木幸吉の聞き覚えのある胴間声《どうまごえ》が、変な調子で当時の流行歌を歌っていたからである。

近づくと、チャチな青塗り木造の西洋館の玄関をあけっ放しにして、そこの石段に四五人の腕白《わんぱく》小僧が腰をかけ、一段高いドアの敷居の所に深山木幸吉があぐらをかき、みんなが同じように首を左右に振りながら、大きな口をあいて、

「どこから私ゃ来たのやら
　いつまたどこへ帰るやら」

とやっていたのである。彼は自分に子供がないせいか、非常な子供好きで、よく近所の子供を集めては、餓鬼《がき》大将となって遊んでいた。妙なことは、子供らもまた、彼らの親達とは反対に、近所ではつまはじきのこの奇人のおじさんになついていたのである。

「さあ、お客さんだ。美しいお客さまがいらしった。君達又遊ぼうね」

私の顔を見ると、深山木は敏感に私の表情を読んだらしく、いつものように一緒に遊ぼうなどとは云わないで、子供らを帰し、私を彼の居間に導くのであった。

西洋館といっても、アトリエか何かのお古と見えて、広間のほかに小さな玄関と台所のようなものがついているきりで、その広間が、彼の書斎、居間、寝室、食堂を兼ねていたのだが、そこにはまるで古本屋の引越しみたいに、書物の山々が築かれ、その間に古ぼけた木製のベッドや、食卓や、雑多の食器や、罐詰や、蕎麦屋《そばや》の岡持《おかもち》などが、滅茶苦茶《めちゃくちゃ》に放り出してあった。

「椅子がこわれてしまって、一つきゃない。まあ、それにかけて下さい」

といって、彼自身は、ベッドの薄よごれたシーツの上にドッカとあぐらをかいたものである。

「用事でしょう。何か用事を持って来たんでしょう」

彼は乱れた長い頭髪を、指でうしろへかきながら、ちょっとはにかんだ表情をした。彼は私に会うと、きっと一度はこんな表情をするのだ。

「ええ、あなたの智恵《ちえ》をお借りしたいと思って」

私は、相手の西洋乞食みたいな、カラーもネクタイもない皺くちゃの洋装を見ながらいった。

「恋、ね、そうでしょう。恋をしている目だ。それに、近頃とんと僕の方へは御無沙汰だからね」

「恋、ええ、まあ、……その人が死んじまったんです。殺されちまったんです」

私は甘えるようにいった。いってしまうと、どうしたことか止めどもなく涙がこぼれた。私は目の所へ腕を当てて、ほんとうに泣いてしまったのだ。深山木はベッドから降りて来て、私の側に立って、子供をあやすように、私の背中を叩きながら、何かいっていた。悲しみのほかに、不思議に甘い感触があった。私のそうした態度が、相手をワクワクさせていることを、私は心の隅で自覚していた。

深山木幸吉は実に巧みな聞き手であった。私は順序を立てて話をする必要はなかった。一語一語、彼の問うに従って答えて行けばよいのであった。結局私は何もかも、木崎初代と口を利き初《はじ》めたところから、彼女の変死までのあらゆることを喋ってしまった。深山木が見せよと云うものだから、例の初代の夢に出て来る海岸の見取図も、彼女から預かった系図帳さえも、ちょうど内ポケットに持っていたので、取出して彼に見せた。彼はそれらを、長い間見ていたようであったが、私は涙を隠すために、あらぬ方を向いていたので、その時の彼の表情などには、少しも気づかなかった。

私はいうだけいってしまうと、黙り込んでしまった。深山木も異様に押黙っていた。

私はうなだれていたのだが、余り長いあいだ相手が黙っているので、ふと彼の方を見上げると、彼は妙に青ざめた顔をして、じっと空間を見つめていた。

「僕の気持をわかって下さるでしょう。僕はまじめに敵討《かたきうち》を考えているのです。せめて下手人を僕の手で探し出さないでは、どうにも我慢が出来ないんです」

私が相手を促《うなが》すようにいっても、彼は表情も変えず、黙り込んでいた。何かしら妙なものがあった。日頃の東洋豪傑《ごうけつ》風な、無造作な彼が、こんな深い感動を示すというのは、ひどく意外に思われた。

「僕の想像が誤《あや》まりでなけりゃ、これは君が考えているよりは、つまり表面に現われた感じよりはずっと大袈裟な、恐ろしい事件かも知れないよ」

やっとしてから、深山木は考え考え、厳粛な調子でいった。

「人殺しよりもですか」

私はどうして彼がそんなことを口走ったのか、まるで判断もつかず、漫然《まんぜん》と聞き返した。

「人殺しの種類がだよ」

深山木はやっぱり考え考え、陰気に答えた。

「手提がなくなったからと云って、ただの泥棒の仕業《しわざ》でないことは、君にもわかっているだろう。かと云って単なる痴情《ちじょう》の殺人にしては、余り考え過ぎている。この事件の蔭には、非常にかしこい、熟練な、しかも、残忍酷薄《ざんにんこくはく》な奴が隠れている。並々の手際《てぎわ》ではないよ」

彼はそういって、ちょっと言葉を切ったが、なぜか、少し色のあせた唇が、興奮のためにワナワナ震えていた。私は彼のこんな表情を見るのは初めてだった。彼の恐怖が伝わって、私も妙にうしろを顧りみられるような気がし始めた。だが、愚かな私は、彼がその時、私以上に何事を悟っていたか、何がかくも彼を興奮させたか、その辺のことには、まるで気がつかなかった。

「心臓のまん中をたった一と突きで殺しているといったね。泥棒が見とがめられたための仕業にしては、手際がよすぎる。ただ一と突きで人間を殺すなんて、何でもないようだが、余程の手練《しゅれん》がなくては出来るものではないのだよ。それに出入りした跡の全くないこと、指紋の残っていないこと、何とすばらしい手際だ」彼は讃歎《さんたん》するようにいった。「だが、そんなことよりも、もっと恐ろしいのは、チョコレートの罐のなくなっていたことだ。なぜそんなものが紛失したのだか、はっきり見当がつかぬけれど、何だかただ事でない感じがするんだ。そこにゾーッとするようなものがあるんだ。それに初代の三晩も見たというよぼよぼの老人……」

彼は言葉尻をにごして、黙ってしまった。

私達はてんでの考えに耽《ふけ》って、じっと目を見合わせていた。窓の外には、昼過ぎたばかりの日光がギラギラ輝いていたが、室《しつ》の中は、妙にうそ寒い感じだった。

「あなたも、初代の母親には疑うべき点はないと思いますか」

私はちょっと深山木の考えをただしておきたかったので、それを聞いてみた。

「一笑の価値もないよ。なんぼ意見の衝突があったところで、思慮のある年寄りが、たった一人のかかり子を、殺す奴があるものかね。それに、君の口ぶりで察すると、母親という人は、そんな恐ろしいことの出来る柄ではないよ。手提袋は人知れず隠るにしてもだ、母親が下手人だったら、何の必要があって、チョコレートの罐が紛失したなんて、変な嘘をつくものかね」

深山木はそういって立ち上がったが、ちょっと腕時計を見ると、

「まだ時間がある。明るいうちに着けるだろう。ともかく、その初代さんの家《うち》へ行って見ようじゃないか」

彼は室の一隅のカーテンの蔭へはいって、何かゴソゴソやっていたかと思うと、間もなく少しばかり見られる服装に変って出て来た。「さあ行こう」無造作にいって、帽子とステッキを掴むともう戸外へ飛び出していた。私もすぐさま彼の後を追った。

私は深い悲しみと、一種異様の恐れと、復讐の念のほかには何もなかった。例の系図帳や私のスケッチなどを、深山木がどこへ始末したのかも知らなんだ。初代の死んでしまった今となって、私にそんな物の入用《いりよう》もなく、てんで念頭にもおいていなかった。

　汽車と電車の二時間余りの道中を、私達はほとんど黙り込んでいた。私の方では何かと話しかけるのだけれど、深山木が考え込んでいて取合ってくれぬのだ。でもたった一言、彼が妙なことを云ったのを覚えている。これは後々にも関係のある大切な事柄だから、ここに再現しておくと、「犯罪がね、巧妙になればなるほど、それは上手な手品に似て来るものだよ。手品師はね、密閉した箱の蓋をあけないで、中の品物を取出す術を心得ている。ね、わかるだろう。だが、それには種があるんだ。ご見物様方には、全く不可能に見えることが、彼には何の造作もありはしないのだ。今度の事件がちょうど密閉された手品の箱だよ。実際見た上でないとわからぬけれど、警察の人達は大事な手品の種を見落しているに相違ない。その種がたとい目の前に曝《さら》されていても、思考の方向が固定してしまうと、とんと気のつかぬものだ。手品の種なんて、大抵見物の目の前に曝されているんだよ。多分それにはね、出入口という感じが少しもしない箇所なのだ。それでいて考え方を換えると非常に大きな出入口なんだよ。まるで開けっぱなし見たいなもんだ。錠もかからねば、釘を抜いたり、破壊したりする必要もない。そういう箇所は開け放しのくせに誰もしまりなんてしないからね。ハハハハハハ、僕の考えている事柄は実に滑稽《こっけい》なんだよ。ばかばかしいことだよ。だが案外当っていないとはきまらない。手品の種はいつもばかばかしいものだからね」

　探偵家というものが、なぜそんなふうに思わせぶりなものであるか、幼稚なお芝居《しばい》気《ぎ》に富んでいるものであるかということを、今に至っても、私は時々考える。そして、腹立たしくなるのだ。もし、深山木幸吉が、彼の変死に先だって、彼の知っていたことを、すべて私に打明けてくれたならば、あんなにも事を面倒にしないで済んだのである。だがそれは、シャーロックホームズがそうであったように又はデュパンがそうであったように、優れた探偵家の免《まぬが》れ難い衒気《げんき》であったのか、彼も亦《また》一度首を突っ込んだ事件は、それが全く解決してしまうまで、気まぐれな思わせぶりのほかには、彼の推理の片影《へんえい》さえも、傍人《ぼうじん》に示さぬのを常としたのである。

　私はそれを聞くと、彼がすでに何事か、事件の秘密をつかんでいるように思ったので、もっと明瞭に打明けてくれるように頼んだけれど、かたくなな探偵家の虚栄心から、彼はそれきり口をつぐんでしまって、何事をも云わなかった。

七宝の花瓶

木崎の家は、もう忌中《きちゅう》の貼紙《はりがみ》も取れ、立番の巡査もいなくなって、何事もなかったようにひっそりと静まり返っていた。あとでわかったことであるが、ちょうどその日、初代の母親は骨上げから帰ると間もなく、検事局の呼出しを受けて巡査に連れて行かれたというので、彼女の亡夫の弟という人が、自分の家から女中を呼び寄せて、陰気な留守番をしていたのであった。

私達が格子戸をあけてはいろうとすると、出会いがしらに中から意外な人物が出て来た。私とその男とは、非常な気まずい思いで、ぶつかった目をそらすことも出来ず、しばらく無言で睨《にら》み合っていた。それは求婚者であったにかかわらず、初代の在世中には、一度も木崎家を訪れなかった諸戸道雄が、何故かその日になって、悔みの挨拶に来ているのだった。彼はよく身に合ったモーニングコートを着て、しばらく見ぬ間に少しやつれた顔をして、どうにも目のやり場がないという様子で、立ちつくしていたが、やっとの思いらしく私に言葉をかけた。

「ア、蓑浦君、しばらく。お悔みですか」

私は何と返事していいのかわからなかったので、かわいた唇でちょっと笑って見せた。

「僕、君に少しお話ししたいことがあるんだが、外《そと》で待ってますから、御用が済んだら、ちょっとその辺までつき合ってくれませんか」

実際用事があったのか、その場のてれ隠しに過ぎなかったのか、諸戸はチラと深山木の方を見ながら、そんなことを云った。

「諸戸道雄さんです。こちらは深山木さん」

私は何の気であったか、どぎまぎして二人を紹介してしまった。双方とも私の口から噂を聞き合っていた仲なので、名前を云っただけで、お互いに名前以上の色々なことがわかったらしく、二人は意味ありげな挨拶をかわした。

「君、僕に構わずに行って来たまえ。僕はここのうちへちょっと紹介さえしといてくれりゃいいんだ。どうせしばらくこの辺にいるから、行って来たまえ」

深山木は無造作にいって、私を促すので、私は中にはいって、見知り越しの留守居の人々に、ソッと私達の来意を告げ、深山木を紹介しておいて、外に待合わせていた諸戸と一緒に、遠方へ行くわけにはいかぬので、近くのみすぼらしいカフェへはいった。

諸戸としては、私の顔を見れば彼の異様な求婚運動について、何とか弁解しなければばならぬ立場であっただろうし、私の方では、そんなばかなことがと打消しながらも、心の奥では、諸戸に対して、ある恐ろしい疑念を抱いていて、それとなく彼の気持を探って見たい、というほどハッキリしていなくても、何かしらこの好機会に彼を逃がしてはならぬというような心持があって、それに深山木が私に行くことを勧めた調子も、何だか意味ありげに思われたので、お互いの不思議な関係にもかかわらず、私達はつい、そんなカフェなどにはいったものであろう。

私達はそこで何を話したか、今ではひどく気まずかったという感じのほかは、ハッキリ覚えていないのだが、恐らくほとんど話をしなかったのではないかと思われる。それに、深山木が用事を済ませて、そのカフェを探し当ててはいって来たのがあまりに早かったのだ。

私達は飲物を前にして、長い間うつむき合っていた。私は相手を責めたい気持、彼の真意を探りたい気持で一杯ではあったが、何一つ口に出しては云えなかった。諸戸の方でも妙にもじもじしていた。先に口を開いた方が負けだといった感じであった。奇妙な探り合いであった。だが、諸戸がこんなことを云ったのを覚えている。

「今になって考えると、僕はほんとうにすまぬことをした。君はきっと怒っているでしょう。僕はどうして謝罪していいかわからない」

彼は、そんなことを遠慮勝ちに、口の中で、くどくどとくり返していた。そして、彼が一体何について謝罪しているのか、ハッキリしないうちに、深山木がカーテンをまくって、つかつかとそこへはいって来た。

「お邪魔じゃない？」

彼はぶっきら棒にいって、ドッカと腰をおろすと、ジロジロ諸戸を眺め始めるのだった。諸戸は深山木の来たのを見ると何であったかわからぬが、彼の目的を果しもせず、突然別れの挨拶をして、逃げるように出て行ってしまった。

「おかしい男だね。いやにソワソワしている。何か話したの？」

「いいえ、何だかわからないんです」

「妙だな。今木崎の家の人に聞くとね。あの諸戸君は初代さんが死んでから、三度目なんだって、訪ねて来るのが。そして妙にいろいろなことを尋ねたり、家の中を見て廻ったりするんだって。何かあるね。だが、かしこそうな美しい男だね」

深山木はそう云って、意味ありげに私を見た。私はその際ではあったけれど、でも顔を赤くしないではいられなかった。

「早かったですね。何か見つかりましたか」

私はてれ隠しに質問した。

「いろいろ」

彼は声を低めてまじめな顔になった。彼の鎌倉を出る時からの興奮は、増しこそすれ決してさめていないように見えた。彼は何かしら、私の知らないいろいろなことを心の奥底に隠していて独りでそれを吟味しているらしかった。

「俺は久しぶりで大物にぶつかったような気がする。だが俺一人の力では少し手強いかも知れぬよ。とにかく、俺は今日からこの事件にかかりきるつもりだ」

彼はステッキの先で、しめった土間にいたずら書きをしながら、独り言《ひとりごと》のように続けた。

「大体の筋道は想像がついているんだが、どうにも判断の出来ない点が一つある。解釈の方法がないではないが、そして、どうもそれがほんとうらしく思われるのだが、もしそうだとすると、実に恐ろしいことだ。前例のない極悪非道だ。考えても胸がわるくなる。人類の敵だ」

彼はわけのわからぬことを呟《つぶや》きながら、なかば無意識にそのステッキを動かしていたが、ふと気がつくとそこの地面に妙な形が描かれていた。それは燗徳利《かんどくり》を大きくしたような形で、花瓶《かびん》を描いたものではないかと思われた。彼はその中へ、非常に曖昧な書体で（注11）「七宝《しっぽう》」と書いた。それを見ると、私は好奇心にかられて、思わず質問した。

「七宝の花瓶じゃありませんか。七宝の花瓶が何かこの事件に関係があるのですか」

彼はハッとして顔を上げたが、地面の絵模様に気づくと、慌ててステッキでそれを掻き消してしまった。

「大きな声をしちゃいけない。七宝の花瓶、そうだよ。君もなかなか鋭敏だね。それだよ、わからないのは。俺は今その七宝の花瓶の解釈で苦しんでいたのだよ」

だが、それ以上は、私がどんなに尋ねても、彼は口を緘《かん》して語らぬのであった。

間もなく私達はカフェを出て、巣鴨《すがも》の駅へ引返した。方向が反対なので、私達がそのプラットフォームで別れる時、深山木幸吉は「一週間ばかり待ち給え。どうしてもそのくらいかかる。一週間したら何か吉報がもたらせるかも知れないから」と云った。私は彼の思わせぶりが不服であったけれど、でも、ひたすら、彼の尽力を頼むほかはなかったのである。

古道具屋の客

家人が心配するので、私はその翌日から、進まぬながらS・K商会へ出勤することにした。探偵のことは深山木に頼んであるのだし、私にはどう活動のしてみようもなかったので、一週間と云った彼の口約を心頼みに空《うつ》ろな日を送っていた。会社がひけると、いつも肩を並べて歩いた人の姿の見えぬ淋《さび》しさに、私の足はひとりでに、初代の墓地へと向うのであった。私は毎日、恋人にでも贈るような、花束を用意して行って、彼女の新しい卒塔婆《そとば》の前で泣くのを日課にした。そしてその度《たび》ごとに、復讐《ふくしゅう》の念は強められて行くように見えた。私は一日一日不思議な強さを獲得していくように思われた。

三日目にはもう辛抱《しんぼう》が出来なくて、私は夜汽車に乗って鎌倉の深山木の家を訪ねてみたが、彼は留守だった。近所で聞くと「一昨日出かけたきり、帰らぬ」ということであった。あの日巣鴨で別れてから、そのまま彼はどこかへ行ったものと見える。私はこの調子だと、約束の一週間が来るまでは訪ねてみても無駄足を踏むばかりだと思った。

だが、四日目になって私は一つの発見をした。それが何を意味するのだか、全く不明ではあったけれど、ともかくも一つの発見であった。私は四日おくれてやっと、深山木の想像力のほんの一部分をつかむことが出来たのだ。

あの謎のような「七宝の花瓶」という言葉が、一日として私の頭から離れなかった。その日は、私は会社で仕事をしながら、算盤《そろばん》をはじきながら「七宝の花瓶」のことばかり思っていた。妙なことに、巣鴨のカフェで深山木のいたずら書きを見た時から

「七宝の花瓶」というものが、私には何だか初めての感じがしなかった。どこかにそんな七宝の花瓶があった。それを見たことがあるという気がしていた。しかも、それは死んだ初代を連想するような関係で、私の頭の隅に残っているのだ。それが、その日、妙なことには算盤に置いていたある数に関連して、ヒョッコリ私の記憶の表面に浮かび出した。

「わかった。初代の家の隣の古道具屋の店先でそれを見たことがあるのだ」

私は心の中で叫ぶと、その時はもう三時を過ぎていたので、早びけにして、大急ぎで古道具屋へ駈けつけた。そして、いきなりその店先へはいって行って、主人の老人をつかまえた。

「ここに大きな七宝の花瓶が、たしかに二つ列《なら》べてありましたね。あれは売れたんですか」

私は通りすがりの客のように装って、そんなふうに尋ねて見た。

「へエ、ございましたよ。ですが、売れちまいましてね」

「惜しいことをした。欲しかったんだが、いつ売れたんです。二つとも同じ人が買ったんですか」

「対《つい》になっていたんですがね。買手は別々でした。こんなやくざな店には勿体《もったい》ないような、いい出物でしたよ、相当お値段も張っていましたがね」

「いつ売れたの？」

「一つは、惜しいことでございました。昨夜でした。遠方のお方が買って行かれましたよ。もう一つは、あれはたしか先月の、そうそう二十五日でした。ちょうどお隣りに騒動のあった日で、覚えておりますよ」

というようなぐあいで、話好きらしい老人は、それから長々といわゆるお隣りの騒動について語るのであったが、結局、そうして私の確かめ得たところによると、第一の買手は商人風の男で、その前夜約束をして金を払って帰り、翌日の昼頃使いの者が来て風呂敷に包んであった花瓶を担《かつ》いで行った。第二の買手は洋服の若い紳士で、その場で自動車を呼んで、持ち帰ったということであった。両方とも通りがかりの客で、どこの何という人だかもちろんわからない。

言うまでもなく、第一の買手が花瓶を受取りに来たのが、ちょうど殺人事件の発見された日と一致していたことが私の注意を惹《ひ》いた。だが、それが何を意味するかは少しもわからない。深山木もこの花瓶のことを考えていたに相違ないが（老人は深山木らしい人物が三日前に同じ花瓶のことを尋ねて来たのをよく覚えていた）どうして彼は、あんなにも、この花瓶を重視したのであろう。何か理由がなくてはかなわぬ。

「あれは確かに揚羽《あげは》の蝶の模様でしたね」

「ええ、ええ、その通りですよ。黄色い地に沢山の揚羽の蝶が散らし模様になっていましたよ」

　私は覚えていた。くすんだ黄色い地に銀の細線《ほそせん》で囲まれた黒っぽい沢山の蝶が、乱れとんでいる、高さ三尺《じゃく》(注12)くらいのちょっと大きい花瓶であった。

「どこから出たもんなんです」

「なにね、仲間から引受けたものですが、出は、なんでも或る実業家の破産処分品だって云いましたよ」

　この二つの花瓶は、私が初代の家に出入りするようになった最初から飾ってあった。ずいぶん長いあいだだ。それが初代の変死後、引続いて僅《わず》か数日の間に、二つとも売れたというのは偶然であろうか。そこに何か意味があるのではないか。私は第一の買手の方にはまるで心当りがなかったが、第二の買手には少し気づいた点があったので、最後にそれを聞いてみた。

「そのあとで買いに来た客は、三十くらいで、色が白くて、髯《ひげ》がなく、右の頬にちょっと目立つ黒子《ほくろ》のある人ではなかったですか」

「そうそう、その通りの方でしたよ。やさしい上品なお方でした」

果してそうであった。諸戸道雄に相違ないのだ。その人なら隣りの木崎の家へ二三度来たはずだが、気づかなんだかと尋ねると、ちょうどそこへ出て来た老人の細君が、加勢をして、それに答えてくれた。

「そう云えば、あのお人ですわ。お爺さん」幸いなことには彼女もまた、老主人に劣らぬ饒舌家《じょうぜつか》であった。「二三日前に、ホラ、黒いフロックを着て、お隣りへいらっした立派な方。あれがそうでしたわ」

彼女はモーニングとフロックコートとを間違えていたけれど、もう疑うところはなかった。私はなお念のために、彼が呼んだ車のガレージを聞いて、尋ねてみたところ、送り先が諸戸の住居のある池袋《いけぶくろ》であったこともわかった。

それは余りに突飛《とっぴ》な想像であったかも知れない。だが、諸戸のような、いわば変質者を、常規《じょうき》で律することは出来ぬのだ。彼は異性に恋し得ない男ではなかったか。彼は同性の愛のためにその恋人を奪おうと企てた疑いさえあるではないか。あの突然の求婚運動がどんなに烈しいものであったか。彼の私に対する求愛がどんなに狂おしいものであったか。それを思い合わせると、初代に対する求婚に失敗した彼が、私から彼女を奪うために、綿密に計画された、発見の恐れのない殺人罪をあえて犯さなかったと、断言出来るであろうか。彼は異常に鋭い理智の持主である。彼の研究はメスをもって小動物を残酷にいじくり廻すことではなかったか。彼は血を恐れない男だ。彼は生物の命を平気で彼の実験材料に使用している男だ。

私は彼が池袋に居を構えて間もなく、彼を訪ねた時の不気味な光景を思い出さないではいられぬ。

彼の新居は池袋の駅から半里《はんみち》も隔った淋しい場所にポッツリ建っている陰気な木造洋館で、別棟《べつむね》の実験室がついていた。鉄の垣根がそれを囲んでいた。家族は独身の彼と十五六歳の書生と飯炊《めした》きの婆さんの三人暮しで、実験動物の悲鳴のほかには、人の気配もしないような、物淋しい住いであった。彼はそこと、大学の研究室の両方で、彼の異常な研究にふけっていた。彼の研究題目は、直接病人を取扱う種類のものではなくて、何か外科学上の創造的な発見というようなことにあるらしく思われた。

それは夜のことであったが、鉄の門に近づくと、私は可哀そうな実験用動物の、それは主として犬であったが、耐えられぬ悲鳴を耳にした。それぞれ個性を持った犬共《ども》の叫び声が、物狂わしき断末魔《だんまつま》の連想をもって、キンキンと胸にこたえた。今実験室の中で、もしやあのいまわしい活体解剖ということが行われているのではないかと思うと、私はゾッとしないではいられなかった。

門をはいると、消毒剤の強烈な匂いが鼻をうった。私は病院の手術室を思い出した。

刑務所の死刑場を想像した。死を凝視した動物どものどうにも出来ぬ恐怖の叫びに、耳が掩《おお》いたくなった。いっそのこと、訪問を中止して帰ろうかとさえ思った。

夜も更けぬに、母屋《おもや》の方はどの窓もまっ暗だった。わずかに実験室の奥の方に明りが見えていた。怖い夢の中でのように、私は玄関にたどりついて、ベルを押した。しばらくすると、横手の実験室の入口に電燈がついて、そこに主人の諸戸が立っていた。ゴム引きの濡れた手術衣を着て、血のりでまっ赤によごれた両手を前に突き出していた。電燈の下で、その赤い色が、怪しく光っていたのを、まざまざと思い出す。

恐ろしい疑いに胸をとざされて、しかしそれをどう確かめるよすがもなくて、私は夕闇せまる町をトボトボと帰途についた。

明正午限り

深山木幸吉との約束の一週間が過ぎて、七月の第一日曜のことであった。よく晴れた非常に暑い日であった。朝九時頃、私が鎌倉へ行こうと着換えをしているところへ、深山木から電報が来た。会いたいというのだ。

汽車は、その夏最初の避暑客で可なり混雑していた。海水浴には少し早かったけれど、暑いのと第一日曜というので、気の早い連中が、続々湘南《しょうなん》の海岸へ押しかけるのだ。

深山木家の前の往来は、海岸への人通りが途絶えぬほどであった。空地にはアイスクリームの露店などが、新しい旗を立てて商売を始めていた。

だが、これらの華やかな、輝かしい光景に引換えて、深山木は例の書物の中でひどく陰気な顔をして、考え込んでいた。

「どこへ行っていたのです。僕は一度お訪ねしたんだけど」

私がはいって行くと、彼は立上がりもしないで、側の汚ないテーブルの上を指さしながら、

「これを見たまえ」

というのだ。そこには、一枚の手紙ようのものと、破った封筒とがほうり出してあったが、手紙の文句は鉛筆書きのひどく拙《まず》い字で、次のように記されてあった。

貴様はもう生かしておけぬ。明正午限り貴様の命はないものと思え。しかし、貴様の持っている例の品物を元の持主に返し今日《こんにち》以後かたく秘密を守ると誓うなら、命は助けてやる。だが、正午までに書留小包にして貴様が自分で郵便局へ持って行かぬと、間に合わぬよ。どちらでも好きな方を選べ。警察に云ったって駄目だよ。証拠を残す

ようなへまはしない俺だ。

「つまらない冗談をするじゃありませんか。郵便で来たんですか」

私は何気なく尋ねた。

「いや、昨夜、窓からほうり込んであったんだよ。冗談じゃないかも知れない」

深山木は真面目な調子で云った。彼はほんとうに恐怖を感じているらしく、ひどく青ざめていた。

「だって、こんな子供のいたずらみたいなもの、ばかばかしいですよ。それに正午限り命をとるなんて、まるで映画みたいじゃありませんか」

「いや、君は知らないのだよ。俺はね、恐ろしいものを見てしまったんだ。俺の想像がすっかり的中してね。悪人の本拠を確かめることは出来たんだけれど、そのかわり変なものを見たんだ。それがいけなかった。俺は意気地《いくじ》がなくて、すぐ逃げ出してしまった。君はまるで何も知らないのだよ」

「いや、僕だって、少しわかったことがありますよ。七宝の花瓶ね。何を意味するのだかわからないけれど、あれをね諸戸道雄が買って行ったんです」

「諸戸が？　変だね」

深山木は、しかし、それには一向気乗りのせぬ様子だった。

「七宝の花瓶には、一体どんな意味があるんです」

「俺の想像が間違っていなかったら、まだ確かめたわけではないけれど、実に恐ろしいことだ。前例のない犯罪だ。だがね、恐ろしいのは花瓶だけじゃない、もっともっと驚くべきことがある。悪魔の呪いといったようなものなんだ。想像も出来ない邪悪なのだ」

「一体、あなたには、もう初代の下手人《げしゅにん》がわかっているのですか」

「俺は、少くとも彼等の巣窟《そうくつ》をつき止めることは出来たつもりだ。もうしばらく待ちたまえ。しかし俺はやられてしまうかも知れない」

深山木は彼のいうところの悪魔の呪いにでもかかったのであるか、馬鹿に気が弱くなっていた。

「変ですね。しかし、万一にもそんな心配があるんだったら、警察に話したらいいじゃありませんか。あなた一人の力で足りなかったら、警察の助力を求めたらいいじゃありませんか」

「警察に話せば、敵を逃がしてしまうだけだよ。それに、相手はわかっていても、そいつを挙げるだけの確かな証拠をつかんでいないのだ。今警察がはいって来ては、かえって邪魔になるばかりだ」

「この手紙にある例の品物というのは、あなたにはわかっているのですか。一体何なのです」

「わかっているよ、わかっているから怖いのだよ」

「それを先方の申し出どおり送ってやるわけにはいかぬのですか」

「俺はね、それを敵に送り返すかわりに」彼はあたりを見廻すようにして、極度に声を低め「君に宛てて書留小包で送ったよ。今日帰ると、変なものが届いているはずだが、それを傷つけたり毀《こわ》したりしないように、大切に保管してくれ給え。俺の手元に置いては危ないのだ。君なら幾《いく》ぶん安全だから。非常に大切なものなんだから間違いなくね。そして、それが大切なものだっていうことを、人に悟られぬようにするんだよ」

　私は深山木のこれらの、あまりにも打ちとけぬ秘密的な態度が、何だか馬鹿にされているようで、こころよくなかった。

「あなたは、知っているだけのことを、僕に話して下さるわけにはいかぬのですか。一体この事件は、僕からあなたにお願いしたので、僕の方が当事者じゃありませんか」

「だが、必ずしもそれがそうでなくなっている事情があるんだ。しかし、話すよ。むろん話すつもりなんだけれど、では、今夜ね、夕飯《ゆうめし》でもたべながら話すとしよう」

彼は何だか気が気でないといったふうで、腕時計を見た。

「十一時だ。海岸へ出て見ないか。変に気が滅入っていけない。一つ久しぶりで海につかって見るかな」

私は気が進まなんだけれど、彼がどんどん行ってしまうものだから、仕方なく彼のあとに従って、近くの海岸に出た。海岸には目がチロチロするほども、けばけばしい色合いの海水着が群がっていた。

深山木は波打ち際へ駈けて行って、いきなり猿股《さるまた》一つになると、何か大声にわめいて、海の中へ飛び込んでいった。私は小高い砂丘に腰をおろして、彼の強いてはしゃぎ廻る様子を妙な気持で眺めていた。

私は見まいとしても、時計が見られて仕様がなかった。まさかそんな馬鹿なことがと思うものの、何となく例の脅迫状の「正午限り」という恐ろしい文句が気にかかるのだ。時間は容赦《ようしゃ》なく進んで行く、十一時半、十一時四十分と正午に近づくにしたがって、ムズムズと不安な気持が湧き上がって来る。それにその頃になって、私を一層不安にした事柄が起った。というのは果然《かぜん》、私は果然という感じがした、かの諸戸道雄が、海岸の群衆にまじって、遥か彼方《かなた》に、チラリとその姿を見せたのである。彼がちょうどこの瞬間、この海岸に現われたのは単なる偶然であっただろうか。

　深山木はと見ると、子供好きの彼は、いつの間にか海水着の子供らに取囲まれて、鬼ごっこか何かをして、キャッキャッとその辺を走り廻っていた。

　空は底知れぬ紺青《こんじょう》に晴れ渡り、海は畳のように静かだった。飛込台からは、うららかな掛声と共に、次々と美しい肉弾が、空中に弧を描いていた。砂浜はギラギラと光り、陸に海に喜戯《きぎ》する数多《あまた》の群衆は、晴れ晴れとした初夏の太陽を受けて、明るく、華やかに輝いて見えた。そこには、小鳥のように歌い、人魚のようにたわむれ、小犬のようにじゃれ遊ぶもののほかは、つまり、幸福以外のものは何もなかった。このあけっ放しな楽園に、闇の世界の罪悪というようなものが、どこの一隅を探しても、ひそんでいようとは思えなかった。まして、そのまっただ中で血みどろな人殺しが行われようなどとは、想像することも出来なかった。

　だが、読者諸君、悪魔は彼の約束を少しだってたがえはしなかったのだ。彼は先には、密閉された家の中で人を殺し、今度は、見渡す限りあけっ放しの海岸で、しかも数百の群衆のまん中で、その中のたった一人にさえ見とがめられることなく、少しの手掛りをも残さないで、見事に人殺しをやってのけたのである。悪魔ながら、彼は何という不可思議な腕前を持っていたのであろうか。

理外の理

私は小説を読んで、よく、その主人公がお人好しで、へまばかりやっているのを見ると、自分であったら、ああはしまいなどと、もどかしく、歯痒《はがゆ》く思うことがあるが、この私の書物を読む人も、主人公である私が、何か五里霧中《ごりむちゅう》に迷った形で、探偵をやるのだといいながら、一向探偵らしいこともせず、深山木幸吉のいやな癖の思わせぶりに、いい気になって引きずられている様子を見て、きっとじれったく思っていらっしゃることでしょう。私とても、こんなふうにありのままに記していくのは、自分の愚かさを吹聴するようなもので、実はあまり気が進まぬのだけれど、当時、私は実際お坊ちゃんであったのだから、どうも致し方がない。読者を歯がゆがらせる点については、事実談ならこうもあろうかと、大目に見てもらうほかはないのである。

さて、前章に引続いて、私は深山木幸吉の気の毒な変死の顚末《てんまつ》を書き綴《つづ》らなければならぬ。

深山木はそのとき猿股一つで、砂浜の上を海水着の子供らと、キャッキャといって走り廻っていた。彼が子供好きで、腕白共の餓鬼大将になって、無邪気に遊ぶのを好んだことは、すでにしばしば述べたところであるが、その時の彼の馬鹿なはしゃぎ方には、子供好きというようなことのほかに、もっと深い原因があった。彼は怖がっていたのだ。例の下手な字の脅迫状の「正午限り」という文句におびえていたのだ。四十男の非常に聰明《そうめい》な彼が、あのような子供だましの脅迫状を真に受けるというのは、何か滑稽な感じがしたけれど、彼にしてはあんなものでも、真面目に怖がるだけの充分の理由があったことに相違ない。

彼はこの事件について彼の知り得たことを、ほとんど全く私に打明けていなかったので、彼のような磊落《らいらく》な男を、これほどまで恐怖させたところの、蔭の事実の恐ろしさは、想像だも出来なかったけれど、彼の真《しん》から怖がっている様子を見ると、私もついつり込まれて、華やかな海水浴場の、何百という群衆に取囲まれながらも、何だか変な気持になってくるのを、どうにも出来なかった。誰かの云った「ほんとうにかしこい人殺しは、淋しい場所よりも、かえって大群衆のまん中を選ぶ」という言葉など思い出されるのであった。

私は深山木を保護する気持で砂丘をおりて、彼の喜戯していた方へ近づいて行った。彼等は鬼ごっこにも飽きたと見えて、今度は、波打ち際に近い所に大きな穴を掘って、三四人の十歳前後の無邪気な子供らが、深山木をその中に埋《うず》め、上からせっせと砂をかけていた。

―さあ、もっと砂をかけて、足も手もみんな埋めちまわなくちゃ。コラコラ顔はいけないぞ、顔だけは勘弁してくれ」

深山木はいいおじさんになって、しきりとわめいていた。

「おじさん。そんなに身体を動かしちゃ、ずるいや。じゃ、もっとどっさり砂をかけてやるから」

子供らは両手で砂をかき寄せては、かぶせるのだけれど、深山木の大きな身体はなかなか隠れない。

そこから一間《けん》ばかり隔った所に、新聞紙を敷いて、洋傘《かさ》をさして、きちんと着物をつけた二人の細君らしい婦人が、海にはいっている子供を見守りながら休んでいたが、時々深山木達の方を見て、アハアハと笑っていた。その二人の婦人達が深山木の埋まっている場所からは一ばん近かった。反対の側のもっと隔った所には、派手な海水着の、美しい娘さんがあぐらをかいて、てんでに長々と寝そべった青年達と笑い興じていた。そのほかは、一カ所に腰をすえている人は見当らなかった。

深山木の側を通り過ぎる者は、絶え間もなくあったけれど、たまにちょっと立ちどまって笑って行く人があるくらいで、誰も彼の身近に接近したものはなかった。それを見ていると、こんな所で人が殺せるのだろうかと、やっぱり深山木の恐怖が馬鹿馬鹿しく思われて来るのだった。

「蓑浦君、時間は？」

私が近づくと、深山木は、まだそれを気にしているらしく尋ねるのだ。

「十一時五十二分。あと八分ですよ。ハハハ……」

「こうしていれば安全だね。君を初め近所にたくさん人が見ていてくれるし、手元に、こう四人の少年軍が護衛している。その上砂のとりでだ。どんな悪魔だって近寄れないね。ウフフ」

彼はやや元気を回復しているように見えた。

私はその辺を行ったり来たりしながら、さっきチラッと見た諸戸のことが気になるので、広い砂浜をあちらこちらと物色したが、どこへ行ったのか、彼の姿はもう見えなかった。それから私は深山木の所から二三間離れた場所に立ちどまって、しばらくの間ボンヤリと、飛込台の青年達の妙技を眺めていたが、少したって、深山木の方を振向くと、彼は子供等のたんせいでもうすっかり埋められていた。砂の中から首だけ出して、目をむいて空を睨《にら》んでいる様子は、話に聞く印度《インド》の苦行者を思い出させた。

「おじさん、起きてごらんよ。重いかい」

「おじさん、滑稽な顔をしてらあ、起きられないのかい。助けてあげようか」

子供らはしきりと深山木をからかっていた。だが、いくら「おじさん、おじさん」と連呼しても、彼は意地わるく空を睨んだまま、それに応じようともしなかった。ふと時計を見るともう十二時を二分ばかり過ぎていた。

「深山木さん、十二時過ぎましたよ。とうとう悪魔は来なかったですね。深山木さん、深山……」

ハッとして、よく見ると、深山木の様子が変だった。顔がだんだん白くなって行くようだし、大きく見開いた目が、さっきから長い間瞬《またた》きをしないのだ。それに、彼の胸の辺《あたり》の砂の上に、どす黒い斑紋《はんもん》が浮き出して、それがジリジリと、少しずつひろがっているように見えるではないか。子供等もただならぬ気配を感じたのか、妙な顔をして黙り込んでしまった。

私はいきなり深山木の首に飛びついて、両手でそれを揺り動かして見たが、まるで人形の首みたいにグラグラするばかりだった。急いで、胸の斑紋のところを掻きのけて見ると、厚い砂の底から小型の短刀の白鞘《しらさや》が現われてきた。その辺《へん》の砂が血のりでドロドロになっていたが、なお掻きのけると、短刀はちょうど心臓の部分に、根本までグサと突きささっていた。

それからの騒動は、きまりきっていることだから、細叙《さいじょ》を省くけれど、何しろ日曜日の海水浴場での出来事だったから、深山木の変死はまことに晴れがましいことであった。私は、百という若い男女の、好奇の目を浴びながら、蓆《むしろ》をかぶせた死体のそばで、警官と問答したり、検事の一行が来て、現場の検証が済むと、死体を深山木の家へ運ぶのに附添ったり、ひどく恥かしい思いをしなければならなかった。だが、そんな際にもかかわらず、私はその群衆の折り重なった顔の間に、ふと諸戸道雄の、やや青ざめた顔を発見して、何かしら強い印象を受けた。彼は黒山のように群がった弥次馬のうしろから、じっと深山木の死体に目を注いでいた。死体を運んでいる時にも、私は絶えずうしろの方にもののけのような彼の気配を感じていた。諸戸が殺人の際、現場付近にいなかったことは明らかなのだから、彼を疑うべき何等《なんら》の理由もなかったのだけれど、それにしても諸戸のこの異様な挙動は、一体何を意味したのであろうか。

それから、もう一つ記しておかねばならぬのは、さして意外なことでもないが、深山木を運んで彼の家《うち》にはいったとき、ただささえ乱雑な彼の居間が、まるで嵐のあとみたいに滅茶苦茶に取散らされているのを発見したことである。云うまでもなく曲者《くせもの》が例の「品物」を探すために、彼の留守宅へ忍び込んだものに相違なかった。

むろん私は検事の詳細な取調べを受けたが、その時私はすべての事情を正直に打明けたけれども、虫が知らせたとでも云うのか（この意味は後に読者に明かになるであろう）深山木が脅迫状に記された「品物」を私に送ったことだけは、わざと黙っておいた。その「品物」について質問されても、ただ知らぬと答えた。

取調べがすむと、私は近所の人の助けを借りて、死者と親しい友人達に通知をしたり、葬儀の準備をしたり、いろいろ手間取ったので、あとを隣家の細君に頼んで、やっと汽車に乗ったのは、もう夜の八時頃であった。自然、私は諸戸がいつ帰ったのか、彼はその間にどんなことをしたのか少しも知らなかった。

取調べの結果、下手人は全く不明であった。死者と遊んでいた子供らは（彼等のうち三人は、海岸近くに住んでいる中流階級の子供で、一人は当日姉につれられて海水浴に来ていた東京のものであった）砂に埋まっていた深山木の身辺へは、誰も近寄ったものがないと明言した。十歳前後の子供であったとは云え、人一人刺殺《さしころ》されるのを見逃がすはずはなかった。又、彼から一間ばかりのところに腰をおろしていたかの二人の細君達も、彼女等は深山木の身辺に近づいたものがあれば、気がつかぬはずはないような地位にいたのだが、そんな疑わしい人物は一度も見なかったと断言した。そのほかその付近にいた人で、下手人らしい者を見かけたものは一人もなかった。

私とても同様に、何の疑わしき者をも見なかった。彼から二三間はなれた所に立ち、しばらく若者たちのダイヴィングに見とれていたとはいえ、もし彼に近づき、彼を刺したものがあったとすれば、それを目の隅に捉え得ぬはずはなかった。まことに夢のように不思議な殺人事件といわねばならぬ。被害者は衆人に環視《かんし》されていたのである。しかも何人《なんびと》も下手人の影をさえ見なかったのである。深山木の胸深く、かの短刀を突き立てたのは、人間の目には見ることの出来ぬ妖怪の仕業であったのだろうか。私はふと何者かが短刀を遠方から投げつけたのではないかと考えてみた。だが、その時のすべての事情は、全くそんな想像を許さなかった。

注意すべきことは、深山木の胸の傷口が、そのえぐり方の癖ともいうべきものが、かつての初代の胸のそれと酷似していたことが、のちに取調べの結果わかって来た。のみならず、兇器の白鞘の短刀が、両方とも同じ種類の安物であったことも明かにされた。つまり、深山木殺しの下手人は、恐らく初代殺しの下手人と、同一人物であろうと推定がついたわけである。

それにしても、この下手人は、一体全体、どのような魔法を心得ていたのであろうか。一度は全く出入口のない、密閉された家の中へ、風のように忍び込み、一度は衆人環視の雑沓《ざっとう》の場所で、数百人の目をかすめて通り魔のように逃れ去った。迷信がかったことの嫌いな私であったが、この二つの理外の理を見ては、何かしら怪談めいた恐怖をさえ感じないではいられなかった。

鼻欠けの乃木大将

私の復讐《ふくしゅう》と探偵の仕事は、今や大切な指導者を失ってしまった。残念なことには、彼は生前彼の探り得たところ、推理した事柄を少しも私に打明けておかなかったので、私は彼の死に会って、全く途方に暮れてしまった。もっとも彼は二三暗示めいた言葉を洩《も》らさぬではなかったが、不敏《ふびん》な私にはその暗示を解釈する力はないのだ。

それと同時に、一方では、私の復讐事業は、一層重大さを加えてきた。今や私は、私の恋人のうらみを報《むく》いると共に、私の友人であり、先輩であった深山木の敵《かたき》をも討たねばならぬ立場に置かれた。深山木を直接殺したものは、かの目に見えぬ不思議な下手人であったけれど、彼をそのような危険に導いた者は明らかに私であった。私が今度の事件を依頼さえせねば、彼は殺されることはなかったのである。私は深山木に対する申訳《もうしわけ》のためだけにでも、何が何でも、犯人を探し出さないでは済まぬことになった。

深山木は殺される少し前に、脅迫状に書いてあった彼の死の原因となったところの「品物」を書留小包にして私に送ったといったが、その日帰って見ると、はたして小包郵便は届いていた。だが、厳重な荷造りの中から出て来たものは、意外にも、一個の石膏像《せっこう》であった。

それは石膏の上に、絵具を塗って、青銅のように見せかけた、どこの肖像屋にもころがっていそうな、乃木大将の半身像だった。ずいぶん古いものらしく、所々絵具がはげて白い生地が現われ、鼻などは、この軍神に対して失礼なほど滑稽にかけ落ちていた。鼻かけの乃木大将なのだ。ロダンに、似たような名前の作品があったことを思い出して私は変な気持がした。

むろん、私はこの「品物」が何を意味するのか、なぜ人殺しの原因となるほど大切なのか、まるで想像もつかなかった。深山木は「毀《こわ》さぬように大切に保管せよ」と云った。又「それが大切な品だということを他人に悟られるな」といった。私はいくら考えても、この半身像の意味を発見することが出来ぬので、ともかく死者の指図に従って、人に悟られぬようにわざとがらくたものの入れてある押入の行李《こうり》の中へ、それをソッとしまっておいた。この品のことは、警察では何も知らぬのだから、急いで届けるにも及ばなかったのだ。

それから一週間ばかりの間、心はイライラしながらも、私は深山木の葬儀のために一日つぶしたほかは、何のなすところもなく、いやな会社勤めを続けた。会社がひけると欠かさず初代の墓地に詣《もう》でた。私は相ついで起った不思議な殺人事件の顚末《てんまつ》を、私のなき恋人に報告したことであったが、すぐ家へ帰っても寝られぬものだから、私は墓詣《まい》りをすませると、町から町を歩き廻って、時間をつぶしたものである。

その間別段の変事もなかったが、二つだけ、はなはだつまらぬような事であるが、読者に告げておかねばならぬ出来事があった。その一つは、二度ばかり、誰かが私の留守中に私の部屋へはいって机の引出しや本箱の中の品物を、取乱した形跡のあったことである。私はそんなに几帳面なたちではなかったから、はっきりしたことは云えぬのだが、何となく部屋の中の品物の位置、たとえば本箱の棚の書物の並べ方などが、私の部屋を出る時の記憶とは違っているように思われたのだ。家内の者に尋ねても、誰も私の持物をなぶった覚えはないということであったが、私の部屋は二階にあって、窓の外は、他家の屋根に続いているのだから、誰かが屋根伝いに忍び込もうと思えば、全く出来ぬことではないのだ。神経のせいだと打消してみても、何となく安からぬ思いがするので、もしやと、押入の行李を調べてみたが、例の鼻かけの乃木将軍はそのつど別状なく元の所に納まっていた。

それからもう一つは、ある日、初代の墓参りを済ませていつも歩き廻る場末《ばすえ》の町を歩いていた時、それは省線の鶯谷《うぐいすだに》に近い所であったが、とある空地に、テント張りの曲馬団（注13）がかかっていて、古風な楽隊や、グロテスクな絵看板が好ましく、私はその以前にも一度その前にたたずんだことがあったのだが、その夕方何気なく曲馬団の前を通りかかると、意外なことには、かの諸戸道雄が、木戸口から、急ぎ足で出て行く姿を認めたのである。先方では私に気づかぬようであったが、恰好のよい背広姿は、まぎれもなく私の異様な友人諸戸道雄であったのだ。

そんなことから、何の証拠もないことであったが、私の諸戸に対する疑いは、ますます深められていった。彼はなぜ初代の死後、あんなにたびたび木崎の家を訪れたのであるか、何の必要があって、問題の七宝の花瓶を買取ったのであるか。又彼がちょうど深山木の殺人現場にまで来合わせていたのは、偶然にしては少々変ではなかったか。その折の彼のいぶかしい挙動はどうであったか。それに、気のせいか、彼が彼の家とはまるで方角の違う鶯谷の曲馬団を見に来ていたというのも何となく異様な感じがするではないか。

そうした外面に現われた事柄ばかりでなく、心理的にも諸戸を疑う理由は充分あった。私としては非常にいいにくいことではあるが、彼は私に対して常人にはちょっと想像も出来ないほど強い恋着《れんちゃく》を感じているらしかった。それが彼をして、木崎初代に心にもない求婚運動をなさしめた原因であったとしても、さして意外ではなかったのである。更に、この求婚に失敗した彼が、初代は彼にとっては正《まさ》しく恋敵《こいがたき》だったのだから、感情の激するまま、その恋敵を人知れず殺害したかも知れないという想像も、全く不可能ではなかった。果して彼が初代殺しの下手人であったとすると、その殺人事件の探偵に従事し、意外に早く犯人の目星をつけた深山木幸吉は、彼にとって一日も生かしておけぬ大敵であったに相違ない。かくして諸戸は、第一の殺人罪を隠蔽《いんぺい》するために引続いて第二の殺人を犯さねばならなかったと想像することも出来るではないか。

深山木を失った私は、こんなふうにでも諸戸を疑って見るほかには全然探偵の方針が立たなかった。私は熟考を重ねた末、結局、もう少し諸戸に接近して、この私の疑いを確かめて見るほかはないと心を定めた。そこで、深山木の変死事件があってから、一週間ばかりたった時分、会社の帰りを私は諸戸の住んでいる池袋へと志《こころざ》したのである。

再び怪老人

私は二た晩続けて諸戸の家をおとずれたのであったが、第一の晩は諸戸が不在のため空《むな》しく玄関から引き返すほかはなかったけれど、第二の晩には私は意外な収穫を得たのである。

　もう七月の中旬に入っていて、変にむし暑い夜であった。当時の池袋は今のように賑やかではなく、師範学校の裏に出ると、もう人家もまばらになり、細い田舎道を歩くのに骨が折れるほど、まっ暗であったが、私は、その一方は背の高い生垣《いけがき》、一方は広っぱといったような淋しい所を、闇の中に僅《わず》かにほの白く浮き上がっている道路を、目をすえて見つめながら、遠くの方にポッツリポッツリと見えている燈火をたよりに、心元《こころもと》なく歩いていた。まだ暮れたばかりであったが、人通りはほとんどなく、たまさかすれ違う人があったりすると、かえって何かもののけのようで、不気味な感じがしたほどであった。

　先に記した通り、諸戸の邸《やしき》はなかなか遠く、駅から半里《はんみち》もあったが、私はちょうどその中ほどまでたどりついた頃、行手に当って、不思議な形のものが歩いているのを気づいた。背の高さは常人の半分くらいしかなくて、横幅は常人以上にも広い一人物が、全身をエッチラオッチラ左右に振り動かしながら、そして、そのたびに或いは右に或いは左に、張子《はりこ》の虎のように、彼の異常に低い所についている頭をチラチラと見せながら難儀《なんぎ》そうに歩いて行くのである。と云っては一寸法師のように思われるが、それは一寸法師ではなく、上半身が腰の所から四十五度の角度で曲っているために、うしろからはそんな背の低いものに見えたのだ。つまりひどく腰の曲った老人なのである。

その異様な老人の姿を見て、当然私はかつて初代が見たという無気味なお爺さんを思い出した。そして、時が時であったし、所がちょうど私が疑っている諸戸の家の付近であったので、私は思わずハッとした。

注意して、悟られぬように尾行して行くと、怪老人は、果して諸戸の家の方へ歩いて行く。一つ枝道《えだみち》を曲ると、一層道幅が狭くなった。その枝道は、諸戸の邸で終っているのだから、もう疑う余地がなかった。向こうにボンヤリ諸戸の家の洋館が見えて来たが、今夜はどうしたことか、どの窓にも燈火が輝いている。

老人は、門の鉄の扉《ドア》の前でちょっと立ち止まって、何か考えているようであったが、やがて、扉を押して中へはいっていった。私は急いであとを追って門内に踏み込んだ。玄関と門の間にちょっと茂った灌木《かんぼく》の植込みがあって、その蔭に隠れたのか、私は老人を見失った。しばらく様子をうかがっていたが、老人の姿は現われぬ。私が門にかけつける間に、彼は玄関にはいってしまったのか、それとも、まだ植込みの辺にうろうろしているのか、ちょっと見当がつかなかった。

私は先方から見られぬように気をつけて、広い前庭をあちこちと探して見たが、老人の姿は消えたかのように、どこの隅にも発見出来なかった。彼はすでに屋内にはいってしまったのであろう。そこで、私は思い切って、玄関のベルを押した。諸戸に会って、直接彼の口から何事かを探り出そうと決心したのだ。

間もなく扉があいて、見知り越しの若い書生が顔を出した。諸戸に会いたいという と、彼はちょっと引込んでいったが、直ぐ引き返して来て、私を玄関の次の応接間へ通した。壁紙なり、調度なり、なかなか調和がよく、主人の豊かな趣味を語っていた。柔《やわら》かい大椅子に腰かけていると、諸戸は酒に酔っているのか、上気した顔をして、勢いよくはいって来た。

「やあ、よく来てくれましたね。この間、巣鴨ではほんとうに失敬しました。あの時は何だかぐあいがわるくってね」

諸戸は快い中音《ちゅうおん》で、さも快活らしく云うのだった。

「そのあとでもう一度お逢いしていますね。ホラ、鎌倉の海岸で」

決心をしてしまうと、私は存外ズバズバと物が云えた。

「エ、鎌倉？　ああ、あの時君は気がついていたのですか、あんな騒動の際だったので、わざと遠慮して声をかけなかったのだが、あの殺された人、深山木さんとか云いましたね。君、あの人とはよほど懇意《こんい》だったのですか」

「エエ、実は木崎初代さんの殺人事件を、あの人に研究してもらっていたんです。あの人はホームズみたいな優れた素人探偵だったのですよ。それが、やっと犯人がわかりかけた時に、あの騒動なんです。僕、ほんとうにがっかりしちゃいました」

「僕も大方《おおかた》そうだとは想像していましたが、惜しい人を殺したものですね。それはそうと、君、食事は？　ちょうど今食堂を開いたところで、珍しいお客さんもいるんだが、何だったら一緒にたべて行きませんか」

　諸戸は話題を避けるように云った。

「いいえ、食事は済ませました。お待ちしますからどうぞ御遠慮なく。ですが、お客さんと云うのは、もしやひどく腰の曲ったお爺さんの人じゃありませんか」

「エ、お爺さんですって。大違い、小さな子供なんですよ。ちっとも遠慮のいらないお客だから、ちょっと食堂へ行くだけでも行きませんか」

「そうですか。でも、僕来る時、そんなお爺さんがここの門をはいるのを見かけたのですが」

「ヘエ、おかしいな。腰の曲ったお爺さんなんて、僕はお近づきがないんだが、ほんとうにそんな人がはいって来ましたか」

意外な素人探偵

　諸戸はなぜか非常に心配そうな様子を見せた。それから彼はなおも、私に食堂へ行くことを勧めたが、私が固辞するので、彼はあきらめて例の書生を呼び出してこんなことを命じた。

「食堂にいるお客さんにね、ごはんをたべさせて、退屈しないように、君と婆《ばあ》やとで、よくお守《も》りをしてくれ給え。帰るなんて云い出すと困るからね。何かおもちゃがあったかしら。……ア、それから、このお客さまにお茶を持ってくるのだ」

　書生が去ると、彼は強《し》いて作った笑顔で、私の方に向き直った。その間に、私は部屋の一方の隅に置いてあった問題の七宝の花瓶に気づいて、こんな場所にそれを放り出しておく彼の大胆さに、いささか呆れた。

「立派な花瓶ですね。あれ、僕どこかで一度見たような気がするんですが」

　私は諸戸の表情に注意しながら尋ねた。

「ああ、あれですか。見たかも知れませんよ。初代さんの家の隣りの道具屋で買って来たんだから」

　彼は驚くべき平静さで答えた。それを聞くと私はちょっと太刀打《たちう》ちが出来ない気がして、やや心臆《こころおく》するのを覚えた。

「僕は会いたかったのですよ。久しく君と打ちとけて話をしないんだもの」

諸戸は酔いにまぎらせて、少しく甘い言葉づかいをした。上気した頬が美しく輝き、長いまつげにおおわれた目が、なまめかしく見えた。

「この間巣鴨では、何だか恥かしくて云えなかったけれど、僕は君にお詫《わ》びしなければならないのです。君が許してくれるかどうかわからぬほど、僕は済まぬことをしているんです。でも、それは、僕の情熱がさせた業《わざ》、つまり僕は君を他人にとられたくなかったのです。いや、こんな自分勝手なことを云うと、君はいつものように怒るだろうけれど、君だって僕の真剣な気持はわかっていてくれるはずだ。僕はそうしないではいられなかったのです。……君は怒っているでしょう。ね、そうでしょう」

「あなたは初代さんのことをいっているのですか」

私はぶっきら棒に聞き返した。

「そうです。僕は君とあの人のことが、ねたましくて堪《た》えられなかったのです。それまでは、たとえ君は僕の心持をほんとうに理解してくれぬにもせよ、少くとも君の心は他人のものではなかった。それが、初代さんと云うものが君の前に現われてから、君の態度が一変してしまった。覚えていますか、もう先々月になりますね。一緒に帝劇を見物した夜のことを。僕は君のあの絶えず幻を追っているような眼の色を見るに堪えなかった。その上君は残酷にも平気で、さも嬉しそうに、初代さんの噂をさえ聞かせたではありませんか。僕があの時どんな心持だったと思います。恥かしいことです。いつも云う通り、僕はこんなことで君を責める権利なぞあろう道理はないのです。でも、僕はあの君の様子を見て、この世のすべての望みを失ってしまったような気がした。ほんとうに悲しかった。君の恋も悲しかったが、それよりも一層、僕のこの人並でない心持が恨《うら》めしくて仕様がなかった。それ以来というもの、僕が幾度手紙を上げても、君は返事さえくれなかったでしょう。以前はどんなにつれない返事にもせよ、返事だけはきっとくれたものだったのに」

いつになく、酔っている諸戸は雄弁家であった。彼の女々《めめ》しくさえ見えるくり言は、黙っていれば果てしがないのである。

「それで、あなたは、心にもない求婚をなすったのですか」

私は憤《いきどお》ろしく、彼の饒舌《じょうぜつ》を中断した。

「君はやっぱり怒っている。無理はありません。僕はどんなことをしてでも、このつぐないをしたいと思います。君は土足で僕の顔を踏んづけてくれても構わない。もっとひどいことでもいい。全く僕が悪かったのだから」

諸戸は悲しげに云った。だがそんなことで、私の怒りがやわらげられるものではなかった。

「あなたは自分のことばかりいっていらっしゃる。あなたはあまり自分勝手です。初代さんは僕の一生涯にたった一度出会った僕にとってかけ換えのない女性なんです、それを、それを」

喋《しゃべ》っているうちに、新たな悲しみがこみ上げて来て、私はつい涙ぐんでしまった。そしてしばらく口を利くことが出来なかった。諸戸は私の涙にぬれた目をじっと見ていたが、いきなり、両手で、私の手を握って、

「堪忍《かんにん》してください。堪忍してください」

と叫びつづけるのであった。

「これが勘弁出来ることだとおっしゃるのですか」私は彼の熱した手を払いのけて云った。「初代は死んでしまったのです。もう取返しがつかないのです。私は暗闇の谷底へつき落とされてしまったのです」

「君の心持はわかり過ぎるほどわかっている。でも、君は僕にくらべれば、まだ仕合わせだったのですよ。なぜといって、僕があれほど熱心に求婚運動をしても、義理のあるお母さんがあれほど勧めても、初代さんの心は少しもゆるがなかった。初代さん

はあらゆる障碍を見むきもせず、あくまで君を思いつづけていた。君の恋は充分すぎるほど報われていたのです」

「そんな云い方があるもんですか」私はもう泣き声になっていた。「初代さんの方でも、僕をあんなに思っていてくれたればこそ、あの人を失った今、僕の悲しみは幾倍するのです。そんな云い方ってあるもんですか。あなたは求婚に失敗したものだから、それだけでは、あきたりないで、その上、その上」

だが、私はさすがに、その次の言葉を云いよどんだ。

「エ、何ですって。ああ、やっぱりそうだった。君は疑っているね。そうでしょう。僕に恐ろしい嫌疑をかけている」

私はいきなりワッと泣き出して、涙の下から途切れ途切れに叫んだ。

「僕はあなたを殺してしまいたい。殺したい。ほんとうのことを云って下さい。ほんとうのことを云って下さい」

「ああ、僕はほんとうに済まないことをした」諸戸は再び私の手をとってそれを静かにさすりながら、「恋人を失った人の悲しみが、こんなだとは思わなかった。だが、蓑浦君、僕は決して嘘はいわない。それはとんだ間違いですよ。いくらなんだって、僕は人殺しの出来る柄《がら》じゃない」

「じゃどうしてあんな気味のわるい爺さんがここの家へ出入りしているんです。あれに初代さんの見た爺さんです。あの爺さんが現われてから間もなく初代さんが殺されてしまったんです。それから、なぜあなたはちょうど深山木さんの殺された日に、あすこにいたんです。そして、疑いを受けるようなそぶりを見せたんです。あなたはなぜ鶯谷の曲馬団へ出入りしたんです。僕は、あなたが、あんなものに嗜好《しこう》を持っているなんて、一度も聞いたことがない。あなたはどうして、その七宝の花瓶を買ったんです。この花瓶が初代さんの事件に関係あることを、僕はちゃんと知っているんです。それから、それから」

私は狂気のように洗いざらい喋り立てた。そして、言葉が途切れるとまっ青になって、激情の余り(注14)、おこりみたいにブルブルと震え出した。

諸戸は急いで私の側へ廻って来て、私と椅子を分けてかけるようにして、両手で私の胸をしっかりと抱きしめ、私の耳に口を寄せて、やさしく囁《ささや》くのだった。

「いろいろな事情が揃っていたのですね。君が僕に疑いをかけたのも、まんざら無理ではないようです。でも、それらの不思議な一致には、全く別の理由があったのです。アア、僕はもっと早くそれを君に打明ければよかった。そして君と力をあわせて事に当たればよかったのだ。僕はね、蓑浦君、やっぱり君や深山木さんと同じように、この事件を一人で研究して見たのですよ。なぜそんなことをしたか、わかりますか。それはね、君へのお詫び心なんです。むろん僕は殺人事件には、少しも関係がないけれど、僕は初代さんに結婚を申込んで君を苦しめた。その上当《とう》の初代さんが死んでしまったのでは君があんまり可愛そうだと思ったのです。せめて下手人を探し出して、君の心を慰めたいと考えたのです。それればかりではない。初代さんのお母さんは、あらぬ嫌疑を受けて検事局へ引っぱられた。その嫌疑を受けた理由の一つは結婚問題について娘と口論したことだったではありませんか。つまり間接には僕がお母さんを嫌疑者にしたようなものです。だから、その点からも僕は下手人を探し出して、あの人の疑いをはらして上げる責任を感じたのですよ。しかし、それは今ではもう必要がなくなった。君も知っているでしょうが、初代さんのお母さんは証拠が不充分のために、事なく帰宅を許されたのです。昨日《きのう》お母さんがここへ見えられての話でした」

だが疑い深い私は、この彼のまことしやかな、さもやさしげな弁解を容易に信じようとはしなかった。恥かしいことだけれど、私は諸戸の腕の中で、まるで駄々《だだ》っ子《こ》のように振舞った。これはあとで考えて見ると、人の前で声を出して泣いたりした恥かしさをごまかすためと、意識はしていなかったけれど、私をさほど迄も愛してくれていた諸戸にかすかに甘える気持もあったのではないかと思われる。

「僕は信じることが出来ません。あなたがそんな探偵の真似をするなんて」

「これはおかしい。僕に探偵の真似が出来ないと云うのですか」諸戸は幾らか静まった私の様子に、少しく安心したらしく、「僕はこれでなかなか名探偵かも知れないのですよ。法医学《ほういがく》だって一と通り学んだことがあるし。ああ、そうだ、これをいったら、君も信用するでしょう。さっき君はこの花瓶が殺人事件に関係があると云いましたね。実に明察ですよ。君が気づいたのですか、それとも深山木さんに教わったのですか。その関係がどういう物だか、君は知らないようですね。その問題の花瓶というのはここにあるのではなくて、これと対になっていたもう一つの方なんですよ。ホラ、初代さんの事件のあった日にあの古道具屋から誰かが買っていった、あれなんです。わかりましたか。とすると、僕がこの花瓶を買ったのは、僕が犯人でなくて、むしろ探偵であることを証拠立てているではありませんか。つまり、これを買って来て、この花瓶というものの性質をきわめようとしたんですからね」

ここまで聞くと、私は諸戸の云うところを、やや傾聴《けいちょう》する気持になった。彼の理論は偽りにしてはあまりにまことしやかであったから。

「もしそれがほんとうならば僕はお詫びしますけれど」私は非常にきまりのわるいのを我慢していった。「でも、あなたは全くそんな探偵みたいなことをやったのですか。

そして何かわかったのですか」

「ええ、わかったのです」諸戸はやや誇らしげであった。「もし僕の想像が誤まっていなかったら、僕は犯人を知っているのです。いつだって、警察につき出すことが出来るのです。ただ残念なことには、彼がどういうわけで、あの二重の殺人を犯したかが不明ですけれど」

「エ、二重の殺人ですって」私はきまりのわるさも忘れて驚いて聞き返した。「ではやっぱり、深山木さんの下手人も、同一人物だったのですか」

「そうだと思うのです。もし僕の考え通りだったら、実に前代未聞の奇怪事です。この世の出来事とは思えないくらいです」

「では聞かせて下さい。そいつはどうしてあの出入口のない密閉された家《うち》の中へ忍びこむことが出来たのです。どうしてあの群衆の中で、誰にも姿を見とがめられず、人を殺すことが出来たのです」

「ああ、ほんとうに恐ろしいことです。常識で考えては全く不可能な犯罪が、易々《やすやす》と犯されたということがこの事件の最も戦慄《せんりつ》すべき点なのです。一見不可能に見えることが、どうして可能であったか。この事件を研究する者は、先ずこの点に着眼すべきであったのです。それがすべての出発点なのです」

私は彼の説明を待ちきれなくて、性急《せっかち》に次の質問に移っていった。

「一体下手人は何者です。我々の知っている奴ですか」

「多分君は知っているでしょう。だが、ちょっと想像がつきかねるでしょう」

ああ諸戸道雄は、はたして何事を云い出でんとはするぞ。私には、今や朦朧《もうろう》とその正体がわかりかけて来たような気がする。かの怪老人は全体何者なれば諸戸の家を訪れたりしたのであろう。彼は今どこに隠れているのであるか。諸戸が曲馬団の木戸口に姿を見せたのは、何故であったか。七宝の花瓶はいかなる意味でこの事件に関係を持っていたのであるか。今や諸戸に対する疑いは全くはれたのであるが、彼を信用すればするほど、私は種々雑多の疑問が、雲の如《ごと》く私の脳裏に浮び上がって来るのを感じないではいられなかった。

盲点の作用

局面が俄《にわ》かに一変した。

私が前章に述べたような種々の理由によって、この犯罪事件に関係があるに相違ないと睨《にら》んで、そのためわざわざ詰問に出掛けて行った諸戸道雄が、だんだん話して見ると、意外にも犯人どころか、彼もまた、亡き深山木幸吉と同じく一箇の素人探偵であったことがわかって来たのである。

　のみならず、諸戸はすでにこの事件の犯人を知っていると云い、それを今私に打ちあけようとさえしているのだ。生前の深山木の鋭い探偵眼に驚いていた私は、ここにその深山木以上の名探偵を発見して、さらに一驚《いっきょう》を喫《きっ》しなければならなかった。長い間の交際を通じて、性慾倒錯者として不気味な解剖学者《かいぼう》として、諸戸が甚だ風変りな人物であることは知っていたけれど、その彼に、かくの如き優れた探偵能力があろうとはまことに想像だにもしなかったところである。意外なる局面の転換に私はあっけにとられた形であった。

　これまでのところでは、読者諸君にも多分そうであるように、当時私にとっても、諸戸道雄は全く謎の人物であった。彼には何かしら、世の常の人間と違った所があった。彼の従事していた研究の異様なこと（その詳しいことは後に説明する機会がある）、性的倒錯者であったことなどが、彼をそんなふうに見せたのかも知れないが、しかし、どうもそれだけではなかった。表面善人らしく見えていて、その裏側にえたいの知れぬ悪がひそんでいる。彼の身辺には、陽炎《かげろう》のように不気味な妖気《ようき》が立昇《たちのぼ》っている、といった感じなのである。それと、彼が素人探偵として私の前に現われたのが、あまりにも突然であったのとで、私は彼の言葉を信じきれない気持であった。

だが、それにもかかわらず、彼の探偵としての推理力は、以下に記述するがごとく、実にすばらしいものであったし、又彼の人間としての善良さは、表情や言葉の端々《はしばし》にも見て取ることが出来たほどで、私は、心の奥底には、まだ一片の疑いを残しながらも、ついつい彼の言葉を信じ彼の意見に従う気にもなっていったのである。

「私の知っている人ですって、おかしいな。少しもわからない。教えて下さい」

私は再びそれを尋ねた。

「突然云ったのでは、君にはよく呑み込めないかもしれぬ。でね、少し面倒だけれど、僕の分析の経路を聞いてくれないだろうか。つまり、僕の探偵苦心談だね。もっとも冒険をしたり歩き廻ったりの苦心談じゃないけれど」

諸戸はすっかり安心した調子で答えた。

「ええ、聞きます」

「この二つの殺人事件はどちらも一見不可能に見える。一つは密閉された屋内で行われ犯人の出入りが不可能だったし、一つは白昼群衆の面前で行われて、しかも何人《なんぴと》も犯人を目撃しなかったというのだから、これもほとんど不可能な事柄です。だが不可能なことが行われるはずはないのだから、この二つの事件は、一応、その『不可能』そのものについて吟味して見ることが最も必要でしょう。不可能の裏側をのぞいて見ると、案外つまらない手品の種がかくされているものだからね」

　諸戸も手品という言葉を使った。私は深山木もかつて同じような比喩《ひゆ》を用いたことを思いあわせて、一層諸戸の判断を信頼する気持になった。

「非常にばかばかしいことです（深山木も同じことをいった）。余りばかばかしいことなので、僕は容易に信じられないんだ。一つだけでは信じられないんだ。だが、深山木さんの事件が起ったので、やっぱり僕の想像が当っていたことが、確かめられたのです。ばかばかしいというのはね、欺瞞《ぎまん》の方法が子供だましみたいだということで。だが、そのやり方は実にずば抜けて大胆不敵なのです。それがために、この犯罪人はかえって安全であったとも云い得る。さあ何と云っていいか、この事件にはちょっと人間世界では想像出来ないほどの、醜い、残忍な、野獣性がひそんでいる。一見ばかばかしいようではあるが、人間の智慧《ちえ》でなくて悪魔の智慧でなければ、考え出せない種類の犯罪なのです」

　諸戸はやや興奮して、さも憎々《にくにく》しげに喋って来たが、ちょっとおし黙って、じっと私の目をのぞき込んだ。私はその時、彼の目の中には、いつもの愛撫《あいぶ》の表情が失せて、深い恐怖の色がただよっているのを感じた。私もつり込まれて、同じ目つきになっていたに相違ない。

「僕はこんなふうに考えた。初代さんの場合はね、皆が信じているように、犯人は全く出入りが不可能な状態であった。どの戸口も中から錠がおろしてあった。犯人が内部に残っているか、それとも共犯者が家《うち》の中にいたとしか考えられない事情であった。それがつまり初代さんのお母さんを被疑者にしてしまったわけなんだが、しかし、僕の聞いていたところでは、お母さんが下手人だとも考えられぬ。どんなことがあったって、一人娘を殺す親なんているはずがない。そこで僕はこの一見『不可能』に見える事情の裏には、何かちょっと人の気づかぬカラクリが隠されていると睨んだのです」

諸戸の熱心な話しぶりを聞いていると、私はふと変てこな、何かそぐわぬものを感じないではいられなかった。私はハテナと思った。諸戸道雄は、一体どうして、こんなにも初代さんの事件に力こぶを入れているのであろう。恋人を失った私への同情からであろうか。或いは又彼の生来の探偵好きのさせた業であろうか。だが、どうも変だ、ただそれだけの理由で、彼はこんなにも熱心になれたのであろうか。そこには、何かもっと別の理由があったのではないかしら。後に思い当たったことであるが、私は何となく、そんなふうに感じないではいられなかった。

「たとえばね、代数の問題を解く時に、いくらやってみても解けない。一と晩かかっても書きつぶしの紙がふえるばかりだ。これは不可能な問題に違いないと思うね。だが、どうかした拍子に、同じ問題をまるで違った方角から考えてみると、ヒョッコリ何の造作もなく解けることがある。それが解けないというのは、いわば呪文にかかっているんですね。思考力の盲点といったようなものに禍《わざわい》されているんですね。初代さんの事件でも、この見方を全くかえてみるということが必要だったと思う。あの場合、出入口が全然なかったというのは、屋外からの出入口がなかったということです。戸締りも完全だったし、庭に足跡もなかったし、天井も同様、縁の下へは外部からはいれないように網が張ってあった。つまり外《そと》からはいる箇所は全くなかった。この『外から』という考え方が禍したのですよ。犯人は外からはいって外へ出るものという先入主がいけなかったのですよ」

学者の諸戸は、変に思わせぶりな、学問的な物の云い方をした。私は彼の意味がいくらかわかったようでもあり、又まるで見当がつかぬようでもあり、あっけにとられた形で、しかし非常な興味をもって聞き入っていた。

「では、外からでなければ、一体どこからはいったのだと云うでしょう。中にいたのは被害者とお母さんだけなんだから、犯人が外からはいらなかったというのは、では、下手人はやっぱりお母さんだったという意味かと、反問するでしょう。それではまだ盲点にひっかかっているのです。何でもないことですよ。これはね、いわば日本の建築の問題ですよ。ホラ覚えていますか。初代さんの家はお隣りと二軒で一《ひ》と棟《むね》になっている。あの二軒だけが平屋だから、すぐ気づくでしょう……」

諸戸は妙な笑いを浮かべて私を見た。

「じゃ、犯人はお隣からはいって、お隣から逃げ出したと云うのですか」

私は驚いて尋ねた。

「それがたった一つの可能な場合です。一と棟になっているのだから、日本建築の常として、天井裏と縁の下は二軒共通なんです。僕はいつも思うのだが、戸締り戸締りとやかましくいっても、長屋建てじゃ何にもならない。おかしいね。裏表の戸締りばかり厳重にして、天井裏とか縁の下の抜け道をほったらかしておくんだから、日本人は呑気《のんき》ですよ」

「しかし」

私はムラムラと湧き起こる疑問を押えかねていった。

「お隣は人のいい老人夫婦の古道具屋で、しかも、あなたも多分お聞きでしょうが、あの朝は初代さんの死体が発見されたあとで近所の人に叩き起されたんですよ。それまではあの家もちゃんと戸締りがしてあったのです。それから老人が戸をあけた時分には、もう野次馬《やじうま》が集まっていて、あの古道具屋が休憩所みたいになってしまったのだから、犯人の逃げ出す隙はなかったはずですが、まさかあの老人が、共犯者で、犯人を匿《かく》まったとは思えませんからね」

「君の云う通りですよ。僕もそんなふうに考えた」

「それから、もっと確かなことは、天井裏を通り抜けたとすれば、そこのちりの上に足跡か何か残っているはずなのに、警察で調べて何の痕跡もなかったではありませんか。又縁の下にしても、皆金網張りなんかで通れないようになっていたではありませんか。まさか犯人が(注15)根太板《ねだいた》を破り、畳を上げてはいったとも考えられませんからね」

「その通りです。だが、もっといい通路があるのです。まるでここからおはいりなさいといわぬばかりの、ごくごくありふれた、それ故にかえって人の気づかぬ大きな通路があるのです」

「天井と縁の下以外にですか。まさか壁からではないでしょう」

「いや、そんなふうに考えてはいけない。壁を破ったり、根太をはがしたり、小細工をしないで、何の痕跡も残さず、堂々と出入り出来る箇所があるのです。エドガア・ポーの小説にね、『盗まれた手紙』というのがある、読んだことありますか。あるかしこい男が手紙を隠すのだが、最もかしこい隠し方は隠さぬことだという考えから、無造作に壁の状差しへ投げ込んでおいたので、警察が家探《やさが》しをしても発見することが出来なかった話です。これを一方から云うと誰も知っているようなごくあからさまな場所は、犯罪などの真剣な場合には、かえって閑却《かんきゃく》され気づかれぬものだということになります。僕のいい方にすれば、一種の盲点の作用なんです。初代さんの事件でも、いってしまえばどうしてそんな簡単なことを見逃したのかとばかばかしくなるくらいだが、それが先に言った『賊は外から』という観念に禍されたためですよ。一度『中から』とさえ考えたなら、直ちに気づくはずなんだから」

「わかりませんね。一体どこから出入りしたのですか」

私は相手にからかわれているような気がして多少不快でさえあった。

「ホラ、どこの家でも、長屋なんかには、台所の板の間に、三尺四方ぐらい、上げ板になった所がある。ね、炭や薪《まき》なんかを入れておく場所です。あの上げ板の下は、大抵仕切りがなくて、ずっと縁の下へ続いているでしょう。まさか内部から賊がはいるとは考えぬので、外に面した所には金網を張るほど用心深い人でも、あすこだけは一向戸締りをしないものですよ」

「じゃ、その上げ板から初代さんを殺した男が出入りしたというのですか」

「僕はたびたびあの家へ行って見て、台所に上げ板のあること、その下には仕切りがなくて全体の縁の下と共通になっていることを確かめたのです。つまり、犯人はお隣りの道具屋の台所の上げ板からはいって、縁の下を通り、初代さんの家の上げ板から忍び込み、同じ方法で逃げ去ったと考えることが出来ます」

この方法によれば、神秘的にさえ見えた初代殺しの秘密を、実にあっけなく解くことが出来た。私はこの諸戸の条理《じょうり》整然たる推理に一応は感服したのであるが、だが、よく考えてみると、そうして通路だけが解決されたところで、もっと肝要な問題がいろいろ残っている。古道具屋の主人がどうしてその犯人を気づかなかったのか。たくさんの野次馬の面前を犯人は如何《いか》にして逃げ去ることが出来たのか。一体犯人とは何者であるか。諸戸は犯人は私の知っている者だといった。それは誰のことであろう。私は諸戸のあまりにも迂回《うかい》的なものの云い方に、イライラしないではいられなかった。

魔法の壺

「まあ、ゆっくり聞いてくれ給え。実は僕は初代さんなり深山木氏なりの敵討ちに、君にお手伝いして、犯人探しをやってもいいとさえ思っているのだから、僕の考えをすっかり順序立てて話をして、君の意見を聞こうじゃないですか。何も僕の推理が動かすことの出来ぬ結論だというわけじゃないんだから」

諸戸は私の矢つぎ早やな質問を押えて、彼の専門の学術上の講演でもするような調子で、まことに順序正しく彼の話を続けるのであった。

「僕もむろんその点は、あとから近所の人に聞合わせてよく知っている。古道具屋の主人なり弥次馬なりの目をかすめて犯人が逃げ去ったと考えることは出来ないような状態でした。古道具屋の戸締りがあけられた時には、すでに近所の人達が往来に集まっていた。だから、たとえ犯人が縁の下を通って古道具屋の台所の上げ板から、その店の間《ま》なり裏口へ達したとしても、主人夫妻や弥次馬達に見とがめられずに戸外へ出ることは、全く不可能だったのです。彼はこの難関をどうして通過することが出来たか、僕の素人探偵はそこでハタと行詰《ゆきづま》ってしまった。何かトリックがある。台所の上げ板に類した、人の気づかぬ欺瞞があるに相違ない。で、多分御存じだろうが、僕はたびたび初代さんの家の付近をうろついて、近所の人の話などを聞き廻ったのです。そしてふと気がついたのは、事件の後《のち》、例の古道具屋から、何か品物が持ち出されなかったか。商売がら店先には、いろいろな品物が陳列してある。そのうち何か持出されたものはないかということです。そこで、調べて見ると、事件の発見された朝、警察の取調べでゴタゴタしている最中に、ここにあるこれと一対の花瓶ですね。あれを買って行った者があることがわかった。そのほかには何も大きな品物は売れていない。

僕はこの花瓶が怪しいと睨んだのです」

「深山木さんも、同じことをいいましたよ。だが、その意味が僕には少しもわからないのです」

私は思わず口をはさんだ。

「そう、僕にもわからなんだ。しかし、何となく疑わしい気がしたのです。なぜかと云うと、その花瓶は、ちょうど事件の前夜、一人の客が来て代金を払い、品物はちゃんと風呂敷包みにして帰り、次の朝使いの者が取りに来て担いで行ったというのが、時間的にうまく一致している。何か意味がありそうです」

「まさか花瓶の中に犯人が隠れていたわけじゃありますまいね」

「いや、ところが意外にも、その中に人が隠れていたと想像すべき理由があるのです」

「エ、この中に。冗談を云ってはいけません。高さはせいぜい三尺、さし渡しも広い所で一尺(注16)五寸ぐらいでしょう。それに第一この口を御覧なさい。僕の頭だけでも通りやしない、この中に大きな人間がはいっていたなんて、お伽噺《とぎばなし》の魔法の壺《つぼ》じゃあるまいし」

私は部屋の隅に置いてあった花瓶の所へ行ってその口径を計って見せながら、あまりのことに笑い出してしまった。

―魔法の壺、そう、魔法の壺かもしれない。誰にしたって僕だって最初は、そんな花瓶に人間がはいれようとは思わなかった。ところが、実に不思議なことだけれど、確かに隠れていたと想像すべき理由があるのです。僕は研究のためにその残っていた方の花瓶を買って来たんですが、いくら考えてもわからない。わからないでいるうちに第二の殺人事件が起った。あの深山木さんの殺された日には、僕は別の用件があって偶然鎌倉へ行ったんですが、途中で君の姿を見かけたものですから、つい君のあとをつけて海岸へ出てしまった。そして、計らず第二の殺人事件を目撃するようなことになったのです。あの事件について僕はいろいろと研究した。深山木さんが初代さんの事件を探偵していたことはわかっていたから、その深山木さんが殺された、しかも初代さんの時と同じようないわば神秘的な方法でやられた。とすると、この二つの事件には何か連絡があるのではないかと考えたからです。そして僕は一つの仮説を組立てた。仮説ですよ。だから、確実な証拠を見るまでは空想だと云われても仕方がない。しかし、その仮説が考え得べき唯一のものであり、この一連の事件のどの部分に当てはめて見ても、しっくり適合するとしたら、我々はその仮説を信用しても差支えないと思うのです」

諸戸は酔いと興奮とのために、充血したまなざしをじっと私の顔に注ぎ、乾いた唇を舐《な》め舐め、だんだん演説口調になりながら、ますます雄弁に語り続けるのであった。

「ここで初代さんの事件はちょっとお預かりにして、第二の殺人事件から話して行くのが便利です。僕の推理がそういう順序で組立てられて行ったのだから。深山木さんは衆人環視の中で、いつ、誰に殺されたのか全くわからないような不思議な方法で殺害された。ごく近くだけでも、絶えずあの人の方を見ていた人が数人ある。君もその一人でしょう。そのほか、あの海岸には、数百の群衆が右往左往《うおうさおう》していた。殊《こと》に深山木さんの身辺には四人の子供が戯《たわむ》れていた。それらのうちのたった一人さえ、下手人を見なかったというのは、実に前例のない奇怪事じゃないですか。全く想像の出来ない事柄です。不可能事です。だが、被害者の胸に短刀が突き刺さっていたという事実が厳存する以上は、下手人がなければならぬ。彼はいかにしてこの不可能事をなしとげることが出来たか。僕はあらゆる場合を考えてみた。だがどんなに想像をたくましくしてみても、たった二つの場合を除いては、この事件は全く不可能に属します。二つの場合というのは、深山木さんが人知れず自殺をしたと見るのが一つ、もう一つは、非常に恐ろしい想像だけれど、戯れていた子供の一人、あの十歳にも足らないあどけない子供の一人が、砂遊びにまぎれて、深山木さんを殺したという考えです。子供は四人いたけれど、深山木さんを埋めるために、てんでんの方角から砂を集めることで夢中になっていたでしょうから、その中の一人が、ほかの子供に気づかれぬように、砂をかぶせる振りをして、隠し持ったナイフを深山木さんの胸にうち込むのはさして困難な仕事ではありません。深山木さん自身も、相手が子供なので、ナイフを突刺されるまでは全く油断していたであろうし、突刺されてしまっては、もう声を立てる隙《ひま》もなかったのでしょう。下手人の子供は、何喰わぬ顔をして、血や兇器をかくすために、上から上からと砂をかぶせてしまったのです」

私は諸戸のこの気違いめいた空想に、ギョッとして、思わず相手の顔を見つめた。

「この二つの場合のうち、深山木氏の自殺説は種々の点から考えて、全く成立たない。すると、たといそれがどれほど不自然に見えようとも、下手人はあの四人の子供のうちにいたと考えるほかには、我々には全く解釈の方法がないのです。しかもこの解釈による時は、同時にこれまでのすべての疑問が、すっかり解けてしまう。一見不可能に見えた事柄が、少しも不可能ではなくなって来る。と云うのは、例の君のいわゆる『魔法の壺』の一件です。あんな小さな花瓶の中へ人が隠れるというのは悪魔の神通《じんつう》力《りき》でも借りないでは不可能なことに思われた。だが、そう考えたのは、やっぱり我々の考え方の方向が固定していたからで、普通我々は殺人者というものを犯罪学の書物の挿絵《さしえ》にあるような、獰猛《どうもう》な壮年の男子に限るものの如く迷信しているために、幼い子供などの存在には全く不注意であった。この場合、子供という観念は全く盲点によって隠されてしまっていたのです。だが、一度子供というものに気づくと、花瓶の謎は立所《たちどころ》に解決する。あの花瓶は小さいけれど、十歳の子供なら隠れることが出来るかも知れない。そして大風呂敷で包んでおけば、花瓶の中は見えないし、風呂敷の結び目のたるみから出入りすることが出来る。はいったあとでそのたるみを、中から直して花瓶の口を隠すようにしておけばいいのですからね。魔法は花瓶そのものにあったのではなくて、中へはいる人間の側にあったのです」

　諸戸の推理は、一糸の乱れもなく、細かい順序を追ってまことに巧妙に進められていった。だが私はここまで聞いてもまだ何となく不服である。その心が表情に現われたのか、諸戸は私の顔を見つめて、さらに語り続けるのであった。

「初代さんの事件には、犯人の出入口の不明なことのほかに、もう一つ重大な疑問があったね。忘れはしないでしょう。なぜ犯人が、あんな危急の場合に、チョコレートの罐《かん》なぞを持ち去ったかということです。ところが、この点も、犯人が十歳の子供であったとすると、わけなく解決出来る。美しい罐入りのチョコレートは、その年頃の子供にとってダイヤモンドの指環や、真珠の首飾りにまして、魅力のある品ですからね」

「どうも僕にはわかりません」私はそこで口をはさまずにはいられなかった。「チョコレートの欲しいような、あどけない幼児が、どうして罪もない大人を、しかも二人まで殺すことが出来たのでしょう。お菓子と殺人との対照があまり滑稽じゃありませんか。この犯罪に現われた極度の残忍性、綿密な用意、すばらしい機智、犯行のすぐれた正確さなどを、どうしてそんな小さな子供に求めることが出来ましょう。あなたのお考えはあまりうがち過ぎた邪推《じゃすい》ではないでしょうか」

「それは、子供自身がこの殺人の計画者であったと考えるから変なのです。この犯罪はもちろん子供の考え出したことではなく背後に別の意志がひそんでいる。ほんとうの悪魔が隠れている。子供はただよく仕込まれた自動機械に過ぎないのです。何という奇抜な、しかし身の毛もよ立《だ》つ思いつきでしょう。十歳の子供が下手人だとは、誰も気がつかぬし、たといわかったところで大人のような刑罰を受けることはない。ちょうど、かっぱらいの親分がいたいけな少年を手先に使うのと同じ思いつきを極度に押拡《おしひろ》めたものと云えましょう。それに子供だからこそ、花瓶の中へ隠して安全に担ぎ出すことも出来たし、用心深い深山木氏を油断させることも出来たのです。いくら教え込まれたにしろ、チョコレートに執着するような無邪気な子供に、果して人が殺せるかと云うかも知れませんが、児童研究者は、子供というものは、案外にも、大人に比べて非常に残忍性を持っていることを知っています。蛙《かえる》の生皮《なまかわ》をはいだり、蛇を半殺しにして喜ぶのは大人の同感し得ない子供特有の趣味です。そしてこの殺生には全然何の理由もないのです。進化論者の解説に従うと、子供は人類の原始時代を象徴していて、大人より野蛮で残忍なものです。そういう子供を、自動殺人機械に選んだ蔭の犯人の悪智恵には実に驚くじゃありませんか。君は十歳やそこいらの子供を如何に訓練したところで、これほどまで巧みな殺人者に仕上げることは不可能だと考えているかも知れない。なるほど、非常にむずかしいことです。子供は全く物音を立てぬように縁の下をくぐり、上げ板から初代さんの部屋に忍び込み、相手が叫び声を立てる暇もないほど手早く、しかも正確に彼女の心臓を刺し、再び、道具屋に戻って、一と晩じゅう、花瓶の中で、窮屈な思いに耐えなければならなかった。又海岸では、三人の見知らぬ子供と戯れながら、その子供等に少しも気づかれぬ間に、砂の中の深山木氏を刺殺《さしころ》さなければならなかった。十歳の子供に、果してこの難事がなしとげられたであろうか。又たといなしとげたにしても、あとで誰にも悟られぬように固く秘密を守ることが出来たであろうか。と考えるのは一応もっともです。しかし、それは常識に過ぎません。訓練というものがどれほど偉い力を持っているか、この世にはどんな常識以上の奇怪事が存在するかを知らぬ人の言い草です。支那の曲芸師は五六歳の子供に、股《また》の間から首を出すほどもそり返る術を教え込むことが出来るではありませんか。(注17)チャリネの軽業師《かるわざし》は、十歳に足らぬ幼児に、三丈も高い空中で、鳥のように撞木《とまりぎ》から撞木へ渡る術を教え込むことが出来るではありませんか。ここに一人の極悪人がいて、あらゆる手段をつくしたならば、十歳の子供だって殺人の奥義《おうぎ》を会得《えとく》しないと、どうして断言することが出来ましょう。又嘘をつくことだって同じです。通行人の同情を惹くために、乞食に雇われた幼児《おさなご》が、どんなに巧みにひもじさを装い、側に立っている大人乞食を、さも自分の親であるかのごとくに装うことが出来るか。君はあの驚くべき幼年者の技巧を見たことがありますか。子供というものは、訓練の与え方によっては、決して大人にひけをとるものではないのですよ」

諸戸の説明を聞くと、なるほどもっともだとは思うけれど、私は無心の子供に血みどろな殺人罪を犯させたというこの許すべからざる極悪非道を、にわかに信じたくはなかった。何かまだ抗弁の余地がありそうに思われて仕方がないのだ。私は悪夢から逃れようともがく人のように、当てもなく部屋中を見廻した。諸戸が口をつぐむと、にわかにシーンとしてしまった。比較的賑かな所に住みなれた私には、その部屋が異様な別世界みたいに思われ、暑いので窓は少しずつ開けてあったけれど、風が全くないので、外の闇夜が何かまっ黒な厚さの知れぬ壁のように感じられるのであった。

私は問題の花瓶に目をそそいだ。これと同じ花瓶の中に、少年殺人鬼が、一と晩の間身をかくしていたのかと想像すると、何ともいえぬいやな暗い感じにおそわれた。同時に、何とかして諸戸のこのいまわしい想像を打破る方法はないものかと考えた。そしてじっと花瓶を眺めているうちに、私はふとある事柄に気づいた。私はにわかに元気な声で反対した。

「この花瓶の大きさと、海岸で見た四人の子供の背丈と比べてみると、どうも無理ですよ。三尺たらずの壺の中へ三尺以上の子供が隠れるということは、不可能です。中でしゃがむとしては、幅が狭すぎるし、第一この小さな口から、いくら痩せた子供にもしろ、ちょっとはいれそうにも見えぬではありませんか」

「僕も一度は同じことを考えた。そして実際同じ年頃の子供を連れて来て、試して見さえした。すると、予想の通り、その子供にはうまくはいれなんだが、子供の身体《からだ》の容積と、壺の容積とを比べて見ると、もし子供がゴムみたいに自由になる物質だとしたら、充分はいれることが確かめられた。ただ人間の手足や胴体が、ゴムみたいに自由に押曲《おしま》げられぬために完全に隠れてしまうことが出来ぬのです。そして、子供がいろいろにやっているのを見ているうちに、僕は妙なことを連想した。それはずっと前に、誰かから聞いた話なんですが、牢破りの名人と云うものがあって、頭だけ出し入れする隙間さえあれば身体をいろいろに曲げて、むろんそれには特別の秘術があるらしいのだが、ともかくその穴から全身抜け出すことが出来るのだそうです。そんな事が出来るものとすれば、この花瓶の口は、十歳の子供の頭よりも大きいのだし、中の容積も充分あるのだから、ある種の子供にはこの中へ隠れてしまうことが、全く不可能ではあるまいと考えた。では、どんな種類の子供にそれが出来るかというと、直ちに連想するのは、小さい時から毎日酢を飲ませられて、身体の節々が水母《くらげ》みたいに自由自在になっている、軽業師の子供です。軽業師と云えば、妙にこの事件と一致する曲芸がある。それはね、足芸で、足の上に大きな壺をのせ、その中へ子供を入れて、クルクル廻す芸当です。見たことがありましょう。あの壺の中へはいる子供は、壺の中で、いろいろ身体を曲げて、まるで鞠《まり》みたいにまんまるになってしまう。腰の辺から二つに折れて、両膝の間へ頭を入れている。あんな芸当の出来る子供なら、この花瓶の中へ隠れることも、さして困難ではあるまい。ひょっとしたら、犯人はちょうどそんな子供があったので、この花瓶のトリックを考えついたのかもしれない。僕はそこへ気づいたもんだから、友達に軽業の非常に好きな男があるので、早速聞合《ききあ》わせて見ると、ちょうど鶯谷の近くに曲馬団がかかっていて、そこで同じ足芸もやっていることがわかった」

　そこまで聞くと、私は悟るところがあった。この会話の初めの方で、諸戸が子供の客があると云ったのは、多分その曲馬団の少年軽業師であって、私がいつか鶯谷で諸戸を見たのは、彼がその子供の顔を見きわめるために行っていたのだということである。

「で、僕はすぐその曲馬団を見物に行って見たところが、足芸の子供が、どうやら鎌倉の海岸にいた四人のうちの一人らしく思われる。ハッキリした記憶がないので断定出来ぬけれど、ともかくこの子供を調べて見なければならないと思った。目的の子供が東京にいたと云うのは、あの四人のうちで一人だけ東京から海水浴に来ていた子供のあったことと一致するわけですからね。だが、うっかり手出しをしては、相手に用心させて、真の犯人を逃がしてしまう虞《おそ》れがあるので、非常に迂遠《うえん》な方法だけれど、僕は自分の職業を利用して、子供だけを外へつれ出すことを考えた。つまり、医学者として軽業師の子供の畸形的《きけいてき》に発育した生理状態を調べるのだから、一と晩貸してくれと申し込んだのです。それには、興行界に勢力のある親分を抱き込んだり、座主《ざしゅ》に多分のお礼をしたり、子供には例の好物のチョコレートをたくさん買ってやる約束をしたり、なかなか骨が折れたのですが」と諸戸は云いながら窓際の小卓《テーブル》にのせてあった紙包みを開いて見せたが、その中にはチョコレートの美しい罐や紙函が三つも四つもはいっていた。「やっと今晩その目的を果たして、軽業少年を単独でここへ引っぱって来ることが出来た。食堂にいるお客さんと云うのは、すなわちその子供なんですよ。だがさっき来たばかりで、まだ何も尋ねていない。海岸にいたと同じ子供かどうかも、ハッキリわかっていないのですよ。ちょうど幸いだ。君と二人でこれから調べてみようではありませんか。君ならあの時の子供の顔を見覚えているだろうから。それに、この花瓶の中へはいれるかどうかを、実際にためして見ることもできますしね」

語り終って諸戸は立ち上がった。私を伴なって食堂へ行くためである。諸戸の探偵談は、この世にありそうもない、まことに異様な結論に到達したのであったが、しかし私は非常に複雑でいながら、実に秩序整然たる彼の長談議《ながだんぎ》にすっかり堪能した形で、今はもはや異議を挟む元気も失せていた。私達は小さいお客さまを見るために、椅子を離れて廊下へと出て行った。

少年軽業師

私は一と目見て、それが、鎌倉の海岸にいた子供の一人であることを感じた。そのことを諸戸に合図すると、彼は満足らしくうなずいて、子供のそばへ腰をおろした。私も食卓をはさんで席についた。ちょうどその時、子供は食事を終えて書生に絵雑誌を見せてもらっていたが、私達に気がつくと、ただニヤニヤ笑って、私達の顔を眺めた。薄汚れた小倉の水兵服を着て、何か口をもぐもぐさせている。一見白痴のように見えてその奥底には何とも云えぬ陰険な相がある。

「この子は芸名を友之助《とものすけ》っていうのですよ。年は十二だそうだけれど、発育不良で小柄だから十《とお》くらいにしか見えない。それに義務教育も受けていないのです。言葉も幼稚だし、字も知らない。ただ芸が非常にうまくて、動作がリスのように敏捷なほかは、智恵のにぶい一種の低能児ですね。しかし動作や言葉に妙に秘密的な所がある。常識はひどく欠乏しているが、そのかわりには、悪事にかけては普通人の及ばぬ畸形な感覚を持っているのかも知れない。いわゆる先天的犯罪者型《タイプ》に属する子供かも知れないのです。今までのところ、何を聞いても曖昧な返事しかしない。こちらの云うことがわからないような顔をしているのですよ」

諸戸は私に予備知識を与えておいて、少年軽業師友之助の方へ向き直った。

「君、このあいだ鎌倉の海水浴へ行っていたね。あの時おじさんは君のすぐ側にいたのだよ。知らなかった？」

「知らねえよ。おいら、海水浴なんか行ったことねえよ」

友之助は、白い眼で諸戸を見上げながら、ぞんざいな返事をした。

「知らないことがあるもんか。ホラ、君達が砂の中へ埋めていた、肥《ふと》ったおじさんが殺されて、大騒ぎがあったじゃないか。知っているだろう」

「知るもんか。おいら、もう帰るよ」

友之助は怒ったような顔をして、ピョコンと立上がると、実際帰りそうな様子を示した。

「ばかをお云い、こんな遠い所から一人でなんか帰れやしないよ。君は道を知らないじゃないの」

「道なんか知ってらい。わからなかったら大人に聞くばかりだい。おいら十里くらい歩いたことがあるんだから」

諸戸は苦笑して、しばらく考えていたが、書生に命じて、例の花瓶とチョコレートの包みを持って来させた。

「もう少しいておくれ、おじさんがいいものをやろう。君は何が一ばん好き？」

「チョコレート」

友之助は立ったまま、まだ怒った声で、しかし正直なところを答えた。

「チョコレートだね。ここにチョコレートがたくさんあるんだよ。君はこれがほしくないの。欲しくなかったら帰るがいいさ、帰ればこれが貰えないのだから」

子供は、チョコレートの大きな包みを見ると、一瞬間さも嬉しそうな表情になったが、しかし強情に欲しいとは云わぬ。ただ、元の椅子に腰をおろして、黙って諸戸を睨んでいる。

「それ見たまえ、君は欲しいのだろう。じゃあ上げるからね、おじさんの云うことを聞かなければ駄目だよ。ちょっとこの花瓶をごらん。綺麗だろう。君はこれと同じ花瓶を見たことがあるね」

「ううん」

「見たことがないって。どうも君は強情だね。じゃあ、それはあとにしよう。ところで、この花瓶と、君がいつもはいる足芸の壷とどちらが大きいと思う？　この花瓶の方が小さいだろう。この中へはいれるかい。いくら君が芸がうまくっても、まさかこの中へははいれまいね。どうだね」

といっても子供が黙りこんでいるので、諸戸はさらに言葉を続けて、

「どうだね。一つやってみないかね。御褒美《ごほうび》をつけよう。君がその中へうまくはいれたら、チョコレートの函《はこ》を一つ上げよう。ここで食べていいんだよ。だが、気の毒だ

けれど、君にはとてもはいれそうもないね」

「はいれらい。きっとそれをくれるかい」

友之助は、何といっても子供だから、つい諸戸の術中に陥ってしまった。

彼はいきなり七宝の花瓶に近づくと、その縁に両手をかけてヒョイと花瓶の朝顔形の口の上に飛び乗った。そして、先ず片足を先に入れ、残った足は、腰のところで二つに折ってお尻の方から、クネクネと不思議な巧みさで、花瓶の中へはいって行った。頭が隠れてしまっても、さし上げた両手が、しばらく宙にもがいていたが、やがてそれも見えなくなった。実に不思議な芸当であった。上から覗いて見ると、子供の黒い頭が、内側から栓のように、花瓶の口一ぱいに見えている。

「うまいうまい。もういいよ。じゃあ御褒美を上げるから出ておいで」

出るのは、はいるよりむずかしいと見えて、少し手間取った。頭と肩は難なく抜けたけれど、はいる時と同じように、足を折り曲げて、お尻を抜くのに、一ばん骨が折れた。友之助は花瓶を出てしまうと、ちょっと得意らしく微笑して、下へおりたが、別に褒美を催促するでもなく、やっぱり押黙ったまま、ジロジロと私達の顔を眺めて突っ立っている。

「じゃ、これを上げるよ。構わないからおたべなさい」

諸戸がチョコレートの紙箱にはいったのを渡すと、子供はそれを引ったくるようにして、無遠慮に蓋《ふた》を開き、一箇銀紙をはがして、口にほうり込んだ。そして、さもおいしそうに、ベタベタいわせながら、目では、諸戸の手に残っている、一ばん美しい罐入りの分を、残念そうに眺めている。彼の貰ったのが、粗末な紙箱入りなのを、はなはだ不服に思っているのだ。これらの様子によっても、チョコレートやその容器に対して彼がまことに並々ならぬ魅力を感じていたことがわかる。

諸戸は彼を膝の上にかけさせて、頭を撫でてやりながら、

「おいしいかい。君はいい子だね。だが、そのチョコレートはそんなに上等のではないのだよ。この金色の罐にはいったやつは、それの十倍も美しくって、おいしいのだよ。ホラこの罐の綺麗なことをごらん。まるでお陽様みたいにキラキラ輝いているじゃないか。今度は君にこれを上げるよ。だが、君はほんとうのことを云わなければ駄目だ。私の尋ねることにほんとうのことを云わなければ上げることは出来ない。わかったかい」

諸戸はちょうど催眠術者が暗示を与える時のように、一語一語力をいれながら、子供に云い聞かせた。友之助は驚くほどの早さで、次から次と銀紙をはがしては、チョコレートを口に運ぶのが忙しくて、諸戸の膝から逃げようともせず、夢中でうなずい

ている。

「この花瓶はいつかの晩、巣鴨の古道具屋にあったのと、形も模様も同じでしょう。君は忘れはしないね。その晩にこの中へ隠れていて、真夜中時分そっとそこから抜け出し、縁の下を通ってお隣りの家へ行ったことを。そこで君は何をしたんだっけな。よく寝ている人の胸のところへ、短刀を突きさしたんだね。ホラ、忘れたかい。その人の枕下《まくらもと》に、やっぱり美しい罐入りのチョコレートがあったじゃないか。そいつを君は持って来たじゃあないか。あの時君が突きさしたのは、どんな人だったか覚えているかい。さあ答えてごらん」

「美しい姉やだったよ。おいら、その人の顔を忘れちゃいけないって、おどかされたんだ」

「感心感心、そういうふうに答えるものだよ。それから、君はさっき鎌倉の海岸なんか行ったことがないと云ったけれど、あれは嘘だね。砂の中のおじさんの胸へも、短刀をつき刺したんだね」

友之助は相変らず、たべることで夢中になっていて、この問いに対しても、無心にうなずいたが、突然何事かに気づいた体《てい》で、非常な恐怖の表情を示した。そして、いきなり、たべかけたチョコレートの箱を投げ出すと、諸戸の膝をとびのこうとした。

「怖《こ》わがることはないよ。僕達も君の親方の仲間なんだから、ほんとうのことをいったって、大丈夫だよ」

諸戸はあわててそれを止めながらいった。

「親方じゃない『お父《と》つぁん』だぜ。お前も『お父つぁん』の仲間なんかい。おいら『お父つぁん』が怖くてしょうがねえんだ。内密《ないしょ》にしといてくれよ、ね」

「心配しないだって、大丈夫だよ。さア、もう一つだけでいい、おじさんの尋ねることに答えておくれ。その『お父つぁん』は今どこにいるんだね。そして、名前は何とかいったね。君は忘れちまったんじゃあるまいね」

「馬鹿云ってら『お父つぁん』の名前を忘れるもんか」

「じゃ云ってごらん。何といったっけな。おじさんは胴忘《どうわす》れしてしまったんだよ。さあ云ってごらん。ホラ、そうすればこのお陽さまのように美しいチョコレートの罐がお前のものになるんだよ」

この子供に対して、チョコレートの罐は、まるで魔法みたいな作用をした。彼は、ちょうど大人達が莫大な黄金の前には、すべての危険を顧みないのと同じに、このチョコレートの罐の魅力に何事をも忘れてしまうように見えた。彼は今にも諸戸に答えそうな様子を示した。その刹那《せつな》、異様な物音がしたかと思うと、諸戸は「アッ」と叫んで、子供をつき離して飛びのいた。変てこなありそうもないことが起ったのだ。次の瞬間には、友之助はそこの絨毯の上に転がっていた。白い水兵服の胸のところが、赤インキをこぼしたように、まっ赤に染まっていた。

「蓑浦君危ない。ピストルだ」

諸戸は叫んで、私をつき飛ばすように、部屋の隅へ押しやった。だが用心した第二弾は発射されなかった。たっぷり一分間、私達は黙ったまま、ぼんやりと立ちつくしていた。

何者かが、開いてあった窓の外の暗闇から、少年を沈黙させるために発砲したのである。いうまでもなく友之助の告白によって危険を感じる者の仕業であろう。ひょっとしたら、友之助のいわゆる「お父つぁん」であったかも知れない。

「警察へ知らせよう」

諸戸はそこへ気がつくと、いきなり部屋を飛出していったが、やがて彼の書斎から、付近の警察署を呼び出す電話の声が聞こえて来た。

それを聞きながら、私は元の場所に立ちつくして、ふとさっきここへ来る時見かけた、不気味な、腰のところで二つに折れたような老人の姿を思い出していた。

乃木将軍の秘密

何者かは知らねど、相手が飛道具《とびどうぐ》を持っていて、しかもそれが単なるおどかしでないことがわかっていたものだから、私達は犯人を追跡するどころか、私も書生や婆やも、青くなってその部屋を逃げ出し、期せずして警察へ電話をかけている諸戸の書斎へ集まってしまった。

しかし諸戸だけは、比較的勇敢であって、電話をかけ終ると、玄関の方へ走っていって、大声で書生の名を呼び、提灯《ちょうちん》をつけてこいと命じた。そうなると、私もじっとしているわけにもいかず、書生を手伝って、提灯を二つ用意し、すでに門の外へかけ出している諸戸のあとを追ったが、暗夜のため見通しがつかぬので、犯人がどっちへ逃げ去ったのか、全くわからない。それから、もしやまだ邸内に潜伏しているのではないかと、提灯をたよりに、ザッと探して見たが、どこの茂みの蔭にも、建物のくぼみにも、人の姿を見出すことは出来なかった。むろん犯人は、私達が電話をかけたり、提灯をつけたり、ぐずぐず手間取っていた間《ま》に遠く逃げ去ったものに相違ないのだ。

私達は手を束《つか》ねて巡査の来着を待つほかはなかった。

しばらくすると管轄の警察署から数名の警官が駈けつけてくれたが、田舎道を徒歩でやって来たので、可なり時間がたっていて、ただちに犯人を追跡する見込みは立たなかった。近くの電車の駅へ電話をかけて手配するにしても、もうおそ過ぎた。

第一に到着した人達が、友之助の死体を調べたり、庭内を念入りに捜索したりしている間に、やがて裁判所や警視庁からも人が来て、私達はいろいろと質問を受けた。止むなくすべての事情を打明けると、其筋《そのすじ》をさしおいて、いらぬおせっかいをするものでないと、ひどく叱りつけられたばかりか、その後もたびたび呼出しを受けて、何人もの人に同じ答えをくり返さねばならなかった。云うまでもなく私達の陳述によって、警察を通じて、鶯谷の曲馬団に変事が伝えられ、そこから死体引取りの人がやって来たが、曲馬団の方では、この事件については全く心当りがないとのことであった。

諸戸は例の異様な推理――少年軽業師友之助が、二つの事件の下手人だという推理を、警察の人達にも一応物語らねばならぬ羽目となったものだから、警察では一応は曲馬団にも手入れをして、厳重に取調べを行った模様であるが、座員には一人として疑わしい者もなく、やがて曲馬団が鶯谷の興行を打ち上げて、地方へ廻って行ってしまうと同時に、この曲馬団に対する疑いも、そのまま立消えとなった様子であった。又、警察は、私の陳述によって八十くらいに見える例の怪老人のことも知ったのであるが、そのような老人は、如何《いか》ほど捜索しても発見することが出来なかった。

十歳のいたいけな少年が二度も殺人罪を犯したり、八十歳のよぼよぼの老翁が最新式のブローニングを発射して、その十歳の少年を殺したなどという考えは、あまりにも荒唐無稽《こうとうむけい》でかつ幻想的であったためか、常識に富む其筋の人々の満足を買うことが出来なかったようである。それには諸戸が、帝国大学の卒業生ではあったけれど、官途《かんと》にもつかず、開業もせず、奇怪千万な研究に没頭していたのだし、又、私はといえば、恋に狂った文学青年みたいな男だったものだから、警察では私達を一種の妄想狂——復讐や犯罪探偵に夢中になった変り者——というふうに解釈したらしく、邪推かも知れぬけれど、諸戸のかの条理整然たる推理をも、妄想狂の幻として、真面目には聞いてくれなかったように思われた（十歳やそこいらの子供の、チョコレートに引かされての自白などは、警察ではまるで問題にしなかった）。つまり、警察は警察自身の解釈によって、この事件の犯人を探したらしいのだが、しかし、結局これという容疑者さえもあがらず、そのままに一日一日と日がたって行くのであった。

曲馬団からは、損害賠償という意味で、多額の香奠《こうでん》をまき上げられるし、警察からはひどく叱られた上に、探偵狂扱いにされるし、諸戸はこの事件にかかり合ったばっかりに、さんざんな目にあわされたのであるが、しかし、彼はそのために元気を失うようなことはなく、かえって一層熱心を増したかに見えた。

のみならず警察が妄想的な諸戸の説を信じなかったと同じ程度に、諸戸の方でもかかる事件に対してはあまりにも実際的過ぎる警察の人々を度外視しているらしく思われた。その証拠には、私はその後、深山木幸吉の受け取った脅迫状に記されてあった「品物」のこと、それを深山木が私に送るといったこと、送って来たのは意外にも一箇の鼻かけの乃木将軍であったことなどを、諸戸に打明けたのだが、諸戸は取調べの時それについては一言《いちごん》も陳述せず、私にも云ってはならぬと注意を与えたほどである。つまり、この一連の事件を、彼自身の力で徹底的に調べ上げようとしているらしく見えた。

当時の私の心持ちをいうと、初代殺しの犯人に対する復讐の念は、当初と少しも変わらなかったが、一方では事件が次々と複雑化し、予想外に大きなものになって行くのを茫然と見守っている形であった。殺人事件が一つずつ重なって行くに従って、真相がわかって来るどころか、反対にますます不可解なものになって行くのを、あまりのことにそら恐ろしく感じていた。

又諸戸道雄の思いがけぬ熱心さも、私にとっては理解しがたき一つの謎であった。先にもちょっと述べたことがあるが、彼が如何に私を愛していたからといって、又探偵ということに興味を持っていたからといって、これほど迄熱心になれるものではなく、それには何かもっと別の理由があったのではないかと疑われさえしたのである。

それはともかく、少年惨殺事件があってから数日というものは、私達の周囲もゴタゴタしていたし、正体のわからぬ敵に対する恐れに、私達の心も騒いでいたので、むろん私はたびたび諸戸を訪問してはいたのだけれど、ゆっくり善後策を相談するほど、お互いに落ちついた気持になれなかった。私達が次にとるべき手段について語り合ったのは、そんなわけで、友之助が殺されてから数日も経過した時分であった。

その日も、私は会社を休んで（事件以来、会社の方はほとんどお留守になっていた）諸戸の家を訪ねたのであるが、私達が書斎で話し合っている時、彼は大体次のような意見を述べたのであった。

「警察の方では、どの程度まで進んでいるのか知らぬが、あまり信頼出来そうもないね。この事件は、僕の考えでは警察の常識以上のものだと思う。警察は警察のやり方で進むがいいし、僕達は僕達で一つ研究して見ようじゃないか。友之助が真犯人の傀《かい》儡《らい》に過ぎなんだように、友之助を射った曲者も同じ傀儡の一人かも知れない。元兇《げんきょう》は遠いもやの中に全く姿を隠している。だから漫然と元兇を尋ねたところで多分無駄骨《むだぼね》に終るだろう。それよりも、近道は、この三つの殺人事件の裏には、どんな動機が潜んでいるか。何がこの犯罪の原因となったか、ということを確かめることだと思う。

君の話によると、深山木氏が殺される前受取った脅迫状に『品物』を渡せという文句があった。恐らく犯人にとってはこの『品物』が何人《なんぴと》の命に換えても大切なものであって、それを手に入れるために今度の事件が起ったと見るべきであろう。初代さんを殺したのも、深山木さんを殺したのも、君の部屋へ何者かが忍び込んで家探しをしたらしいのも、すべてこの『品物』のためだよ。友之助を殺したのは、むろん元兇の名前を知られたくないためだ。ところで、その『品物』は仕合《しあわ》せと今僕らの手にはいっている。鼻かけの乃木将軍にどれほどの値打があるか全くわからぬけれど、ともかく彼等の『品物』というのは、この乃木将軍の石膏《せっこう》像に違いないらしい。だから、僕らはさしづめ、この変てこな石膏像を調べて見なくてはなるまいね。この『品物』については警察は何も知らないのだから、僕らは非常な手柄を立てることが出来ぬものでもない。それについてね、僕の家や君の家は、もう敵に知られていて危険だから、別に人知れず僕らの探偵本部を作る必要がある。実はそのために、僕は神田《かんだ》のある所に、ちゃんと部屋を借りておいたよ。明日、君は例の石膏像を古新聞に包んで、つまらない品のように見せかけ、用心のため車に乗って、そこの家へ来てくれたまえ。僕は先に行っているから、そこでゆっくり石膏像を調べて見ようじゃないか」

私は云うまでもなく、この諸戸の意見に同意して、その翌日打ち合わせた時間に、自動車を雇って、神田の教えられた家へ行った。それは神保町《じんぼうちょう》近くの学生町の、飲食店のゴタゴタと軒を並べた、曲りくねった細い抜け裏のような所にある、一軒のみすぼらしいレストランで、二階の六畳が貸間になっていたのを諸戸が借り受けたものであった。私が急な梯子《はしご》を上がって行くと、大きな雨漏りのあとのついた壁を背にして、赤茶けた畳の上に、いつになく和服姿の諸戸が、ちゃんと坐って待っていた。

「汚ない家《うち》ですね」

と云って私が顔をしかめると、

「わざとこんな家を選んだのさ。下は西洋料理屋だから、出入《ではい》りが人目につかぬし、このゴタゴタした学生町なら、ちょっと気がつくまいと思ってね」

諸戸はさも得意らしくいった。

私はふと、小学生の時分によくやった探偵遊戯というものを思い出した。それは普通の泥棒ごっこではなくて、友達と二人で、手帳と鉛筆を持って、深夜、さも秘密らしく近くの町々を忍び歩き、軒並の表札を書き留めて廻り、何町《まち》の何軒目には、何という人が住んでいるということを諳《そら》んじて、何か非常な秘密を握った気になって悦《よろこ》んでいたものである。その時の相棒の友達というのが、馬鹿にそんな秘密がかったことが好きで、探偵遊びをするにも、彼の小さな書斎を探偵本部と名づけて、得意がっていたのだが、今諸戸がこのようないわゆる「探偵本部」を作って得意がっているのを見ると、三十歳の諸戸が、当時の秘密好きな変り者の少年みたいに思われ、私達のやっていることが子供らしい遊戯のようにも感じられるのであった。

そして、そんな真剣の場合であったにかかわらず、私は何だか愉快になって来た。諸戸を見ると、彼にも、どうやら浮き浮きとした、子供らしい興奮が現われている。若い私達の心の片隅には、確かに秘密を喜び、冒険を楽しむ気持があったのだ。それに諸戸と私との間柄は、単に友達という言葉では云い表わせない種類のものであった。諸戸は私に対して不思議な恋愛を感じていたし、私の方でも、むろんその気持をほとうには理解出来なかったけれど、頭だけではわかっていた。そして、それが、普通の場合のようにひどくいやな感じではなかった。彼と相対《あいたい》していると彼か私かどちらかが異性ででもあるような、一種甘ったるい匂いを感じた。ひょっとすると、その匂いが、私達二人の探偵事務を一層愉快にしたのかも知れないのである。

それはともかく、諸戸はそこで、例の石膏像を私から受取って、しばらく熱心に調べていたが、造作もなく謎を解いてしまった。

「僕は石膏像そのものには、何の意味もないことを、あらかじめ知っていた。何故と云って、初代さんは、こんなものを持っていなかったけれど、殺されたのだからね。

初代さんが殺された時盗まれたのは、チョコレートを別にすれば、手提袋だけだが、手提げの中へこの石膏像ははいらない。とすると、何かもっと小さなものだ。小さなものなれば、石膏像の中へ封じこむことが出来るからね。ドイルの小説に『六個のナポレオン像』というのがある。ナポレオンの石膏像の中へ宝石を隠す話だ。深山木さんは、きっとその小説を思い出して、例の『品物』を隠すのに応用したものだよ。ホラ、ナポレオン、乃木将軍、非常に連想的じゃないか。で、今調べて見るとね、汚れているので目だたぬけれど、この石膏は確かに一度二つに割って、又石膏で継ぎ合わせたものだよ。ここの所に、その新しい石膏の細い線が見える」

云いながら、諸戸は石膏のある個所を、指先に唾をつけてこすって見せたが、なるほどその下に継ぎ目がある。

「わって見よう」

諸戸は、そういったかと思うと、いきなり石膏像を柱にぶっつけた。乃木将軍の顔が、無惨にもこなごなになってしまった。

弥陀の利益

さて、破《こわ》れた石膏像の中には、綿が一杯詰まっていたが、綿を取りのけると二冊の本が出て来た。その一つは、思いがけぬ木崎初代の実家の系図帳で、かつて彼女が私に預け、思い出して見ると、私が最初深山木を訪ねた時、彼に渡したままになっていたものである。もう一つは、古い雑記帳ようのもので、ほとんど全ページ、鉛筆書きの文字で埋まっていた。それが如何に不思議千万な記録であったかはおいおいに説明する。

「ああ、これが系図帳だね。僕の想像していた通りだ」

諸戸はその系図帳の方を手に取って叫んだ。

「この系図帳こそ曲者なんだ。賊が命がけで手に入れようとした『品物』なんだ。それはね、今までのことをよく考えて見ればわかることなんだよ、先ず最初、初代さんが手提袋を盗まれた。もっとも当時すでに系図帳は君の手に渡っていたけれど、その以前には初代さんはこれをいつも手提げに入れて側《そば》から離さなかったというのだから、賊はその手提げさえ奪えばいいと思ったのだよ。ところが、それが無駄骨に終ったので、今度は君に目をつけたが、君は偶然に賊が手出しをする前に、深山木氏に系図帳を渡してしまった。深山木氏がそれを持ってどこかへ旅行した、そして、恐らく有力な手掛りをつかむことが出来た。間もなく例の脅迫状が来て、深山木氏は殺されたが、今度もまた、当の系図帳はすでにこの石膏像の中に封じて君の手に返っていたので、賊は空しく深山木氏の書斎をかき乱したに過ぎなかった。それで再び君が狙われることになった。だが賊も石膏像には気づかぬものだから、君の部屋をたびたび探しはしたけれど、ついに目的を果さなかった。おかしいことに、賊はいつもあとへあとへと廻っていたのだよ。という順序を想像すると、賊の命がけで狙っていたものは、確かにこの系図帳なんだよ」

「それで思い当ることがありますよ」私は驚いて云った。「初代さんがね、僕に話したことがあります。近所の古本屋が、いくら高くてもいいから、その系図帳を譲ってくれと、たびたび申込んだそうです。こんなつまらない系図帳に大した値打があるわけはないのですから、考えて見ると古本屋は恐らく賊に頼まれたのですね。古本屋に尋ねたら賊の正体がわかるのじゃないでしょうか」

「そんなことがあったとすると、いよいよ僕の想像が当るわけだが、しかし、あれほどの考え深い奴だから、古本屋にだって、決して正体をつかまれちゃいまいよ。先ず古本屋を手先に使って、おだやかに系図帳を買い取ろうとした。それが駄目とわかると、今度はひそかに盗み出そうとした。君がいつか話したね。初代さんが例の怪しい老人を見た頃、初代さんの書斎の物の位置が変っていたって。それが盗み出そうとした証拠だよ。だが、系図帳はいつも初代さんが肌身離さず持って歩くことがわかったものだから次には……」

諸戸はそこまで云って、ハッと何事かに気づいた様子でまっ青になった。そして、黙り込んで、大きく開いた目でじっと空間を見つめた。

「どうかしたの？」

と私が尋ねても、彼は返事もしないで、長い間おし黙っていたが、やがて、気をとり直して、何気なく話の結末をつけた。

「次には……とうとう初代さんを殺してしまった」

だが、それは何か奥歯に物のはさまったような、ハキハキしない云い方であった。私は、その時の、諸戸の異様な表情をいつまでも忘れることが出来なかった。

「ですが、僕には、少しわからないところがありますよ。初代にしろ、深山木にしろ、なぜ殺さなければならなかったのでしょう。殺人罪まで犯さなくても、うまく系図帳を盗み出す方法があったでしょうに」

「それは、今のところ僕にもわからない。多分別に殺さねばならぬ事情があったのだろう。そういうところに、この事件の単純なものでないことが現われている。だが、空論はよして、実物を調べて見ようじゃないか」

そこで、私達は二冊の書き物を調べたのだが、系図帳の方は、かつて私も見て知っているように、何の変りとてもない普通の系図帳に過ぎなかったけれども、もう一冊の雑記帳の内容は、実に異様な記事に満たされていた。私達は一度読みかけたら、あまりの不思議さに中途でよすことが出来ないほど、引きいれられて、最初にその雑記帳の方を読んでしまったのだが、記述の便宜上、その方はあと廻しにして、先ず系図帳の秘密について書き記すことにしよう。

「封建時代の昔なら知らぬこと。系図帳などが、命がけで盗み出すほど大切なものだとは思えない。とすると、これには、表面に現われた系図帳としてのほかに、もっと別の意味があるのかも知れぬ」

諸戸は、一枚一枚念入りに、頁《ページ》をめくりながら云った。

「九代、春延《はるのぶ》、幼名又四郎《またしろう》、享和《きょうわ》三年家督、賜《たまわる》二百石《こく》、文政《ぶんせい》十二年三月二十一日没、か。この前はちぎれていてわからない。藩主《はんしゅ》の名も初めの方に書いてあったのだろうが、あとは略して禄高《ろくだか》だけになっている。二百石の微禄じゃあ姓名が分ったところで、何藩の臣下だか容易に調べはつくまいね。こんな小身者の系図に、どうしてそんな値打があるのかしら。遺産相続にしたって、別に系図の必要もあるまいし、たとい必要があったところで、盗み出すというのは変だからね。盗まないでも、系図が証拠になることなら堂々と表だって要求出来るわけだから」

「変だな。ごらんなさい。この表紙のところが、わざとはがしたみたいになっている」

　私はふと、それに気づいた。先に初代から受取った時には、確かに完全な表紙だったのが、苦心してはがしたように表面の古風な織物と、芯の厚紙とが別々になっていて、めくって見ると、織物の裏打ちをした何かの反古《ほご》の、黒々とした文字さえ現われて来た。

「そうだね。確かにわざわざはがしたんだ。むろん深山木氏がしたことだ。とすると、これには何か意味がなくてはならないね。深山木氏は何もかも見通しているらしいのだから、無意味にこれをはがすはずはない」

　私は何気なく、裏打ちの反古の文字を読んで見た。すると、その文句がどうやら異様に感じられたので、諸戸にそこを見せた。

「これは何の文句でしょうね。(注18)和讃《わさん》かしら」

「おかしいね。和讃の一部分でもなし、まさかこの時分(注19)お筆先《ふでさき》でもあるまいし。物ありげな文句だね」

　で、文句というのは次のようにまことに奇怪なものであった。

　　神と仏がおうたなら

巽《たつみ》の鬼をうちやぶり
弥陀《みだ》の利益《りやく》をさぐるべし
六道《ろくどう》の辻に迷うなよ

「何だか辻褄《つじつま》の合わぬまずい文句だし、書風も御家流《おいえりゅう》まがいの下手な字だね。昔のあまり教養のないお爺さんでも書いたものだろう。だが、神と仏が会ったり、巽の鬼を打ちやぶったり、何となく意味ありげでさっぱりわからないね。しかし、いうまでもなく、この変な文句が曲者だよ。深山木氏が、わざわざはがして調べたほどだからね」

「呪文みたいですね」

「そう。呪文のようでもあるが、僕は暗号文じゃないかと思うよ。命がけで欲しがるほど値打のある暗号文だね。もしそうだとすると、この変な文句に、莫大な金銭的価値がなくてはならぬ。金銭的価値のある暗号文と云えば、すぐ思いつくのは、例の宝の隠し場所を暗示したものだが、そう思って、この文句を読んで見ると、『弥陀の利益を探るべし』とあるのが、何となく『宝のありかを探せ』という意味らしく取れるじゃないか。隠された金銀財宝は、如何にも弥陀の利益に相違ないからね」

「ああ、そう云えばそうも取れますね」

えたいの知れぬ蔭の人物が（それはかの八十以上にも見える怪老人であろうか）あらゆる犠牲を払って、この表紙裏の反古を手に入れようとしている。それは反古の文句が宝の隠し場所を暗示しているからだ。それをどうかして嗅ぎつけたのだ。とすると、事件は非常に面白くなって来る。我々にこの古風な暗号文が解けさえすれば、ポーの小説の「黄金虫《こがねむし》」の主人公のように、たちまちにして百万長者になれるかも知れないのだ。

だが、私達はそこでずいぶん考えて見たのだが、「弥陀の利益」が財宝を暗示することは想像し得ても、あとの三行の文句は全くわからない。その土地なり、現場の地形なりに、大体通じている人でなくては、全然解き得ないものかも知れぬ。とすると、私達はその土地を全く知らないのだから、この暗号文は、（たとい暗号だったとしても）永久に解く術《すべ》がないわけである。

だがこれがはたして、諸戸の想像したように、宝のありかを示す暗号だったであろうか。それはあまりにも浪漫的《ロマンチック》な、虫のいい空想ではなかったか。

人外境便り

さて私は、奇妙な雑記帳の内容を語る順序となった。系図帳の秘密が、もし諸戸の想像した通りだとすれば、むしろ景気のよい華やかなものであったのに反して、雑記帳の方はまことに不思議で、陰気で薄気味のわるい代物であった。我々の想像を絶した、人外境の便りであった。

その記録は今も私の手文庫の底に残っているので、肝要な部分部分をここに複写しておくが、部分部分といっても相当長いものになるかも知れない。だが、この不思議な記録こそ、私の物語の中心をなすところの、ある重大な事実を語るものなのだから、読者には我慢をしても読んでもらわねばならぬ。

それは一種異様な告白文であって、細かい鉛筆書きで仮名や当て字沢山の、ひどい田舎訛《いなかなま》りのある、文章そのものが、すでに一種異様な感じを与えるものであったが、読者の読みやすいために、文章に手を入れて訛りを東京言葉に直し、仮名や当て字は、正しい漢字に書きかえて、写しておいた。文中の括弧《かっこ》や句読点も全部私が書入れたものである。

歌の師匠《ししょう》にねだって、内しょで、この帳面とエンピツを持ってきてもらいました。遠くの方の国では誰でも、心に思ったことを、字に書いて楽しんでいるらしいですから、私も（半分の方の私ですよ）書いて見ようと思うのです。

不幸（これは近頃覚えた字ですが）ということが、私にもよくよくわかって来ました。ほんとうに不幸という字が使えるのは、私だけだと思います。遠くの方に世界とか日本とかいうものがあって、誰でもその中に住んでいるそうですが、私は生れてから、その世界や日本というものを見たことがありません。これは不幸という字に、よくよくあてはまると思います、私は、不幸というものに、辛抱しきれぬように思われて来ました。本に「神様助けてくだささい」と云う言葉が、よく書いてありますが、私はまだ神様というものを見たことがありませんけれど、やっぱり「神様助けてください」と云いたいのです。そうすると、いくらか胸が楽になるのです。

私は悲しい心が話したいのです。けれども、話す人がありません。ここへ来る人は、私よりずっと年の多い、毎日歌を教えに来る助八《すけはち》さんという（この人は自分のことを「お爺《じい》」といっています）お爺さんです。それから、物の云えない（唖というのです）三度ずつ、御飯を運んで来るおとしさんと、（この人は四十歳です）二人だけで、おとしさんはだめにきまっているし、助八さんもあんまりものを云わない人で、私が何か聞くと、目をしょぼしょぼさせて涙ぐんでばかりいますから、話しても仕方がありません。そのほかには自分だけです。自分でも話せるけれど、自分では気が合わないので、いいあいをしているほど、腹が立って来ます。もう一つの顔がなぜこの顔と違っているのか、なぜ別々の考え方をするのか、悲しくなるばかりです。

助八さんは、私を十七歳だと申します。十七歳とは、生れてから、十七年たったことですから、私はきっと、この四角な壁の中に十七年住んでいたのでしょう。助八さんが来るたんびに、日を教えて下さいますから、一年の長さは少しわかりますが、それが十七年です。ずいぶん悲しい間です。その間のことを、思い出し思い出し書いて見ようと思います。そうすれば私の不幸がみんな書けるに違いないのです。

子供は母の乳を呑んで大きくなるものだそうですが、私は悲しいことに、その時分のことを少しも覚えていないのです。母というのは女のやさしい人だということですが、私には母というものが、少しも考えられません。母と似たもので、父というものがあることも知ってますが、父の方は、あれがそうだとすると二三度あったことがあります。その人は、「わしはお前のお父つぁんだよ」と申しました。怖い顔の片輪者でした。

(註、ここにある片輪者とは、普通の意味の片輪者にあらず。読み進むに従い判明すべし)

私が一ばん初めに覚えているのは、今から考えると、四歳から五歳の時のことでしようと思います。それより前はまっ暗でわかりません。その時分から私は、この四角な壁の中に居りました。厚い壁で出来た戸の外へは、一度も出たことがありません。その厚い戸は、いつでも外から錠がかけてあって、押しても叩いても動きません。

私の住んでいる四角な壁の中のことを一度よく書いておきましょう。長さの計り方をハッキリ知りませんから、私の身体の長さを元にしていいますと、四方の壁はどれでもおよそ私の身体の長さを四つくらいにしたほどあります。高さは私の身体を二つ重ねたほどです。天井に板が張ってあって、助八さんに聞くと、その上に土をのせて、瓦《かわら》が並べてあるのだそうです。その瓦の端の方は窓から見えております。

今私の坐っている所には畳が十枚敷いてあって、その下は板になっております。板の下にはもう一つ四角いところがあります。梯子を降りて行くのです。そこも広さは上と同じですが、畳がなくていろいろな形の箱がゴロゴロところがっています。私の着物を入れた箪笥《たんす》もあります。お手水《ちょうず》もあります。この二つの四角なところを部屋ともいいドゾウ（土蔵）ともいうようです。助八さんは時々クラともいっています。

クラにはさっきの壁の戸のほかに、上に二つ下に二つの窓があります。皆私の身体の半分くらいの大きさで、太い鉄の棒が五本ずつはめてあります。それだから窓から外へ出ることは出来ません。

畳の敷いてある方には、隅に布団が積んであるのと、私のおもちゃを入れた箱があるのと(今その蓋《ふた》の上で書いております)壁の釘に三味線《しゃみせん》がかけてあるだけで、ほかにはなんにもありません。

私はその中で大きくなりました。世界というものも、人のたくさんかたまって歩いている町というものも一度も見たことがありません。町の方は本の絵で見たきりです。でも山と海は知っております。窓から見えるのです。山は土が高くなったようなものですし、海は青くなったり白く光ったりまっ直ぐな長いものです。それがすっかり水なのだそうです。みんな助八さんに教えてもらいました。

四歳か五歳かの時を思い出して見ますと、今よりはよっぽど楽しかったように思われます。何も知らなんだからでしょう。その時分には、助八さんやおとしさんはいないでおくみという婆さんがいました。皆片輪者です。この人がひょっとしたら母ではないかと、よく考えて見ますが、乳もなかったし、どうもそんな気がしません。ちっともやさしい人ではなかったようです。でもあまり小さい時分だったので、よくわかりません。顔や身体の形も知りません。あとで名前を聞いて覚えているくらいです。

その人が時々私を遊ばせてくれました。お菓子やご飯もたべさせてくれました。ものをいうことを教えてくれました。私は毎日、壁を伝って歩き廻ったり、布団の上によじ登ったり、おもちゃの石や貝や木切れで遊んだりして、よくキャッキャッと笑っていたように覚えております。ああ、あの時分はよかった。なぜ私はこんなに大きくなったのでしょう。そしていろいろなことを知ってしまったのでしょう。

（中略）

おとしさんが、何だか怒ったような顔をして、今お膳を持って降りて行ったところです。お腹が一杯の時は、吉《きっ》ちゃんがおとなしいので、この間に書きましょう。吉ちゃんといってもよその人ではないのです。私の一つの名前なのです。

書き始めてから五日《いつか》になります。字も知らないし、こんなに長く書くのは初めてですから、なかなかはかどりません。一枚書くのに一日かかることもあります。

今日は、私が初めてびっくりした時のことを書きましょう。

私やほかの人達は、みな人間というもので、魚や虫や鼠などとは別の生きたものであって、みんな同じ形をしているものだということを、長い間知りませんでした。人間にはいろいろな形があるのだと思い込んでおりました。それは、私がたくさんの人間を見たことがないものだから、そんなまちがった考えになったのです。

七歳くらいの時だと思いますが、その時分まで、私はおくみさんとおくみさんの次に来るようになったおよねさんのほかには人間を見たことがなかったものですから、あの時およねさんが難儀して私の巾の広い身体を抱き上げて、鉄棒のはまった高い窓から、外の広い原っぱを見せてくれた時、そこを一人の人間が歩いて行くのを見て、私はアッとびっくりしてしまったのです。それまでにも原っぱを見たことはたびたびありましたが、人間が通るのは一度も見ませんでしたからです。

およねさんは、きっと「馬鹿」という片輪だったのでしょう、何にも私に教えてくれなんだものですから、その時まで、私は、人間のきまった形を、ハッキリ知らなんだのです。

原っぱを歩いている人は、およねさんと、同じ形をしておりました。そして私の身体は、その人とも、およねさんとも、まるで違うのです。私は怖くなりました。

「あの人や、およねさんはどうして顔が一つしかないの」

といって私がたずねますと、およねさんは、

「アハハハハ知らねえよ」と云いました。

その時は、なんにもわからずにしまいましたが、私は怖くて仕様がないのです。寝ている時、一つしか顔のない妙な形の人間が、ウジャウジャと現われて来るのです。夢ばっかり見ているのです。

片輪という言葉を覚えたのは、助八さんに歌を習うようになってからです。十歳くらいの時です。「馬鹿」のおよねさんが来なくなって、今のおとしさんに代って間も

なく、私は歌や三味線を習い始めたのです。

おとしさんが物をいわないし、私がいっても聞こえないらしいので、妙だ妙だと思っていますと、助八さんが、あれは啞という片輪者だと教えてくれました。片輪者というのは、あたりまえの人間と違うところのあるものだと教えてくれました。

それで、私が「そんなら、助八さんも、およねさんも、おとしさんも、みんな片輪じゃないか」と、いいますと、助八さんはびっくりしたような大きな目で私を睨みつけましたが、「ああ秀《ひで》ちゃんや吉ちゃんは気の毒だね。何にも知らなかったのか」と云いました。

今では、私は三冊本をもらって、その小さな字の本を何べんも何べんも読みました。助八さんはあまりものを云いませんけれど、それでも長い間にはいろいろなことを教えて下さいましたし、この本は助八さんの十倍も又いろいろのことを教えて下さいました。それでほかのことは知りませんが、本に書いてあることはハッキリ知っております。その本には沢山人間や何かの絵もかいてありました。それですから人間というもののあたり前の形も今ではわかりますが、その時は妙に思うばかりでした。

考えて見ますと、私はずっと小さい時から、何だか妙に思っていたことはいたのです。私には二つの違った形の顔があって、一つの方は美しくて、一つの方はきたないのです。そして、美しい方は、私の思う通りになって、ものを云うことでも、心に思った通りに云うのですが、汚ない方のは私が少しも心に思わないことを、うっかりしている時に、喋り出すのです。止めさせようとしても、少しも私の思う通りにならないのです。

くやしくなって引掻《ひっか》いてやりますと、その顔が怖い顔になって、怒鳴《どな》ったり、泣きだしたりします。私は少しも悲しくないのに、ボロボロ涙をこぼしたりします。そのくせ私が悲しく泣いている時でも、汚ない方の顔はゲラゲラ笑っていることがあります。

思う通りにならないのは、顔ばかりでなくて、二本の手と二本の足もそうです（私には四本の手と四本の足があります）。私の思う通りになるのは右の方の二本の手足だけで左の方のは、私にさからってばかりいます。

私は考えることが出来るようになってから、ずっと、何かしばりつけられているような、思うようにならない気持ばかりしていました。それはこの汚ない顔と、いうことを聞かぬ手足があったからです。だんだん言葉がわかるようになってからは、私は二つ名前のあること、美しい顔の方が秀ちゃんで、汚ない顔の方が吉ちゃんだということが、どうしても妙で仕方がなかったのです。

そのわけが、助八さんに教えてもらって、ようようわかりました。助八さん達が片輪ではなくて、私の方が片輪だったのです。

　不幸という字は、まだ知らなんだけれど、ほんとうに不幸という心になったのは、その時からです。私は悲しくて悲しくて、助八さんの前でワーワー泣きました。

「可哀そうに、泣くんじゃないよ。わしはね、歌のほかは何も教えてはならんと言いつけられているので、詳しいことは云えぬが、お前達はよくよく悪い月日のもとに生れ合わせたんだよ。ふたごと云ってね。お前達はお母さんの腹の中で、二人の子供が一つにくっついてしまって生れて来たんだよ。だが、切り離すと死んでしまうから、そのままで育てられたのだよ」

　助八さんがそう云いました。私はお母さんの腹の中ということが、よくわからないので、尋ねましたが、助八さんは、黙って涙ぐんでいるばかりで、何も云わないのです。私は今でも、お母さんの腹の中の言葉をよく覚えていますが、そのわけは教えてくれないので、少しも知りません。

　片輪者というのは、ひどく人に嫌われるものに違いありません。助八さんとおとしさんのほかには、きっとそのほかにも人がいるのですが、誰も私の側へ来てくれません。そして私も外へ出られないのです。そんなに嫌われるくらいなら、いっそ死んだ方がいいと思います。死ぬということは、助八さんは教えてくれませんけれど、本で読みました。辛抱出来ないほど痛いことをすれば、死ぬのだと思います。

　向うで、そんなに私を嫌うなら、こちらでも嫌ってやれ憎んでやれという考えが、つい近頃出来て来ました。それで、私は近頃は私と違った形の、あたり前の人を、心のうちで片輪者と云ってやります。書く時にもそう書いてやります。

鋸《のこぎり》と鏡

（註、この間に幼年時代の思い出数々記しあれど略す）

　助八さんはよいお爺さんだということが、だんだんわかって来ました。けれども、よいお爺さんではありますけれども、誰かほかの人から（ひょっとしたら神さまかも知れません。それでなければ、あの怖い「お父つぁん」かも知れません）やさしくしてはならんと、いいつけられているのだということが、よくよくわかって来ました。

　私は（秀ちゃんも吉ちゃんも）話がしたくて仕様がないのに、助八さんは歌を教えてしまうと、私が悲しんでも、知らん顔をして行ってしまいます。長い間ですから、時々話をすることもありますが、少し喋ると、何か目に見えないものが、口をふさぎに来たように、黙ってしまいます。「馬鹿」のおよねさんの方が、よっぽどたくさん喋りました。けれども、私の聞きたいことは、少ししか云いませなんだ。

字や物の名や、人間の心のことを覚えたのは、たいがい助八さんに教えてもらったのですが、助八さんは「わしは学問がないのでいかぬ」と申されましたから、字も沢山は教えてもらいません。

ある時助八さんが三冊本を持って上がって来て「こんな本がわしの行李《こうり》の中に残っていたから、絵でも見るがいい。わしにも読めぬから、お前にはとても字を読むことは出来ないけれど、わしがいろいろな話をすると、ひどい目に合わされるから、この本を読めなくても、読んでいる間には、お前のよい話し相手になるだろうから」といって、三冊の本を下さいました。

本の名は「子供世界」と「太陽」と「思出の記」です。表紙に大きな字で書いてありますから、本の名だと思います。「子供世界」というのは面白い絵のたくさんある本で、一ばんよく読めました。「太陽」はいろいろなことが並べて書いてあります。半分くらいは今でもむずかしくてわかりません。「思出の記」というのも、悲しい楽しい本です。たびたび読むと、この本が一ばん好きになりました。それでもたくさんわからないところがあります。助八さんに尋ねても、わかることも、わからぬこともあります。

絵も、字で書いてあることも、遠い遠いところの、まるで私とは違ったことばかりですから、わかるところでもほんとうにわかっているのではありません。夢みたいに思えるばかりです。それから、遠いところにある世界には、もっともっと、私の知っている百倍も、いろいろな物や考え方や字などがあるのだそうですが、私は三冊の本と、助八さんの少しの話だけしか知りませんから、「子供世界」に書いてある太郎という子供でさえ知っていることで、私の少しも知らないようなことが、沢山沢山あるでしょうと思います。世界では、学校というものがあって、小さい子供にでも沢山沢山教えて下さるのだそうですから。

本を貰いましたのは、助八さんが来るようになってから三年くらいあとでしたから、私の十二くらいの年かも知れません。けれども、貰ってから二年か三年は、読んでも読んでも、わからぬことばかりでした。助八さんにわけをたずねても教えて下さる時は少しで、あとはたいがいおとしさんの唖みたいに、返事をしなさいませんでした。

本が少し読めるようになったのと、ほんとうに悲しい心がわかるようになったのと、同じでした。片輪というものがどのくらい悲しいものかということが、一日ずつ、ハッキリハッキリわかって来ました。

私が書いているのは、秀ちゃんの方の心です。吉ちゃんの心は、私の思っているように別々なものとすると、秀ちゃんにはわかりません。書いているのは、秀ちゃんの方の手なのですから。けれども、壁の向うの音が聞こえるくらいには、吉ちゃんの心もわかります。

私の心は、吉ちゃんの方が、秀ちゃんよりも、よっぽど片輪です。吉ちゃんは本も秀ちゃんのように読めませんし、お話をしても、秀ちゃんの知っていることを、沢山知りません。吉ちゃんは力だけ強いのです。

それですけれども、吉ちゃんの心も、私が片輪者だということを、ハッキリハッキリ知っております。吉ちゃんと秀ちゃんは、そのことを話しする間は、喧嘩をしません。悲しいことばかり話します。

一ばん悲しかったことを書きます。

ある時ご飯のお菜《かず》に、知らぬお魚がついておりましたので、あとで助八さんにお魚の名を聞きましたら、章魚《たこ》と申しました。章魚というのはどんな形ですかと尋ねますと、足の八つあるいやな形の魚だと申しました。

そうすると、私は人間よりも章魚に似ているのだと思いました。私は手足が八つあります。章魚の頭は幾つあるか知りませんが、私は頭の二つある章魚のようなものです。

それから章魚の夢ばかり見ました。ほんとうの章魚の形を知りませんものですから、小さい私のような形のものだと思って、その形の夢を見ました。その形のものが、沢山沢山、海の水の中を歩いている夢を見ました。

それから少しして、私の身体を二つに切ることを考え始めました。よくしらべて見ますと、私の身体の右の方の半分は、顔も手も足も腹も秀ちゃんの思うようになりますが、左の半分は顔も手も足も少しも秀ちゃんの思うようになりません。左の方には吉ちゃんの心がはいっているからだと思います。それですから、身体を半分に切ってしまったら一人の私が、二人の別々の人間になれると思いました。助八さんとおとしさんのように、別々な秀ちゃんと吉ちゃんになって、勝手に動いたり、考えたり眠ったり出来ると思いました。そうなれたらどんなに嬉しいでしょうと思いました。

秀ちゃんと吉ちゃんを別の人間としますと、秀ちゃんのお尻の左側と吉ちゃんのお尻の右側とが、一つになってしまっているのです。そこを切ればちょうど二人の人間になれます。

ある時、秀ちゃんが吉ちゃんに、この考えを話しましたら、吉ちゃんも喜んでそうしようと申しました。けれども切る物がありません。のこぎりとか庖丁《ほうちょう》とかいうものを知っておりますが、まだ見たことがありません。そうすると吉ちゃんが、喰いついて切ろうと申しました。秀ちゃんが、そんなことは出来ませんというのに、吉ちゃんは、えらい力で喰いつきましたが、私はキャッといって、大きな声で泣き出しました。それで、吉ちゃんの顔も、一っしょに泣き出しました。それで、吉ちゃんは一ぺんだけでこりてしまいました。

一ぺんこりても、又片輪者のことを思い出したり、喧嘩をしたりして、悲しくなりますと、又切ろうと思いました。ある時、助八さんにのこぎりを持って来て下さいと申しましたら、助八さんは何をするのかと聞きましたから、私を二つに切ると申しましたら、助八さんはびっくりして、そんなことをしたら死んでしまうと申しました。死んでもいいからといって、ワアワア泣いて頼んでも、どうしても聞いて下さいませんでした。

（中略）

本がよく読めるようになった時分に、私は（秀ちゃんの方です）お化粧という言葉を覚えました。「子供世界」の絵の女の子のように、身体や着物を美しくすることと思いましたので、助八さんに聞きますと、頭の髪を結んだり、おしろいという粉をつけることだと申しました。

それを持って来て下さいと申しますと、助八さんは笑いました。そして、可哀そうにお前もやっぱり女の子だからなあと申しました。又、けれども、風呂にはいったことがないようでは、おしろいなんてつけられぬと申しました。

私は風呂というものを聞いて知っておりましたけれど、見たことがありません。一と月に一度くらいおとしさんが（それも内しょだということですが）たらいにお湯を入れて、下の板敷きへ持って来て下さいますので、私はそのお湯で身体を洗うばかりです。

助八さんはお化粧するには、鏡というものがいることを教えて下さいましたが、助八さんは鏡を持っていないから、見せてもらうことは出来ませなんだ。

けれども、私があんまり頼むものですから、助八さんはこれでも鏡の代りになるからといって、ガラスというものを持って来て下さいました。それを壁に立てて覗いて見ますと、水に写るよりも、よっぽどハッキリと、私の顔が見えました。

秀ちゃんの顔は「子供世界」の絵の女の子よりも、ずっと汚ないけれども、吉ちゃんよりは、よっぽど綺麗ですし、助八さんや、おとしさんや、およねさんよりも、よっぽど綺麗です。それですから、ガラスを見てから、秀ちゃんは大層嬉しくなりました。顔を洗って、おしろいをつけて髪を綺麗に結んだら、絵の女の子くらいになるかも知れんと思いました。

おしろいはなかったけれど、朝、水で顔を洗う時、一生懸命にこすって、顔を綺麗にしようと思いました。頭の髪も、ガラスを見て、自分で考えて、絵に書いてあるようなふうに結ぶことを習いました。初めは下手でしたけれど、だんだん髪の形が絵に似て来るようになりました。私が髪を結んでいる時に啞のおとしさんが来ると、おとしさんも手伝って下さいました。秀ちゃんがだんだん綺麗になって行くのが、嬉しくて嬉しくて仕様がありませなんだ。

吉ちゃんは、ガラスを見ることも、綺麗になることも好きでないものですから、秀ちゃんの邪魔ばかりしましたが、それでも時々「秀ちゃんは綺麗だなあ」といってほめました。

けれども、綺麗になるほど、秀ちゃんは、前よりももっと片輪者が悲しくなりました。いくら秀ちゃんだけ綺麗にしても、半分の吉ちゃんが汚ないし、身体の巾があたり前の人の倍もありますし、着物も汚ないし、秀ちゃんの顔だけ綺麗にしても、悲しくなるばかりです。それでも、吉ちゃんの顔だけでも、綺麗にしようと思って、秀ちゃんが水でこすったり、髪を結んだりしてやりますと、吉ちゃんは怒り出すのです。何というわからない吉ちゃんでしょうか。

（中略）

恐ろしき恋

秀ちゃんと吉ちゃんの心のことを書きます。

前に書いたように、秀ちゃんと吉ちゃんは、身体は一つですが心は二つです。切り離してしまえば、別々の人間になれるほどです。私はだんだんいろいろなことがわかって来たものですから、今までのように、両方とも自分だと思うことが少しになって、秀ちゃんと吉ちゃんは、ほんとうは別々の人間だけれど、ただお尻の所でくっついているだけですと思うようになって来ました。

それで、主に秀ちゃんの心の方を書きますが、その心を隠さずに書くと、吉ちゃんの方が怒るにきまっております。吉ちゃんは、字が秀ちゃんのように読めませんから、少しはいいけれど、それでもこの頃は疑い深いから心配です。それで、秀ちゃんは吉ちゃんが眠っている間に、そっと身体を曲げて内しょで書くことにしました。

先ず初めから書きます。小さい時分は、片輪ですから、思うようにならないものですから、それが腹が立って、我儘《わがまま》を云い合って、喧嘩ばかりしておりましたが、心が苦しかったり悲しかったりすることはありませなんだ。

片輪ということが、ハッキリわかってからは、喧嘩をしても今までのように、ひどい喧嘩はしませなんだ。それでも、だんだん違った、心の苦しいことが出来て来ました。秀ちゃんは、片輪というものが汚なくて憎いと思いました。それですから自分が汚なくて憎いのです。そして、一ばん汚なくて憎いのは、吉ちゃんです。吉ちゃんの顔や身体が、いつでもいつでも、秀ちゃんの横にちゃんとくっついているかと思うと、いやでいやで、憎らしくて憎らしくて、何ともいえない気持になりました。吉ちゃんの方でも同じでしょうと思います。それで、ひどい喧嘩はしませんかわりに、心の中では、今までの何倍も喧嘩をしておりました。

（中略）

私の身体の半分ずつが、どこやら違っていることを、ハッキリ心に思うようになったのは、一年くらい前からです。たらいで身体を洗う時に、一ばんよくわかりました。吉ちゃんの方は、顔が汚ないし、手も足も力が強くてゴツゴツしています。色も黒いのです。秀ちゃんの方は色が白くて、手や足が柔《やわら》かいのです。

吉ちゃんの方が「男」で、秀ちゃんの方が「女」ということは、ずっと前から助八さんに聞いて知っていましたが、そのわけが一年くらい前からわかりかけて来ましたのです。「思出の記」の今までわからなんだところが、沢山わかって来るように思われました。

（註、いわゆるシャムの兄弟に類する癒合双体《ゆごうそうたい》の生存を保ちし例は、間々《まま》なきにあらねど、この記事の主人公のごときは、医学上はなはだ解し難き点あり、賢明なる読者はすでにある秘密を推し給いしならん）

二人の人間のくっついた片輪だものですから、私は一日に五度も六度も、あたり前の人の倍も梯子をおりて、（中略）

そのうちに、秀ちゃんの方に今までと違ったことが起って来ました。（中略）私はびっくりして、死ぬのではないかと思って、ワーワー泣き出しました。助八さんが来て、わけを云って下さるまでは、心配でしっかり吉ちゃんの首にしがみついておりました。

吉ちゃんの方にも、もっともっと違ったことが起って来ました。吉ちゃんの声が太くなって、助八さんの声のようになって来たものですから、吉ちゃんの心がひどく変って来たのです。

吉ちゃんは手の指でも、力は強いけれど、細かいことは出来ません。三味線でも、秀ちゃんみたいに、かんどころがよくわかりませんし、歌でも、声ばかりで、ふしが妙です。そのわけは、吉ちゃんの心があらくて、細かいことがよくわからないためでしょうと思います。それですから、秀ちゃんが十ものを考える間に、吉ちゃんは一つくらいしか考えられません。そのかわりに、考えたことを、すぐ喋ったり、手でやったりいたします。

吉ちゃんはある時「秀ちゃんは、今でも別々の人間になりたいか。ここの所を切り離したいか。吉ちゃんは、もうそんなことはしたくないよ。こんなふうにくっついている方が、よっぽど嬉しいよ」と申しました。そして、涙ぐんで、赤い顔をいたしました。

なぜか知りませんが、その時秀ちゃんも顔があつくなって来ました。そして、今まで一度も知らなんだような、妙な妙な気持がしました。

吉ちゃんは、少しも秀ちゃんをいじめぬようになりました。ガラスの前でお化粧する時にも、朝、顔を洗う時にも、夜布団を敷く時にも、少しも邪魔をしませんで、お手伝いをいたしました。何かすることは、みんな「吉ちゃんがするからいいよ」と申して、秀ちゃんが楽なように楽なようにといたしました。

秀ちゃんが、三味線を弾いて、歌を歌っておりますと、吉ちゃんは、今までのように、あばれたり怒鳴ったりしませんで、じっとして、秀ちゃんの口の動くのを、見つめておりました。秀ちゃんが髪を結ぶ時でも、同じでした。そしてうるさいほど「吉ちゃんは秀ちゃんが好きだよ。ほんとうに好きだよ。秀ちゃんも吉ちゃんを好きだろう」と、いつもいつも申しました。

　今まででも、左側の吉ちゃんの手や足が、右側の秀ちゃんの身体にさわることは沢山ありましたが、同じさわるのでも違ったさわり方をするようになりました。オズオズとさわるのではありませんが、虫が這っているように、ソッと撫でたり、掴んだりいたします。それですけれども、そこのところが熱くなってトントンと血の音がわかるのです。

　秀ちゃんは、夜、びっくりして眼をさますことがあります。暖かい生きものが、身体中を這い廻っているような気持がして、ゾッとして眼を醒ますのです。夜はまっ暗でわかりませんから「吉ちゃん起きていたの」と聞きますと、吉ちゃんは、じっとしてしまって、返事もいたしません。左側に寝ている吉ちゃんの、いきや血の音が、肉を伝《つたわ》って、秀ちゃんの身体に響いてくるばかりです。

　ある晩、寝ている時、吉ちゃんがひどいことをしました。秀ちゃんは、それから、吉ちゃんが嫌いで嫌いでしようがないようになりました。殺してしまいたいくらい嫌いになりました。

　秀ちゃんは、その時寝ていていきがつまりそうになって死んでしまうのではないかと思って、びっくりして眼を醒ましました。そうしますと、吉ちゃんの顔が秀ちゃんの顔の上に重なって、吉ちゃんの唇が秀ちゃんの唇をおさえつけて、いきが出来ぬようになっていたのです。けれども吉ちゃんと秀ちゃんとは、腰の横のところでくっついておりますので、身体を重ねることが出来ません。顔を重ねるのでも、よっぽどむずかしいのです。それを、吉ちゃんは、骨が折れてしまうほど身体をねじまげて、一生懸命に顔を重ねておりました。秀ちゃんの胸が横の方からひどく押されるのと、腰のところの肉が、ちぎれるほど引っぱっているので、死ぬほど苦しいのです。秀ちゃんは「いやだ、いやだ、吉ちゃんは嫌いだ」と申して、めちゃくちゃに、吉ちゃんの顔を引っかきました。それでも、吉ちゃんは、いつものように、喧嘩をしませんで、黙って顔をはなして寝てしまいました。

朝になりますと、吉ちゃんの顔が傷だらけになっていましたが、それでも吉ちゃんは怒りませんで、一日悲しい顔をしておりました。(中略)

(註、不具者は羞恥《しゅうち》を知らざるが故に、以下露骨《ろこつ》なる記事多ければすべて略しつ)

私一人だけで勝手に寝たり起きたり考えたり出来たら、どんなに気持がいいでしょうと、あたり前の人間を羨ましく思いました。

せめて、本を読む時と、字を書く時と、窓から海の方を見ている時だけでも、吉ちゃんの身体が離れてほしいと思いました。いつでも、いつでも、吉ちゃんのいやな血の音が響いていますし、吉ちゃんの匂いがしていますし、身体を動かすたんびに、ああ私は悲しい片輪者だと思い出すのです。此頃《このごろ》では、吉ちゃんのギラギラした目が、顔の横から、いつでも秀ちゃんを見ておりますす。鼻いきの音がうるさく聞こえますし、怖いような匂いがしますし、私はいやでいやでたまりません。

ある時吉ちゃんが、オンオン泣きながら、こんなことを申しました。それで、私は少し吉ちゃんが可哀そうになりました。

「吉ちゃんは秀ちゃんが好きで好きでたまらんのに、秀ちゃんは吉ちゃんが嫌いだもの。どうしよう、どうしよう。いくら嫌われても、離れることは出来んし、離れなんだら、秀ちゃんの綺麗な顔やいい匂いがいつでもしているし」と申して泣きました。

吉ちゃんは、しまいに無茶苦茶になって、私がいくらいやいやと申しても、力ずくで、秀ちゃんを抱きしめようといたしますが、身体が横にくっついているものですから、どうしても思うようになりません。それで私はいい気味だと思いますが、吉ちゃんはよっぽど腹が立つと見えて、顔に一ぱいの汗を出して、ギャアギャア怒鳴っております。

それですから、よく考えて見ますと、秀ちゃんも吉ちゃんも、同じように、片輪者を悲しく思っているのです。

又、吉ちゃんは、力が強いものですから、いつでも好きな時に、力ずくで、吉ちゃんの顔と秀ちゃんの顔と重ねて、秀ちゃんが泣き出そうとしても、口を押えて声の出ぬようにいたします。吉ちゃんのギラギラする大きな目が、秀ちゃんの目にくっついてしまって、鼻も口もいきが出ぬようになって、死ぬほど苦しいのです。

それですから、秀ちゃんは、毎日毎日、泣いてばっかりおります。

奇妙な通信

毎日一枚か二枚ほか書けませんので、書き始めてから、もう一と月ぐらいになりました。夏になりましたので、汗が流れて仕方がありません。

こんなに長く書くのは生れてから始めてですし、思い出すことや、考えることが下手ですから、ずっと前のことや近頃のことがあべこべになってしまいます。

これから、私の住んでいる土蔵が、牢屋《ろうや》というものに似ていることを書きます。

「子供世界」の本の中に、悪いことをせぬ人が、牢屋というものに入れられて、悲しい思いをすることが書いてありました。牢屋というものはどんなものか知りませんが、私の住んでいる土蔵と似ているように思いました。

あたり前の子供は、父や母と同じ所に住んで、一しょにご飯をたべたり、お話をしたり、遊んだりするものではないかと思いました。「子供世界」にそのような絵が沢山書いてありました。これは遠いところにある世界だけのことでしょうか。私にも父や母があるなら、同じように、楽しく一しょに住むことが出来るのではありませんでしょうか。

助八さんは、父や母のことを聞いても、ハッキリ教えて下さいません。怖い「お父つぁん」にあわせて下さいとたのんでも、あわせて下さいません。

男と女ということが、ハッキリわからない前には、吉ちゃんと、よくこのことをお話いたしました。私はいやな片輪者ですから、父も母も、私を嫌って、こんな土蔵の中へ入れて、私の形が、ほかの人に見えぬようになさったのかも知れません。それでも、目の見えぬ片輪者や、唖の片輪者が父や母と一しょに住んでいることが、本に書いてあります。父や母は、片輪者の子供はあたり前の子供よりも可哀そうですから、大層大層やさしくして下さいますことが、書いてあります。なぜ私だけはそうして下さいませんのでしょうか。助八さんにたずねましたら、助八さんは涙ぐんで「お前の運がわるいのだよ」と申しました。ほかのことは少しも教えて下さいませなんだ。

土蔵の外へ出たい心は、秀ちゃんも吉ちゃんも同じでしたが、土蔵の厚い壁のような戸を、手が痛くなるほど叩いたり、助八さんやおとしさんの出る時に、一しょに出るといって、あばれ廻るのは、いつでも吉ちゃんの方でした。そうすると、助八さんは、吉ちゃんの頬をひどくたたいて私を柱にしばりつけてしまいました。その上に、外へ出ようと思って、あばれた時には、御飯が一ぺんだけたべられないのです。

それで、私は助八さんやおとしさんに内しょで、外へ出ることを、一生懸命に考えました。吉ちゃんとそのことばかり相談いたしました。

ある時、私は窓の鉄の棒をはずすことを考えました。棒のはまっている、白い土を掘って、鉄棒をはずそうとしたのです。吉ちゃんと、秀ちゃんと、代り番こに、指の先から血が出るほど、長い間土を掘りました。そして、とうとう一本の棒の片方だけはずしてしまいましたが、すぐ助八さんに見つかって、一日ご飯がたべられませんでした。

（中略）

どうしても、こうしても、土蔵の外へ出ることは出来ないと、思ってしまったら、悲しくて、悲しくて、しばらくの間は、私は毎日毎日、背のびをして、窓の外ばかり見ておりました。

海はいつものように、キラキラと光っておりました。原っぱには、何もなくて、風が草を動かしておりました。海の音がドウドウと、悲しく聞こえておりました。あの海の向うに世界があるのかと思いますと、鳥のように飛んで行けたらいいでしょうと思いました。けれども、私みたいな片輪者が、世界へ行きましたら、どんな目に合わされるか知れないと思いますと、怖くなりました。

海の向うの方に、青い山のようなものが見えております。助八さんがいつか「あれは岬《みさき》というもので、ちょうど牛が寝ている形だ」と申しました。牛の絵は見たことがありますが、牛が寝たらあんな形になるのかしらんと思いました。又、あの岬という山が世界の端っこか知らんと思いました。遠くの遠くの方を、いつまでもじっと見ていますと、目がぼうっとかすんで来て、知らぬ間に涙が流れています。

（中略）

父も母もなく牢屋のような土蔵におしこめられて、生れてから一度も、外の広い所へ出たことがないという「不幸」だけでも、悲しくて悲しくて、死んでしまいたいほどですのに、近頃では、そのほかに、吉ちゃんがいやないやなことをしますので、時々、吉ちゃんを締め殺してやろうかと思うことがあります。吉ちゃんが死ねば、きっと秀ちゃんも一しょに死んでしまいますでしょうから。

私はもうもう、死んでしまいたい。死んでしまいたい。神様助けて下さい。神様どうか私を殺して下さい。

（中略）

今日、窓の外に音がしたものですから、覗いて見ますと、窓のすぐ下の塀の外に、人間が立って、窓の方を見上げておりました。大きい、肥えた男の人です。「子供世界」の絵にあるような妙な着物を着ておりましたから、遠くの世界の人間かも知れないと思いました。

私は大きな声で「お前は誰だ」といいましたが、その人間は何もいわず、じっと私を見ておりました。何となくやさしそうな人に見えました。私はいろいろな事が話したいと思いましたが、吉ちゃんが怖い顔をして邪魔をしますし、大きな声を出して助八さんに聞こえると大変ですから、ただその人の顔を見て笑ったばかりです。そうしますと、その人も私の顔を見て笑いました。

その人が行ってしまうと、私はにわかに悲しくなりました。そして、どうかもう一度来て下さいと、神様にお願いしました。

それから私はいいことを思い出しました。もしあの人がもう一度来て下さったら、話は出来ませんけれども、遠くの世界の人間は、手紙というものを書くことが本に書いてありましたから、私は字を書いて、あの人に見せようと思いました。けれども、手紙を書くのには長い間かかりますから、この帳面をあの人の側《そば》へ投げてやるがいいと思いました。あの人はきっと字がよめましょうから、この帳面を拾って、私の不幸な不幸なことを知って、神様のように助けて下さるかも知れません。

どうかもう一度、あの人が来て下さいますように。

雑記帳の記事は、そこでポッツリと切れていた。

読者に解りやすいために、原文の仮名違いや当て字や、どこの訛りかはしらぬけれど、ひどい田舎訛りを大体東京弁に訂正したので、原文の不気味な調子を、そのまま伝えていないかも知れぬ。読者は、一行一行当て字や仮名違いだらけで、文字もほとんど体《たい》をなさず、何か別世界の人類からの通信ででもあるような、汚ない鉛筆書きの雑記帳を想像して下されればよい。

この雑記帳を読み終った時、私達（諸戸道雄と私と）は、しばらく言葉もなく、顔を見合わせていた。

私は俗にシャムの兄弟といわれる奇妙な双生児の話を聞いていないではなかった。シャムの兄弟というのは、シャン、エンという名前で、両方共男で、剣状軟骨部癒合《けんじょうなんこつぶゆごう》双体と名づける畸形双生児であったが、そうした畸形児は多くの場合死んで生れるか、出生《しゅっしょう》後《ご》間もなく死亡するものであるのに、シャン、エンはその不思議な体で六十三歳まで長命し、両方とも別々の女と結婚して、驚いたことには二十二人の完全な小児の父となったということである。

だが、そういう例は、世界でも珍しいほどだから、われわれの国にそんな不気味な両頭生物が存在しようとは想像もしていなかった。しかも、それが一方は男で、一方は女で、男の方が女に執念深い愛着を感じ、女は男を死ぬほど嫌い抜いているというような、不思議千万な状態は、悪夢の中でさえも、かつて見ぬ地獄といわねばならぬ。

「秀ちゃんという娘は実に聡明《そうめい》ですね。如何に熟読したといっても、たった三冊の本から得た知識で、誤字や仮名違いはあっても、これだけの長い感想文を書いたのですからね。この娘は詩人でさえありますね。だが、それにしてもこんなことが、果してあり得るでしょうか。罪の深いいたずら書きじゃないでしょうね」

私は医学者諸戸の意見を聞かないではいられなかった。

「いたずら書き？　いや、おそらくそうじゃあるまいよ。深山木氏がこうして大切にしていたところを見ると、これには深い意味があるに違いない。僕はふと考えたのだが、この終りの方に書いてある、窓の下へ来たという人物は、よく肥えた洋服姿だったらしいから、深山木氏のことじゃあるまいか」

「ああ、僕もちょっとそんな気がしましたよ」

「そうだとすると、深山木氏が殺される前に旅行した先というのは、この双生児《ふたご》のとじこめられている土蔵のある地方だったに相違ない。そして、土蔵の窓の下へ深山木氏が現われたのは、一度ではなかった。なぜといって、深山木氏が二度目に窓の下へ行かなかったら、双生児はこの雑記帳を窓から投げなかっただろうからね」

「そういえば、深山木さんは、旅行から帰った時、何だか恐ろしいものを見たといっていましたが、それはこの双生児のことだったのですね」

「ああ、そんなことをいっていたの？　じゃいよいよそうだ。深山木氏は僕達の知らない事実を握っていたのだ。そうでなければ、そんなところへ見当をつけて、旅行をするはずがないからね」

「それにしても、この可哀そうな不具者を見て、なぜ救い出そうとしなかったのでしょう」

「それはわからないけれど、直ぐぶっつかって行くには、手強《てごわ》い敵だと思ったかも知れぬ。それで一度帰って、準備をととのえてから引返す積《つも》りだったかも知れぬ」

「それは、この双生児をとじこめている奴のことですね」私はその時、ふとあることに気づいて、驚いていった。「ああ、不思議な一致がありますよ。死んだ軽業少年の友之助ね、あれが『お父つぁん』に叱られるといっていましたね。この雑記帳にも

『お父つぁん』という言葉がある。そして両方とも悪い奴のようだから、もしやその『お父つぁん』というのが、元兇なんじゃありますまいか。そう考えるとこの双生児と今度の殺人事件との連絡がついて来ますね」

「そうだ。君もそこへ気がついたね。だが、そればかりじゃない。この雑記帳は、よく注意して見ると、いろいろな事実を語っているのだよ。実に恐ろしい」

諸戸は、そういって真底《しんそこ》から恐ろしそうな表情をした。

「もし僕の想像が当っているならば、この全体の邪悪に比べては、初代さん殺しなんか、ほとんど取るに足らないほどの、小さな事件なんだよ。君はまだ悟っていないようだが、この双生児そのものに、世界中の誰もが考えなかったほどの、恐ろしい秘密が伏在しているんだよ」

諸戸が何を考えているのかハッキリはわからなかったけれど、次々と現われて来る事実の奇怪さに、私は何か奥底の知れぬ不気味なものを感じないではいられなかった。諸戸は青い顔をして考え込んでいた。その様子が、彼自身の心の中を、深く深く覗き込んでいるといった感じであった。私も雑記帳をもてあそびながら、黙想にふけっていた。だが、そうしているうちに、私はある驚くべき連想にぶつかって、ハッとして我れに返った。

「諸戸さん。どうも妙ですよ。又一つ不思議な一致を思いつきましたよ。それはね。あなたにはまだ話さなかったか知らんが、初代さんがね、捨て子になる前の、二つか三つかの時分の、夢のような思い出話をしたことがあるんです。何だか荒れ果てた淋しい海辺に、妙な古めかしい城みたいな邸があって、そこの断崖《だんがい》になった海岸で、初代さんが生れたばかりの赤ちゃんと遊んでいる景色なんです。そういう景色を夢のように覚えているというのです。私はその時そこの景色を想像して絵に書いて初代さんに見せたところが、そっくりだというものですから、その絵を大切にしていたんですが、いつか深山木さんに見せて、そのまま忘れて来てしまったのです。でも、僕はハッキリ覚えてますから、今でも書くことが出来ますよ。ところで、不思議な一致というのは、初代さんの話では、その海の遙か向うの方に、牛の寝た形の陸地が見えていたそうですが、この雑記帳にも、土蔵の窓から海を見ると、向うに牛の寝た姿の岬があると書いてあるじゃありませんか。牛の寝たような岬はどこにでもあるでしょうから、偶然の一致かも知れないけれど、海岸の荒れ果てた様子といい、海の形容といい、この文章は、初代さんの話そっくりなんです。暗号文を隠した系図帳を初代さんが持っていた。それを盗もうとした賊とこの双生児とは何か関係があるらしい。そして、初代さんも双生児も、同じような牛の形の陸地を見たという。とすると、それは何となく同一の場所のように思われるじゃありませんか」

この私の話の半《なか》ばから、諸戸はまるで幽霊にでも出逢った人みたいな、一種異様な恐怖の表情を示したが、私が言葉を切ると、ひどくせき込んだ調子で、その海岸の景色をここで描いて見せてくれといった。そして、私が鉛筆と手帳を出して、ザッとその想像図を描くと、それを引《ひっ》たくるようにして、長い間画面に見入っていたが、やがてフラフラと立上がって、帰り支度をしながらいった。

「僕は今日は頭がメチャメチャになって、考えが纏《まと》まらぬ。もう帰る。明日僕の家へ来てくれたまえ。今ここでは怖くて話せないことがあるんだから」そういい捨てて、彼は私の存在を忘れたかのごとく、挨拶も残さず、ヨロヨロとよろめきながら、階段を降りて行くのであった。

北川刑事と一寸法師

私は諸戸の異様な挙動を理解することが出来なくて、独《ひと》り取残されたまましばらくは、ぼんやりしていたが、諸戸は「明日来てくれ、その時すっかり話をする」と言ったのだから、とも角一《ひ》と先《ま》ず帰宅して明日を待つほかはなかった。

だが、この神田の家へ来る道さえ、乃木将軍の像を古新聞などに包んで、用心に用心を重ねたくらいだから、その中にはいっていた大切な二品を、私の自宅へ持帰るのは、非常な危険なことに相違ない。私は左程《さほど》にも感じぬけれど、死んだ深山木といい、諸戸といい、曲者はただこの品物を手に入れたいばっかりに、人を殺したのだといっている。それにもかかわらず、今諸戸がこの品物の処分法を指図もしないで、喪心《そうしん》のていで立ち去ったというのは、よくよくの事情があったことであろう。そこで、私はいろいろ考えた末、曲者はまさかこのレストランの二階まで感づいていないだろうと思ったので、二冊の帳面を、そこの長押《なげし》に懸けてあった古い額の、表装の破れ目から、ぐっと押しこんで、ちょっと見たのでは少しもわからぬようにしておいて何食わぬ顔でそのまま自宅に立帰ったのである（だが、この私の内心いささか得意であった即興的な隠し場所は、決して安全なものでなかったことが、あとでわかった）。

それから翌日のおひる頃、私が諸戸を訪問するまで別段のお話もない。その間を利用して、ちょっと変った書き方をして、私が直接見聞したことではないけれど、ずっと後になって、本人の口から聞知ったところの、北川《きたがわ》という刑事巡査の苦心談を、ここにはさんでおくことにする。時間的にもちょうどこの辺の所で、起った出来事なのだから。

北川氏は先日の友之助殺しに関係した池袋署の刑事であったが、他の警察官達とは少しばかり違った考え方をする男であったから、この事件に対する諸戸の意見を真に受けたほどで、署長の許しを乞い、警視庁の人達さえ手を引いてしまったあとまでも、根気よく尾崎《おざき》曲馬団（例の鶯谷に興行していた友之助の曲馬団のこと）のあとをつけ廻って困難な探偵を続けていた。

その時分尾崎曲馬団は、逃げるように、鶯谷を打上げて遠方の静岡県の或る町で興行していたが、北川刑事は、ほとんど曲馬団と一緒にその地へ出張して、みすぼらしい労働者に風《ふう》を変えて、もう一週間ばかりも、捜索に従事していた。一週間といっても、引越しや、小屋組みで四五日もかかったので、客を呼ぶようになったのはつい二三日前であったが、北川氏は臨時雇いの人足になって、小屋組みの手伝いまでして、座員と懇意《こんい》になることを努めたから、もし彼等の間に秘密があれば、とっくに知れていなければならぬはずなのに、不思議と何の手掛りを掴むことも出来なかった。「友之助が七月五日に鎌倉に行ったことがあるか」「その時誰が連れて行ったか」「友之助の背後に八十くらいの腰の曲った老人がいないか」などということを、一人一人に当って、それとなく尋ねて見たけれど、誰もかれも知らぬと答えるばかりであった。しかもその様子が決して嘘らしくなかったのである。

一座の道化役《どうけやく》に、一人の小人がいた。三十歳の癖に七八歳の少年の背丈《せたけ》で、顔ばかりがほんとうの年よりもふけて見えるような、不気味な片輪者で、そんな男にありがちの低能者であった。北川氏は最初この男だけは別物にして、懇意になろうとも、物を尋ねようともしなかったが、だんだん日がたつにつれて、この小人は低能には相違ないけれど、なかなか邪推《じゃすい》深く、嫉妬もすれば、ある場合には普通人も及ばぬ悪戯《いたずら》もする。ひょっとしたら、わざと低能を装って、それを一種の保護色なり擬態《ぎたい》なりにしているのではないかしら、ということがわかって来たので、かえってこんな男に尋ねて見たら、案外何かの手掛りが摑めるかも知れぬと思うようになった。そこで、北川氏は根気よくこの小人を手なずけて、もう大丈夫と思った時分に、ある日次のような問答をかわしたのだが、私がここへはさんで、記しておきたいというのは、その変てこな問答のことなのである。

それはよく晴れた星の多い晩であったが、打出しになって、あと片づけも済んだ時分、小人は話相手もないものだから、テントの外に出て、一人ぼっちで涼んでいた。北川氏はこの好機をのがさず、彼に近寄り、暗い野天で無駄話を始めたものである。つまらぬ世間話から、深山木氏が殺された問題の日の出来事に移って行った。北川氏はその日鶯谷で曲馬団の客になって、見物していたと偽り、出鱈目《でたらめ》にその時の感想などを話したあとで、こんなふうに要点にはいって行った。

「あの日、足芸があって、友之助ね、ホラ池袋で殺された子供ね、あの子が甕《かめ》の中へはいってグルグル廻されるのを見たよ。あの子はほんとうに気の毒なことだったね」

「ウン、友之助かい、可愛そうなはあの子でございよ。とうとうやられちゃった。ブルブル、ブルブル、ブルブル。だがね、兄貴、その日に友之助の足芸があったてえな、おまはんの思い違いだっせ、俺はこう見えても、物覚えがいいんだからな。あの日はね、友之助は小屋にいなかったのさ」

小人はどこの訛《なま》りともわからない言葉で、しかしなかなか雄弁に喋った。

「千円賭けてもいい。俺は確かに見た」

「だめだめ、兄貴そりゃ日が違うんだぜ。七月五日は、特別のわけがあって、俺ぁちゃんと覚えているんだ」

「日が違うもんか。七月の第一日曜じゃないか。お前こそ日が違うんだろ」

「だめだめ」一寸法師は闇の中で、おどけた表情をしたらしかった。

「じゃあ、友之助は病気だったのかね」

「あの野郎、病気なんかするもんかね。親方の友達が来てね、どっかへ連れてかれたんだよ」

「親方って、お父つぁんのことだね。そうだろ」と北川氏は例の友之助のいわゆる

「お父つぁん」をよく記憶していて探りを入れたものである。

「エ、何だって？」一寸法師は突然、非常な恐怖を示した。

「お前どうしてお父つぁんを知っている」

「知らなくってさ。八十ばかりの、腰の曲ったよぼよぼのお爺さんだろ。お前達の親方ってな、そのお爺さんのことさ」

「違う違う。親方はそんなお爺《じい》じゃありゃしない。腰なんぞ曲っているもんか。お前見たことがないんだね。もっとも小屋へはあまり顔出しをしないけど、親方ってのは、こう、ひどい傴僂のまだ三十くらいの若い人さ」

北川氏は、なるほど傴僂だったのか、それで老人に見えたのかも知れないと思った。

「それがお父つぁんかい」

「違う違う。お父つぁんが、こんな所へ来ているものか、ずっと遠くにいらあね。親方とお父つぁんとは、別々の人なんだよ」

「別々の人だって。するとお父つぁんてのは、一体全体何者だね。お前達の何に当る人なんだね」

「何だか知らないけど、お父つぁんはお父つぁんさ。親方と同じような顔で、やっぱり傴僂だから、親方と親子かも知れない。だが、俺《おら》ぁ止《よ》すよ。お父つぁんのことを話しちゃあいけねえんだ、お前は大丈夫だと思うけど、もしお父つぁんに知れたら、俺はひどい目に合わされるからね。又箱ん中へ入れられっちまうからね」

箱の中と聞いて、北川氏は現代の一種の拷問具《ごうもんぐ》ともいうべき、ある箱のことを連想したが、それは同氏の思い違いで、一寸法師のいわゆる「箱」というのは、そんな拷問道具なんかより幾層倍も恐ろしい代物であったことが、あとでわかった。それはとにかく、北川氏は相手が案外与《くみ》しやすくて、だんだん話が佳境《かきょう》に入るのを、ゾクゾク嬉しがって胸を躍らせながら、質問を進めて行った。

「で、つまり何だね。七月五日に友之助を連れてったのはお父つぁんでなくて、親方の知合いなんだね。どこへ行ったね。お前聞かなかったかね」

「友のやつ、俺と仲よしだったから、俺だけにそっと教えてくれたよ。景色のいい海へ行って、砂遊びをしたり泳いだりしたんだって」

「鎌倉じゃないの」

「そうそう鎌倉とかいったっけ。友のやつ親方の秘蔵っ子だからね。ちょくちょく、いい目を見せてもらったよ」

ここまで聞くと、北川氏は諸戸の突飛《とっぴ》な推理（初代殺しも、深山木を殺したのも直接の下手人は友之助であったという）が、案外当っていることを、信じないわけにはいかなかった。だが迂闊《うかつ》に手出しをするのは考え物だ。親方というのを拘引《こういん》して、実《じつ》を吐かせるのもいいが、それではかえって、元兇を逸するような結果になるまいものでもない。その前に彼の背後の「お父つぁん」という人物を、もっと深く研究しておく必要がある。元兇はその「お父つぁん」の方かも知れないのだから。それに、この事件は単なる殺人罪ではなくて、もっともっと複雑な恐ろしい犯罪事件かも知れぬ。北川氏はなかなかの野心家であったから、すっかり自分の手で調べ上げてしまうまで、署長にも報告しないつもりであった。

「お前さっき、箱の中へ入れられるっていったね。箱って一体何だね。そんなに恐ろしいものかい」

「ブルブル、ブルブル、お前達の知らない地獄だよ。人間の箱詰めを見たことがあるかい。手も足もしびれちまって、俺みたいな片輪者は、みんなあの箱詰めで出来るんだよ。アハハ……」

一寸法師は謎みたいなことをいって、気味わるく笑った。だが、彼は馬鹿ながらも、どこかに正気が残っていると見えて、いくら尋ねても、それ以上は冗談にしてしまって、ハッキリしたことをいわないのだ。

「お父つぁんが怖いんだな。意気地なし。だが、そのお父つぁんてな、どこにいるんだい。遠い所さ。遠い所って」

「遠い所さ。俺ぁどこだか忘れちまった。海の向うのずっと遠い所だよ。地獄だよ。鬼が島だよ。俺ぁ思い出してもゾッとするよ。ブルブル、ブルブル」

というわけで、その晩は何と骨折っても、それから先へ進むことが出来なかったけれど、北川氏は自分の見込みが間違っていなかったことを確かめて、大満足であった。同氏はそれから数日の間根気よく一寸法師を手なずけ、相手が気を許して、もっと詳しく話をするのを待った。

そうしているうちに、だんだん「お父つぁん」という人物の、えたいの知れぬ恐ろしさが、一寸法師や友之助があんなに恐れおののいていたわけが、北川氏にも少しずつわかって来るような気がした。一寸法師の物のいい方が不明瞭なので、確かな形をつかむことは出来なかったけれど、ある場合には、それは人間ではなくて、一種の不気味な獣類という感じがした。伝説の鬼というのは、こんな生物《いきもの》をさしていったのではないかとすら思われた。一寸法師の言葉や表情が、おぼろげに、そんな感じを物語っているのだった。

又「箱」というものの意味も、ぼんやりとわかって来るようであった。ほんの想像ではあったけれど。その想像にぶつかった時、さすがの北川氏もあまりの恐ろしさに、ゾッと身震いしないではいられなかった。

「俺は、生れた時から、箱の中にはいっていたんだよ。動くことも、どうすることも、出来ないのだよ。箱の穴から首だけ出して、ご飯をたべさせてもらったのだよ。そしてね、箱詰めになって、船にのって、大阪へ来たんだ。大阪で箱から出たんだよ。その時俺ぁ、生れて始めて、広々した所へ出されたんで怖くなって、こう縮み上がってしまったよ」

一寸法師はある時、そういって、短い手足を生れたばかりの赤ん坊みたいに、キューッと縮めて見せるのだった。

「だけど、これは内証《ないしょ》だよ。お前だけに話すんだよ、だからね、お前も内証にしておかないと、ひどい目に合わされるよ。箱詰めにされっちまうよ。箱詰めにされたって俺ぁ知らないよ」

一寸法師は、さもさも怖そうな表情で附け加えた。北川刑事が、お上《かみ》の威力を借りず、少しも相手に感づかせぬ穏和な方法によって、「お父つぁん」という人物の正体をつきとめ、ある島に行われていた想像を絶した犯罪事件を探り出したのは、それから更に十数日の後であったが、それはお話が進むに従って、自然読者にわかって来ることだから、ここでは、警察の方でも、こうして、特志《とくし》なる一刑事の苦心によって、曲馬団の方面から探偵の歩を進めていたことを読者にお知らせするに止め、北川刑事の探偵談はこれで打切り、話を元に戻して、諸戸と私との其の後の行動を書き続けることにする。

諸戸道雄の告白

神田の洋食屋の二階で、不気味な日記帳を読んだ翌日、私は約束に従って池袋の諸戸の家を訪ねた。諸戸の方も、私を待受けていたと見え、書生がすぐさま例の応接室へ通した。

諸戸は室の窓やドアをすべて開けはなして「こうしておけば立聞きも出来まい」といいながら、席につくと、青ざめた顔をして、低い声で、次のような奇妙な身の上話を始めたのである。

「僕の身の上は誰にも打ちあけたことがない。実をいうと僕自身でさえハッキリはわからないくらいだ。なぜハッキリわからないかということを、君だけに話しておこうと思う。そして僕の恐ろしい疑いをはらす仕事に、君にも協力してもらいたいのだ。その仕事というのは、つまり初代さんや深山木氏の敵《かたき》を探すことでもあるんだから。

「君はきっと、今まで僕の心持ちに不審を抱いていたに違いない。例えば、なぜ僕が今度の事件に、こんなに熱心にかかり合っているか、なぜ君の競争者になって、初代さんに結婚を申込んだか（君を慕って、君達の恋をさまたげようとしたのはほんとうだが、しかしそれだけの理由ではなかったのだ。もっと深いわけがあったのだ）、なぜ僕が女を嫌って男性に執着を覚えるようになったか、又、僕は何のために医学を修《おさ》め、現にこの研究室で、どんな変てこな研究を続けているか、というようなことだ。それが、僕の身の上を話しさえすれば、すべて合点《がってん》が行くのだ。

「僕はどこで生れたか、誰の子だか、まるで知らない。育ててくれた人はある。学資をみついでくれた人はある。だがその人が僕の親だか何だかわからない。少くともその人が親の心で僕を愛しているとは思えない。僕が物心を覚えた時分には、紀州《きしゅう》のある離れ島にいた。漁師の家が二三十軒ポツリポツリ建っているような、さびれ果てた部落で、僕の家《うち》も、その中では、まるでお城みたいに大きかったけれど、ひどいあばら家だった。そこにいた僕の父母と称する人は、どう考えても僕の親とは思えない。顔も僕とちっとも似ていないし、二人とも醜い傴僂の片輪者で、僕を愛してくれなかったばかりか、同じ家にいても広いものだから父などとはほとんど顔を合わすこともないくらいだったし、それにひどく厳格で、何かすれば、必ず叱られる、むごい折檻《せっかん》を受けるという有様だった。

「その島には学校がなくて、規則では二里も離れた向う岸の町の学校へ通うことになっていたけれど、誰もそこまで通学するものはなかった。僕はだから、小学教育を受けていないのだ。そのかわり、家に親切な爺やがいて、それが僕に「いろは」の手ほどきをしてくれた。家庭がそんなだから、僕は勉強を楽しみにして、少し字が読めるようになると、家にある本を手当り次第に読んだし、町へ出るついでに、そこの本屋でいろいろな本を買って来て勉強した。

「十三の年に、非常な勇気を出して、怖い父親に、学校に入れてくれるように頼んだ。父親は僕が勉強好きで、なかなか頭のいいことを認めていたから、僕の切《せつ》なる願いを聞くと、頭から叱ることをしないで、少し考えて見るといった。そして、一と月ばかりたつと、やっと許しが出た。だが、それには実に異様な条件がついていたのだ。先ず第一は学校をやるくらいなら、東京に出て大学までみっちりと勉強すること、それには東京の知合いに寄寓《きぐう》して、そこで中学校に入る準備をし、うまく入学出来たら、そのあとはずっと寄宿舎と下宿で暮すこと、というので、僕にとっては願ってもない条件だった。ちゃんと東京の知合いの松山《まつやま》という人に相談をして、その人から引受けるという手紙まで来た。第二の条件は、大学を出るまで国に帰らぬこと、というので、これは少々変に思ったけれど、そんな冷たい家庭や、片輪者の両親などに未練はなかったから、僕はさして苦痛とも感じなかった。第三は学問は医学を勉強すること、なお医学のどの方面をやるかは大学に入る時分に指図するが、もしその指図にそむいた場合は直ちに学資の送金を中止することというので、当時の僕にとっては大していやな条件ではなかった。

「だが、だんだん年がたつに従って、この第二第三の条件には、非常に恐ろしい意味を含んでいたことがわかって来た。第二の、僕を大学を出るまで帰らせまいとしたのは、僕の家に何かしら秘密があって、大きくなった僕にそれを感づかれまいためであったに相違ないのだ。僕の家は荒れすさんだ古城のような感じの建物で、日のささない陰気な部屋が沢山あって、何となく気味のわるい因縁話でもありそうな感じであったし、その上、幾つかのあかずの部屋というものがあって、そこにはいつも厳重に錠前がおろしてあって、中に何があるのだか少しもわからない。庭に大きな土蔵が建っていたが、これも年中あけたことがない。僕は子供心にも、この家には何かしら恐ろしい秘密が隠されていると感じていたほどであった。又、僕の家族は、親切な爺やを除くと、一人残らず片輪者だったことも、変にうす気味がわるかった。傴僂の両親のほかに、召使だか居候《いそうろう》だかわからないような男女が四人もいたが、それが申合せたように、盲人だったり、唖だったり、手足の指が二本しかない低能児だったり、立つことも出来ない水母《くらげ》のような骨無しだったりした。それと今のあかずの部屋と結びつけて、僕は何ともいえない、ゾッとするような不快な感じを抱いたものだ。僕が親の膝元へ帰れなくなるのをむしろ喜んだ気持が君にわかるでしょう。親の方でも、その秘密を感づかれないために、僕を遠ざけようとしたのだ。それには、僕がそんな家庭にも似合わず、敏感な子供で、親達がおそれをなしたせいもあるのだと思うがね。

「だが、もっと恐ろしいのは第三の条件だった。僕が首尾よく大学の医科に入学した時、国の父親からのいいつけだといって、以前寄寓した松山という男が僕の下宿を訪ねて来た。僕はその人に或る料理屋へ連れて行かれ、一と晩みっしりと説法された。松山は父親の長い手紙を持っていてその文面に基《もと》づいて意見を述べたわけだが、一と口にいえば僕は普通の意味の医者になって金を儲けるにも及ばぬし、学者となって名をあげる必要もない。それよりも、外科学《げかがく》の進歩に貢献《こうけん》するような大研究をなしとげて欲しいということであった。当時世界大戦がすんだばかりで、滅茶苦茶になった負傷兵を、皮膚や骨の移植によって、完全な人間にしたとか、頭蓋骨を切開して、脳髄の手術をしたり、脳髄の一部分の入替えにさえ成功したというような、外科学上の驚くべき報告が盛んに伝えられた時分で、僕にもその方面の研究をしろという命令なのだ。これは両親が不幸な不具者であるところから、一層痛切にその必要を感じるわけで、たとえば手や足のない片輪者には、義手義足の代りに、本物の手足を移植して、完全な人間にすることも出来るというような、素人考えもまじっていたのだ。

「別段悪いことでもないし、もしそれを拒絶したら学資がとだえるので、僕は何の考えもなくこの申出を承諾した。そうして、僕の呪われた研究が始まったのだ。基礎的な学課を一と通り終ると僕は動物実験にはいって行った。鼠だとか猫だとか犬などを、むごたらしく傷つけたり殺したりした。キャンキャン悲鳴を上げ、もがき苦しむ動物を、鋭いメスで切りさいなんだ。僕の研究は主として、活体解剖という部類に属するものだった。生きながら解剖するのだ。そうして、僕は沢山の動物の片輪者を作ることに成功した。ハンタアという学者は鶏《にわとり》のけづめを牡牛《おうし》の首に移植したし、有名なアルゼリアの「犀《さい》のような鼠」というのは、鼠の尻尾《しっぽ》を鼠の口の上に移植して成功したのだが、僕もそれに似たさまざまの実験をやった。蛙の足を切断して、別の蛙の足を継いで見たり、二つ頭のモルモットをこしらえて見たりした。脳髄の入替えをするために、僕は何匹の兎を無駄に殺したことだろう。

「人類に貢献するはずの研究が、裏から考えると、かえって、とんでもない片輪の動物を作り出すことでもあった。そして、恐ろしいことには、僕はこの片輪者の製造に、不思議な魅力を感じるようになっていった。動物試験に成功するごとに、手紙で父親に誇らしげに報告した。すると、父親からは、僕の成功を祝し、激励する長い手紙が来た。大学を卒業すると、父親はさっきいったように松山を介して、僕にこの研究室を建ててくれた上、研究費用として、月々多額の金を送るようにしてくれた。それでいて、父親は僕の顔を見ようとはしないのだ。学校を卒業しても、先の条件を堅く守って、僕の帰省も許さず、自分で東京へ出て来ようともしない。僕は、この父親の一見親切らしい仕打ちが、その実、微塵《みじん》も子に対する愛から出たものでないことを感じないではいられなかった。いやそればかりではない。僕は父親の或る極悪非道な目論《もく》見《み》を想像して身慄《みぶる》いした。父親は僕に顔を見られることさえ恐れているのだ。

「僕が親を親と感じないわけはまだある。それは僕の母親と称する女に関してだが、その傴僂の醜悪極まる女が、僕を子としてではなく、一個の男性として愛したことだ。それをいうのは非常に恥かしいだけでなく、ムカムカと吐き気を催すほどいやなのだが、僕は十歳を越した時分から、絶間《たえま》なく母親のために責めさいなまれた。お化けのような大きな顔が、僕の上に襲いかかって、所嫌わず舐《な》め廻した。その唇の感触を思い出しただけで、今でも総毛立つほどだ。あるむず痒い不快な感じで目を醒ますと、いつの間にか母親が僕の寝床に添い寝していた。そして「ね、いい子だからね」といいながら、ここでいえないようなことを要求した。僕はあらゆる醜悪なものを見せつけられた。その堪え難い苦痛が三年も続いた。僕が家庭を離れたく思った一半《いっぱん》の理由は、実はこれなのだ。僕は女というものの汚なさを見尽《みつく》した。そして、母親と同時に、あらゆる女性を汚なく感じ憎悪するようになった。君も知っている僕の倒錯的な愛情は、こんなところから来ているのではないかと思うのだよ。

「それから、君は驚くかも知れないが、僕が初代さんに結婚を申込んだのも、実は親の命令なのだよ。君と初代さんが愛し合う前から、僕は木崎初代という女と結婚しろと命じられていた。父から手紙が来るし、松山が父の使いみたいに頻々《ひんぴん》とやって来るのだ。偶然の一致とはいえ不思議な因縁だね。だが、今いう通り僕は女を憎みこそすれ、少しも結婚の意志がなかったので、親子の縁を切り送金を絶つとさえおどかされたけれど、何とかごまかして、結婚の申込みをしないでいた。ところが、間もなく、君と初代さんの関係がわかって来た。そこで、僕はガラリと気が変って君らの邪魔をする意味で、父の命令に従う気になった。僕は松山の家へ行って、その決心を伝え、結婚の運動を進めてくれるように頼んだ。それからのことは、君も知っている通りだ。

「今これだけの事実を話せば、君はそこから或る恐ろしい結論を引き出して来ることが出来るかも知れない。現在僕達の知っているだけの材料があれば、おぼろげながら、一つの筋道を組立てることも不可能ではないのだ。だが、昨日あの双生児《ふたご》の日記を読むまでは、そして、君から初代さんの幼時の記憶にあったという景色のことを聞くまでは、さすがに僕も、そこまで邪推する力はなかった。それが、ああ、恐ろしいことだ。昨日君の描いて見せた、荒れ果てた海岸の景色が、僕にとってどんなに手ひどい打撃であったか。君、あの海岸の城のような家は、この僕が十三の年まで育った、いまわしい場所に相違ないのだよ。

「思い違いや偶然の符合にしては、三人の見た景色が、余りに一致し過ぎているじゃないか。初代さんは、牛の臥《ね》た形の岬を見た。城のような廃屋を見た。壁のはげ落ちた大きな土蔵を見た。双生児も、牛の形の岬を見た。そして、彼等は大きな土蔵に住んでいた。それらはどちらも、僕の育った家の景色にピッタリと一致しているのだ。しかし、この三人は別の方面でも不思議なつながりを持っている。僕に初代さんと結婚することを強要したからには、僕の父は初代さんを知っていたに相違ない。その初代さんの下手人を探偵した深山木氏が、双生児の日記を持っていたところを見ると、初代さんの事件と双生児との間には、直接か間接か、いずれにもしろ何かのひっかかりがなければならぬ。しかも、その双生児は、僕の父の家に住んでいるとしか考えられないのだ。つまり我々三人は（その一人は双生児だから、正しくいえば四人だが）目に見えぬ悪魔の手にあやつられた哀れな人形でしかないのだ。そして、恐ろしい邪推をすれば、その悪魔の手の持主は、ほかならぬ僕の父と称する人物であるかも知れないのだよ」

諸戸はそういって、恐怖に満ちた表情で、ちょうど怪談を聞いている子供がするように、ソッとうしろを振返るのであった。私は彼のいわゆる結論というのが、どんな恐ろしい事柄だかまだまだ呑込めなかったが、諸戸の奇怪至極《しごく》な身の上話と、それを話している彼の一種異様の表情から何かしら世の常ならぬ妖気を受けて、よく晴れた夏の真昼であったのに、ゾッと寒気を覚え、全身鳥肌立って来るのを感じたのである。

悪魔の正体

諸戸はさらに語りつづけた。私は、蒸し暑い日であったのと異様な興奮のために、全身ビッショリと、あぶら汗を流していた。

「君、今僕がどんな変てこな気持でいるか、想像出来るかい。この僕の父親がね、殺人犯人かも知れないのだ。それも二重三重の殺人鬼なんだ。ハハハハハ、こんな変てこなことって世の中にあるものかね」

諸戸は、気違いみたいな笑い方をした。

「だって、僕にはまだよくわからないのですが、それは君の想像に過ぎないかも知れませんよ」

私はなぐさめる意味ではなく、諸戸のいうことを信じかねた。

「想像は想像だけれど、ほかに考えようがないのだ。僕の父はなぜ僕と初代さんを結婚させようとしたのだろう。それは初代さんのものが、夫である僕のものになるからだ。つまり例の系図帳が我が子のものになるからだ。そればかりではない、もっと邪推することが出来る。父は系図帳の表紙裏の暗号文を手に入れるだけでは満足しなかったのだ。もしあの暗号文が財宝のありかを示すものだとしたら、それだけを手に入れたところで、ほんとうの所有者である初代さんはまだ生きているのだから、どんなことで、それがわかって取戻されないものでもない。そこで、僕と初代さんと結婚させれば、そんな心配がなくなってしまう。財宝も、その所有権も父の家のものになる。僕の父はそんなふうに考えたのではないだろうか、あの熱心な求婚運動は、そうとでも考えるほかに、解釈の下しようがないじゃないか」

「でも、初代さんが、そんな暗号を持っていることが、どうしてわかったのでしょう」

「それはまだ、僕等にわかっていない部分だ。だが、初代さんの記憶にあった例の海岸の景色から想像すると、僕の家と初代さんは何かの因縁で結ばれていることは確かだ。もしかしたら、僕の父は小さい時分の初代さんを知っているのだ。それが初代さんは三つの時に大阪で捨てられたので、多分父にも最近までは行方がわからないでいたのだろう。と考えると、初代さんが暗号文を持っていることを、父が知っていたとしても、少しも不合理ではない。

「まあ聞きたまえ。それから、あらゆる手段を尽して求婚運動を試みた。けれども母親を口説き落すことは出来ても初代さんを承知させることは不可能だった。初代さんは君に身も心も捧げ尽していたからだ。それがわかると、間もなく、初代さんは殺された。同時に手提袋が盗まれた。なぜだろう。手提袋の中に何かほかの大切なものがはいっていただろうか。一カ月分の給料を盗むために、誰があんな手数のかかる方法で殺人罪など犯すものか。目的は系図帳にあったのだ。その中に隠された暗号文にあったのだ。同時に、求婚運動が失敗したからには、後日の禍《わざわい》の種である初代さんをなきものにしようと、深くも企らんだ犯罪なのだ」

聞くに従って、私は諸戸の解釈を信じないわけにはいかなかった。そして、そのような父を持った諸戸の心持を想像すると、何と慰めてよいのか、口を利くさえ憚《はば》かられた。

諸戸は熱病患者のように、無我夢中に喋り続けた。

「深山木氏を殺したのも、同じ悪業の延長だ。深山木氏は恐るべき探偵的才能の持主だ。その名探偵が系図帳を手に入れたばかりか、わざわざ紀州の端《はじ》の一孤島まで出掛けて来た。もう捨てておけない。探偵の進行を妨げるためにも系図帳を手に入れるためにも、深山木氏を生かしておけない。犯人は（ああ、それは僕の父親のことだ）当然こんなふうに考えたに違いない。そこで、深山木氏が一たん鎌倉に引上げるのを待って、初代さんの場合と同じ、まことに巧妙な手段によって、白昼群衆のまっただ中で、第二の殺人罪を犯したのだ。なぜ島にいる間に殺さなかったか。それは父が東京にいたからだ、とは考えられないだろうか。蓑浦君、僕の父はね、僕にちっとも知らさないで此《こ》の間からずっとこの東京のどこかの隅に隠れているのかも知れないのだよ」

諸戸は、そういったかと思うと、ふと気がついたように窓の所へ立って行って、外の植込みを見廻した。つい目の先の繁みの蔭に、彼の父親がうずくまってでもいるかのように。だが、どんよりと薄曇った真夏の庭には、木の葉一枚微動するものはなく、物音も、いつもやかましく鳴き続ける蟬の声さえも、死に絶えたように静まり返っていた。

「どうして僕がそんなことを考えるかというとね」諸戸は席に戻りながら続けた。

「ホラ、友之助の殺された晩ね、君がここへ来る道で腰の曲った不気味な爺さんに会ったといった。しかも、その爺さんが僕の家の門内へはいったといった。だから、友之助を殺したのはその老人かも知れないのだ。僕の父はもうずいぶんの年だから、腰も曲っているかも知れない。そうでなくても、ひどい傴僂だから、歩いていると、君がいったように、八十くらいの老人に見えるかも知れない。その老人があれだとすると、僕の父は初代さんの家の前をうろうろした時分から、ずっと東京にいたと考えることも出来るじゃないか」

諸戸は、救いを求めでもするように、目をキョトキョトさせて、ふと押し黙ってしまった。私も、いうべきことが非常に沢山あるようでいて、つい口をきる言葉が見出せず、ムッツリと黙り込んでいた。長い沈黙が続いた。

「僕は決心をした」

やっとしてから、諸戸が低い声でいった。

「昨夜一と晩考えてきめたのだ。僕は十年ぶりで、一度国へ帰って見ようと思う。国というのは和歌山県の南端のKという船着場から、五里ほど西へ寄った海岸にある俗に岩屋島《いわやじま》という、ろくろく人も住んでいない荒れ果てた小島で、これがかつては初代さんが住み、現にあの怪しい双生児の監禁されている孤島なのだ。伝説によれば、そこは昔、(注20)八幡船《ばはんせん》の海賊共の根拠地であったそうだ。僕が、暗号文が財宝の隠し場所を示すものではないかと疑ったのも、そういう伝説があるからだよ。そこは父母の家ではあるけれど、実のところ、僕は二度と帰るまいと思っていた。廃墟《はいきょ》みたいな薄暗い邸を想像しただけでも、何ともいえぬ寂しいような怖いような、いやあないやあな感じがする。だが、僕はそこへ帰ろうと思うのだ」

諸戸は重々しい決心の色を浮べていた。

「今の僕の心持では、そうするほかに途《みち》がないのだ。この恐ろしい疑いを抱いたままじっとしていることは、一日だって出来ない。僕は父親が島へ帰るのを待って、いや、もうとっくに帰っているかも知れないが、父親と会って一か八かきめたいのだ。が、考えても恐ろしい。もし僕の想像が当って、父があの兇悪無残な犯人であったら。ああ、僕はどうすればいいのだ。僕は人殺しの子と生れ、人殺しに育てられ、人殺しの金で勉強し、人殺しに建ててもらった家に住んでいるのだ。そうだ、父が犯人ときまったら、僕は自首して出ることを勧めるのだ。どんなことがあったって、父親に打勝って見せる。もしそれが駄目だったら、すべてを滅ぼすのだ。悪業の血を絶やすのだ。傴僂の父親と刺し違えて死んでしまえば事が済むのだ。

「だが、その前に、しておかねばならぬことがある。系図帳の正統な持主を探すことだ。系図帳の暗号文では、三人もの命が失われているのだから、恐らく莫大な値打があるに相違ない。それを初代さんの血族に手渡す義務がある。父の罪亡《ほろ》ぼしのためだけにでも、僕は初代さんのほんとうの血族を探し出して、幸福にしてあげる責任を感じる。それも、一度岩屋島へ帰れば、何とか手掛りが得られぬこともなかろう。いずれにせよ、僕は明日にも、東京を立つ決心なのだ。蓑浦君、君はどう思う。僕は少し興奮し過ぎているかも知れない。局外者の冷静な頭で、この僕の考えを判断してはくれないだろうか」

諸戸は私を「冷静な局外者」といったが、どうしてどうして冷静どころではなかった。神経の弱い私は、むしろ諸戸よりも興奮していたくらいである。

私は諸戸の異様な告白を聞いているうちに、一方では彼に同情しながらも、だんだんと正体を現わして来た初代の敵《かたき》に、しばらく余事にまぎれて忘れていた恋人の痛ましい最期をまざまざと思い浮べ、世界中でたった一つのものを奪われた恨みが、焰《ほのお》となって心中に渦巻いていた。

私は初代の骨上げの日、焼き場の側の野原で、初代の灰を啖《くら》い、ころげ廻って、復讐を誓ったことを、まだ忘れてはいなかった。もし諸戸の推察通り、彼の父親が真犯人であったとしたら、私は、私が味わっただけの、身も世もあらぬ嘆きを、彼奴《きゃつ》にも味わせた上で、彼奴の肉を啖い骨をえぐらねば気が済まないのだ。

考えて見ると、殺人犯人を父親に持った諸戸も因果であったが、恋人の敵が親しい友達の父親だとわかり、しかもその友達は私に親友以上の愛着と好意をよせている、この私の立場も実に異様なものであった。

「僕も一緒に連れて行って下さい。会社なんか馘《くび》になったってちっとも構やしない。旅費は何とでもして都合しますから連れて行って下さい」

私は咄嗟《とっさ》に思い立って叫んだ。

「じゃ、君も僕の考えは間違っていないと思うのだね。だが君は何のために行こうというの？」

諸戸は、わが身にかまけて、私の心持など推察する余裕は少しもなかった。

「あなたと同じ理由です。初代さんの敵を確かめるためです。それから、初代さんの身内を探し出して系図帳を渡すためです」

「それで、もし初代さんの敵が僕の父親だとわかったら君はどうするつもり？」

この問いに会って、私はハッと当惑した。だが、私は嘘をいうのは厭《いや》だ。思い切って、ほんとうの心持を打ちあけた。

「そうなれば、あなたともお別れです。そして……」

「古風な復讐がしたいとでもいうの？」

「ハッキリ考えているわけじゃないけれど、僕の今の心持は、そいつの肉を啖ってもあきたりないのです」

諸戸はそれを聞くと、黙り込んで、怖い目でじっと私を見つめていたが、ふっと表情がやわらぐと、突然ほがらかな調子になっていった。

「そうだ、一緒に行こうよ。僕の想像が当っているとすると、僕は君に取っていわば敵の子だし、そうでなくても人か獣かわからないような僕の家族を見られるのは、実に恥かしいけれど、もし君が許してくれるなら、僕は父や母に対して肉親の愛なんて少しも感じないのみか、かえって憎悪を抱いているくらいなのだから、いざとなれば、君の愛した初代さんのためなら、肉親はおろか、僕自身の命をかけても惜しくは思わぬ。蓑浦君、一緒に行こう。そして、力を合せて、島の秘密を探ろうよ」

諸戸はそういって、目をパチパチさせたかと思うと、ぎこちない仕草で私の手を握り、昔の「義を結ぶ」といった感じで、手先に力を入れながら子供のように目の縁を赤らめたのである。

さて、かようにして、私達は、いよいよ諸戸の故郷である紀州の端の一孤島へと旅立つことになったのだが、ここでちょっと書き添えておかねばならぬことがある。

諸戸が父親を憎む気持には、その時は口に出していわなかったけれど、あとになって思い合せると、もっともっと深い意味があったのだ。それは如何なる犯罪にもまして恐るべく憎むべき事柄だった。人間ではなくて獣《けだもの》の、この世ではなくて地獄でしか想像出来ないような、悪鬼の所業だった。諸戸はさすがにその点に触れることを恐れたのである。

だが、私の弱い心は、その時、三重の人殺しという血なまぐさい事柄だけでヘトヘトに疲れ果てて、それ以上の悪業を考える余地がなかったのか、これまでのすべての事情を綜合すれば、当然悟らねばならぬその事を、不思議と少しも気づかなかった。

岩屋島

相談が纏《まと》まると、私達は何よりも先ず、神田の洋食屋の二階の額の中へ隠しておいた、系図帳と双生児《ふたご》の日記のことが気掛りであった。

「日記にしろ系図帳にしろ、僕達が持っていては非常に危険だ。暗号文さえ覚えこんでおけば、ほかのものに別段値打ちがあるわけではないから、いっそ二つとも焼き捨ててしまう方がいい」

諸戸は、神田へ走る自動車の中で、こんな意見を持ち出した。私はむろん賛成であった。

　だが洋食屋の二階に上がって、心覚えの額の破れ目から手を入れて見ると、どうしたことか、その中は空っぽで、何の手答えもない。下の人達に尋ねても、誰も知らぬ。第一、昨日からその部屋へはいった者は一人もないとの答えであった。

「やられたんだ。彼奴《あいつ》は我々の一挙一動を、少しも目を離さず見張っているんだ。あんなに注意したんだがなあ」

　諸戸は賊の手並に感嘆していった。

「だが暗号文が敵の手に渡っては、一刻も猶予《ゆうよ》出来ませんね」

「いよいよ明日立つ事にきめた。もうこうなっては、逆にこっちからぶっつかって行くほかに手段はないよ」

　その翌日、忘れもせぬ大正十四年七月二十九日、私達は旅支度も軽やかに、南海の孤島を目ざして、いとも不思議な鹿島立《かしまだ》ち(注21)をしたのである。

　諸戸はただ旅をするといい残して、留守は書生と婆やに預け、私は神経衰弱をなおすために、友達の帰省に同行して、田舎へ行くとの理由で会社を休み、家族の同意をも得た。ちょうど七月の末で、暑中休暇に間もなかったので、家族も会社の人達も、別段私の申出を怪しみはしなかった。

「友達の帰省に同行する」事実それに相違なかった。だが何という不思議な帰省であったろう。諸戸は父の膝元へ帰るのだ、しかし、父の顔を見るためではない。父の罪業を審《さば》き父と闘うために帰るのだ。

志州《ししゅう》の鳥羽《とば》までは汽車、鳥羽から紀伊《きい》のK港までは定期船それから先は所の漁師にでも頼んで渡してもらうほかは、便船とてもないのである。定期船といっても、現在では三千トン級の立派な船が通《かよ》っているが、その時分のは二三百トンのボロ汽船で、旅客も少く、鳥羽を離れるともう何だか異郷の感じで、非常に心細くなったものである。そのボロ汽船に一日ゆられて、やっとK港に着くと、港そのものがうら淋しい漁師村に過ぎないのに、さらに断崖になった人も住まぬ海岸を、海上二里、言葉さえ通じかねる漁師の小舟で、ほとんど半日を費してようやく岩屋島へ着くのである。

途中別段のこともなく、私達は七月三十一日の午頃、中継ぎのK港に上陸した。

桟橋《さんばし》はすなわち魚市場の荷揚所で、魚形水雷みたいな鰹《かつお》だとか、腸《はらわた》の飛び出した、腐りかかった鮫《さめ》だとかがゴロゴロと転がり、磯の香《か》と腐肉の臭いがムッと鼻をついた。

桟橋を上がった所に、旅館料理と看板を出した、店先に紙障子の目立ったような、汚ならしい家がある。私達はとりあえずそこへはいって、材料だけは新鮮な、鰹のさしみで昼食をやりながら、女房をとらえて、渡し舟の世話を頼んだり、岩屋島の様子を尋ねたりした。

「岩屋島かな。近いとこやけど、まだ行って見たこともありませんけど、何や気味のわるいとこでのんし。諸戸屋敷を別にして六七軒も漁師のうちがありますやろか。見るとこもない、岩ばっかりの離れ島やわな」

女房はわかりにくい言葉でこんなことをいった。

「その諸戸屋敷の旦那が、近頃東京へ行ったという噂を聞かないかね」

「聞かんな、諸戸屋敷の傴僂さんが、ここから汽船に乗りなしたら、じきわかるさかいに、滅多に見逃しゃしませんがのんし。そやけど、傴僂さんところには、帆前船《ほまえせん》があるさかいにのんし、勝手にどこへでも舟を着けて、わしらの知らんうちに、東京へ行ったかも知れんな。あんた方、諸戸屋敷の旦那をご存じかな」

「いや、そういうわけじゃないが、ちょっと岩屋島まで行って見たいと思うのでね。あすこまで舟を渡してくれる人はないだろうね」

「さあ、天気がええのでのんし、あいにく皆漁に行ってるさかいになあ」

だが、私達が頻《しき》りに頼むものだから、方々尋ね廻って、結局一人の年とった漁師を雇ってくれた。それから賃銭の交渉をして、さアお乗りなさいと用意が出来るまでには、気の長い田舎のことで、小一時間もかかった。

舟はチョロと称する小さい釣舟《つりぶね》で、二人乗るのがやっとであった。「こんな舟で大丈夫ですか」と念を押すと、老漁夫は「気遣《きづか》いない」といって笑った。

沿岸の景色は、どこの半島にもよく見るような、切り立てた断崖の上部に、こんもり森の緑が縁どり、山と海とが直ちに接している感じであった。幸い海はよく凪《な》いでいたけれど、断崖の裾は、一帯に白く泡立って見えた。諸所に胎内《たいない》くぐりめいた穴のある奇岩がそそり立っていた。

日の暮れぬうちに島に着かぬと、今夜は闇だからというので、老漁夫は船足を早めたが、大きく突出した岬を一つ廻ると、岩屋島の奇妙な姿が眼前に現われた。

全島が岩で出来ているらしく、青いものはほんの少ししか見えず、岸はすべて数丈もある断崖で、こんな島に住む人があるかと思われるほどであった。

近づくに従って、その断崖の上に、数軒の人家が点在するのが見えて来た。一方の端に何となく城廓《じょうかく》を思わせるような大きな屋根があって、その側に白く光っているのが、問題の諸戸屋敷の土蔵らしかった。

舟は間もなく島の岸に達したが、安全な船着場へはいるためには、断崖に沿ってしばらく進まなければならなかった。

その間に一箇所、断崖の裾が、海水のために浸蝕されて出来たものであろう、まっ暗な、奥行きの知れぬ洞穴《ほらあな》になっている所があった。舟は洞穴の半町ばかり沖を進んでいたのだが、老漁夫は、それを指さして、こんなことをいった。

「この辺の者は、あの洞穴の所を、魔《ま》の淵《ふち》といいますがのんし、昔からちょいちょい人が呑まれるでのんし、何やらの祟《たた》りやいうてのんし、漁師どもが恐れて近寄りませんのじゃ」

「渦でもあるの」

「渦というわけでもないが、何やらありますのじゃ。一ばん近くでは、十年ばかり前にのんし、こんなことがありましたげな」

といって、老漁夫は次のような、奇妙な話をしたのである。

それはこの漁夫ではなくて、知合いの別の漁師の実見談なのだが、ある日、目のギヨロギヨロしたみすぼらしい風体の男が、飄然《ひょうぜん》とK港に現われて、ちょうど今の私達のように、岩屋島へ渡った。その時頼まれたのがその漁師であった。

四五日たって、同じ漁師が夜網の帰りがけ、夜のしらじら明けに偶然岩屋島の洞穴の前を通りかかると、ちょうど引汐《ひきしお》時で朝凪《あさな》ぎの小波《さざなみ》が穴の入口に寄せては返すたびごとに、中から海草やごもくなどが少しずつ流れ出していたが、それにまじって、何だか大きな白いものが動いているので、鮫の死骸かと見直すと、驚いたことには、それが人間の溺死体であることがわかった。からだ全体はまだ穴の中にあって、頭部からソロソロと流れ出していたのだ。

漁師はすぐさま舟を漕ぎ寄せて、そのお客様を救い上げて、二度びっくりしたことには、その溺死体はまぎれもなく、先日K港から渡してやった旅の者であった。

多分崖から飛込んで自殺をしたのだろうということで、そのままになってしまったが、古老の話を聞くと、その洞穴は昔からの魔所で、いつの場合も、溺死体は半分身体を洞穴に入れて、ちょうどその奥から流れ出した恰好をしている。こんな不思議なことはない。恐らく奥の知れない洞穴の中に、魔性《ましょう》のものが住んでいて、人身御供《ひとみごくう》を欲しがるのだろうという伝説さえあるくらい。魔の淵という名前も、そんなところから起ったのではあるまいかということであった。

老漁夫は語り終って、

「それでのんし、こんな廻り道をして、なるだけ穴のそばを通らぬようにしますのじゃ。旦那方も魔物に魅入《みい》られぬようにのんし、気をつけんとあかんな」

と、気味のわるい注意をしてくれた。だが、私達はそれを何気なく聞き流してしまった。後日、この老漁夫の物語を思い出して、ギョッとしなければならぬような場合があろうとは、まさか想像しなかったのである。

話をしている間に、舟は一隅のちょっとした入江になった所にはいっていた。その部分だけ、岸は一間くらいの低さになって、天然の岩に刻んだ石段が、形ばかりの船着場になっていた。

見ると、入江の中には五十トンくらいに見える(注22)伝馬《てんま》の親方みたいな帆かけ船が繋《つな》いであり、ほかにも、汚ない小舟が二三見えたが、人間は一人もいなかった。

私達は上陸すると、老漁夫を帰して、一種異様の感じに胸おどらせながら、ダラダラ坂を登って行った。

登りきると、眼界が開けて、草もろくろく生えていないだだっ広い石ころ道が、島の中心をなす岩山を囲んで、見渡す限り続いていた。その向うに、例の城廓みたいな諸戸屋敷が、荒廃の限りを尽してそびえていた。

「なるほど、ここから見ると、向うの岬が、ちょうど牛の寝ている恰好だ」

云われてその方を振向くと、如何にも、今舟で廻って来た岬の端が、牛の寝た形に見えた。いつか初代さんが話した、赤ちゃんのお守りをして遊んでいたというのは、この辺ではないかしらと思って、私は妙な気持になった。

その時分には、もう島全体が夕闇に包まれて、諸戸屋敷の土蔵の白壁が、だんだん鼠《ねずみ》色にかすんで行くのだった。何ともいえぬ淋しさだ。

「無人島みたいだね」私が云うと、

「そうだね。子供心に覚えているよりは、一層荒れ果ててすさまじくなっている。よくこんな所に人が住んでいられたものだ」諸戸が答えた。

私達はザクザクと小石を踏んで、諸戸屋敷を目当に歩いて行ったが、少し行くと妙なものを発見した。一人の老いさらばえた老翁《ろうおう》が、夕闇の切岸《きりぎし》の端に腰かけて、遠くの方を見つめたまま、石像のようにじっとしているのだ。

私達は思わず立止まって、異様な人物を注視した。

すると、足音で気づいたのか、海の方を見ていた老翁がゆっくりゆっくり首をねじまげて、私達を見返した。そして、老翁の視線が諸戸の顔にたどりつくと、そこでピッタリ止まって動かなくなってしまった。老翁はいつまでもいつまでも、穴のあくほど諸戸を見つめていた。

「変だな。誰だろう。思い出せない。きっと僕を知っている奴だよ」

一丁もこちらへ来てから、諸戸は老翁の方を振返りながらいった。

「傴僂ではなかったようだね」

私は怖々《こわごわ》それをいって見た。

「僕の父のことかい。まさか、何年たったところで、父を見忘れはしないよ。ハハハハハハ」
諸戸は皮肉な調子で低く笑うのだった。

諸戸屋敷

近寄ると、諸戸屋敷の荒廃の有様は、一層甚《はなは》だしいものであった。くずれた土塀《どべい》、朽ちた門、それをはいると、境もなくてすぐ裏庭が見えるのだが、不思議千万なことにはその庭が、まるで耕やしたように、一面に掘り返されて、少しばかりの樹木も、あるものは倒れ、あるものは根こそぎにして放り出してあるといった塩梅《あんばい》で、目も当てられぬ乱脈であった。それが屋敷全体の感じを、実際以上に荒れすさんだものに見せていた。

怪物のまっ黒な口みたいに見える玄関に立って、案内を乞うと、しばらくは何のいらえもなかったが、再三声をかけているうちに、奥の方から、ヨタヨタと一人の老婆が出て来た。

夕暮の薄暗い光線のせいではあったが、私は生れてからあんな醜怪な老婆を見たことがなかった。背が低い上に、肉が垂れ下がるほどもデブデブ肥《こ》え太っていて、その上傴僂で、背中に小山のような瘤《こぶ》があるのだ。顔はというと、皺《しわ》だらけの渋紙色《しぶかみいろ》の中に、お玉じゃくしの恰好をした、キョロンとした目が飛び出し、唇が当り前でないと見えて、長い黄色な乱杭歯《らんぐいば》が、いつでも現われている。そのくせ上歯は一本もないらしく、口をふさぐと顔が提灯《ちょうちん》のように不気味に縮まってしまうのだ。

「誰だえ」

老婆は、私達の方をすかして見て、怒ったような声で尋ねた。

「僕ですよ。道雄ですよ」

諸戸が顔をつき出して見せると、老婆はじっと見ていたが、諸戸を認めると、びっくりして、頓狂《とんきょう》な声を出した。

「おや、道《みち》かえ。よくまあお前帰って来たね。あたしゃもう、一生帰らないのかと思っていたよ。そして、そこの人はえ」

「これ僕の友達です。久し振りで家の様子が見たくなったものですから、友達と一緒に、はるばるやって来たんですよ。丈五郎《じょうごろう》さんは？」

「まあお前、丈五郎さんだなんて、お父つぁんじゃないか。お父つぁんとお云いよ」

この醜怪な老婆は諸戸の母親だった。

私は二人の会話を聞いていて、諸戸が父親のことを丈五郎という名で呼んだのも異様な感じだが、それよりも、もっと不思議なことがあった。と云うのは、老婆が、

「お父つぁん」と云った。その調子が、気のせいか、軽業少年友之助が死ぬ少し前口にした「お父つぁん」という呼び声と、非常によく似ていたことである。

「お父つぁんはいるよ。でもね、この頃機嫌がわるいから気をつけるがいいよ。まあとにかく、そんな所に立っていないで、お上がりな」

私達は黴臭《かびくさ》いまっ暗な廊下を幾曲《いくまが》りかして、とある広い部屋に通された。外観の荒廃している割には、内部は綺麗に手入れがしてあったけれど、それでも、どこやら廃墟といった感じをまぬがれなかった。

その座敷は庭に面していたので、夕闇の中に広い裏庭と例の土蔵のはげ落ちた白壁の一部が、ぼんやり見えたが、庭にはやっぱり、無残に掘り返したあとが歴々《ありあり》と残っていた。

しばらくすると、部屋の入口に、物の怪の気配がして、諸戸の父親の怪老人が、ニヨイと姿を現わした。それが、もう暮れきった部屋の中を、影のように動いて大きな床の間を背にして、フワリと坐ると、いきなり、

「道、どうして帰って来た」

と、とがめるように云った。

そのあとから、母親がはいって来て、部屋の隅にあった行燈《あんどん》を持ち出し、老人と私

達の間に置いて、火をともしたが、その赤茶けた光の中に浮上がった怪老人の姿は、梟《ふくろう》のように陰険で醜怪なものに見えた。傴僂で背の低い点は母親とそっくりだが、そのくせ顔だけは異様に大きくて、顔一面に女郎蜘蛛《じょろうぐも》が足をひろげた感じの皺と、兎みたいにまん中で裂けている醜い上唇とが、ひと目みたら、一生涯忘れることが出来ないほどの深い印象を与えた。

「一度家が見たかったものだから」

と、諸戸はさい前母親に云った通りを答えて、傍《かたわら》の私を紹介した。

「フン、じゃあ貴様は約束を反古《ほご》にしたわけだな」

「そういうわけじゃないけれど、あなたに是非尋ねたいことがあったものだから」

「そうか実は俺の方にも、ちと貴様に話したいことがある。まあ、いいから逗留《とうりゅう》して行け。ほんとうを云うと、俺も一度貴様の成人した顔が見たかったのだよ」

私の力では、その時の味を出すことが出来ないけれど、十年ぶりでの親子の対面は、ざっとこんなふうな、まことに変てこなものであった。不具者というものは、肉体ばかりでなく、精神的にも、どこか片輪な所があると見えて、言葉や仕草や、親子の情というようなものまで、まるで普通の人間とは違っているように見えた。私は以前、ある皮屋さんと話をした経験を持っているが、この不具老人の物の云い方が、何となくその皮屋に似ていた。

そんな変てこな状態のままで、この不思議な親子は、ポツリポツリと、それでも一時間ばかり話をしていた。そのうち今でも記憶に残っているのは、次の二つの問答である。

「あなたは近頃どこかに旅行をなすったのじゃありませんか」

諸戸が何かの折にその点に触れていった。

「いんや、どこへも行かない。のうお高《たか》」

老人は傍にいた母親の方を振向いて助勢《じょせい》を求めた。気のせいかその時老人の目が、ある意味をこめてギョロリと光ったように見えた。

「東京でね、あなたとそっくりの人を見かけたんですよ。もしかしたら、私に知らせないで、こっそり東京へ出られたのかと思って」

「ばかな。この年で、この不自由なからだで、東京なんぞへ出て行くものかな」

だが、そういう老人の目が、やや血走って、額が鉛色に曇ったのを、私は見逃さなかった。諸戸は強いて追及せず、話題を転じたが、しばらくすると、又別の重要な質問を発した。

「庭が掘り返してあるようですが、どうしてこんなことをなすったのですか」

老人は、この不意撃ちにあって、ハッと答えに窮《きゅう》したらしく、長いあいだ押黙っていたが、

「なに、これはね、のうお高、六《ろく》めの仕業だよ。ホラお前も知っている通り、家には可哀そうな一人前でない連中を養ってあるが、そのうちに六という気違いがいるのだよ。その六が、何のためだか庭をこんなにしてしまった。気違いのことだから、叱るわけにもいかぬのでのう」

と答えた。私にはそれが、出まかせの苦しいいわけだとしか思えなかった。

その夜は、同じ座敷に床を取ってもらって、私達は枕を並べて寝《しん》についた。でも二人とも興奮のためになかなか眠れない、といって迂濶な話も出来ぬので、まじまじと押黙っていたが、静かな夜に心がすんで行くにつれて、寝静まった広い屋敷のどこかで、細々と異様な人声が、切れては続いているのが、聞こえて来た。

「ウウウウウ」

と細くて甲高い唸り声だ。誰かが悪夢にうなされているのかとも思ったが、それにしてはいつまでも続いているのが変である。

ボンヤリした行燈の光で、諸戸と目を見かわしながら、じっと耳をすましているうちに、私はふと例の土蔵の中にいるというあわれな双生児のことを思い出した。そし

て、もしやあの声は一つからだに連《つなが》り合った男女の、世にも無残な闘争を語るものではないかと、思わずゾッと身をすくめた。

　あけ方にウトウトとして、ふと目を醒《さ》まし、隣の床《とこ》に諸戸の姿が見えぬので、私は寝過したかとあわてて飛び起きて、洗面所を尋ねるために廊下の方へ出て行った。

　不案内の私が、広い家の中を、まごまごしていると、廊下の曲り角から、母親のお高がひょいと飛び出して、私の行手をさえぎるように立ちはだかった。猜疑心《さいぎしん》の強い、不具の老婆は、私が何か家の中を見廻りでもするかと疑ったものらしい。だが、私が洗面所を尋ねると、やっと安心した様子で、「ああそれならば」といって、裏口から井戸の所へ案内してくれた。

　顔を洗ってしまうと、私はふと昨夜の唸り声と、それに関連して土蔵の中の双生児のことを思い出し、深山木氏が覗いたという、塀外《へいそと》の窓をいちど見たくなった。あわよくば、双生児がその窓の所に出ているかも知れないのだ。

　私はそのまま朝の散歩という体《てい》を装い、何気なく邸内を忍び出し、土塀に沿って裏の方へ廻って行った。外は大きな石ころのでこぼこ道で、わずかの雑草のほかには樹木らしいものもない焼野原の感じであったが、表門から土蔵の裏手に行く途中に、一箇所だけ、ちょうど沙漠のオアシスのように、丸く木の茂った所があった。枝を分けて覗いて見ると、その中心に、古井戸らしく苔《こけ》むした石の井桁《いげた》がある。今は使用していないけれどこの淋しい孤島には立派過ぎるほどの井戸である。昔は、諸戸屋敷のほかに、ここにも別の屋敷があったのかも知れない。

それはとも角、私は間もなく、問題の土蔵のすぐ下に達した。長い土塀に接して建っているので、外からでもごく間近く見える。予期した通り、土蔵の二階には、裏手に向って小さな窓がひらいていた。鉄棒のはまったところまで、例の日記の通りである。私は胸をおどらせながら、その窓を見上げて、辛抱強く立ちつくしていた。はげ残った白壁に、朝日が赤々と照りはえて、開放的な海の香が、ソヨソヨと鼻をうつ。すべてが明るい感じで、この土蔵の中に例の怪物が住んでいるなどとは、どうしても考えられないのだ。

だが、私は見た。しばらく傍見《わきみ》をしていて、ひょいと目を戻すと、いつの間にか、窓の鉄棒のうしろに、胸から上の、二つの顔が並び、四本の手が鉄棒をつかんでいた。一つの顔は青黒く、頬骨の立った、醜い男性であったが、もう一つのは、赤味はなかったけれど、きめの細かいまっ白な若い女性の顔であった。

少女の一杯に見開いた目が、私の見上げる目とパッタリ出会うと、彼女は此の世の人間には見ることの出来ないような、一種不思議な羞恥の表情を示して、隠れるように首をうしろに引いた。

だが、それと同時に、何ということだ。この私もまた、ハッと顔を赤らめて、思わず目をそらしたのである。私は愚かにも、双生児の娘の異様なる美しさに不意をうたれ、つい胸をおどらせたのであった。

三日間

諸戸の想像した通りだとすれば、彼の父の丈五郎は、その身体《からだ》の醜さに輪をかけた鬼畜《きちく》である。世に此類なき極重悪人である。悪業成就《じょうじゅ》のためには恩愛の情など顧みる暇《いとま》はないのであろう。又道雄の方でも、すでにたびたび述べたように決して父を父とは思っていない。父の罪業をあばこうとさえしている。この世の常ならぬ親子が、一つ家に顔を見合わせていたのだから、ついにあのような恐ろしい破綻《はたん》が来たというのは、まことに当然のことであった。

平穏な日は、私達が島に到着してから、たった三日間であった。四日目には私と諸戸とはもう口を利くことさえ叶わぬ状態になっていた。そして、その同じ日、岩屋島の住民が二人、悪鬼の呪いにかかって、例の人喰いの洞穴、魔の淵の藻屑《もくず》と消えるような悲惨事さえ起った。

だがその平穏無事な三日間にも、記すべき事柄がなかったのではない。

その一つは、土蔵の中の双生児についてである。私が諸戸屋敷に最初の夜を過した翌朝、土蔵の窓の双生児を垣間見《かいま》て、その一方の女性（つまり日記にあった秀ちゃん）の美貌にうたれたことは前章に記した通りだが、異様なる環境がこの片輪娘の美しさを際立《きわだ》たせたとしても、その垣間見の印象が、あれほど強く私の心をとらえたというのは何とやらただ事ではない感じがした。

読者も知るように、私はなき木崎初代に全身の愛を捧げていた。彼女の灰を呑みさえした。諸戸と一緒にこの岩屋島へ来たのも、初代の敵を確かめたいばっかりではなかったか。その私がたった一と目見たばかりの、しかも因果な片輪娘の美しさにうたれたというのは、別の言葉を使えば愛情を感じたことである。恋しく思ったことである。そうだ、私は白状するが、片輪娘秀ちゃんに恋を感じたのである。ああ、何という情けないことだ。初代の復讐を誓ったのは、まだ昨日のように、新しいことである。現に今お前はその誓いを実行するために、この孤島へ来ているのではないか。それが、到着するかしないに、人もあろうに人外の片輪娘を恋するとは知らなかった。私は、こうも見下げ果てた男であったのかと、その時はそんなふうにわれとわが身を恥じた。

しかし、如何に恥かしいからといって、恋する心は、どうにも出来ぬ真実である。

私は何かと口実を設け、我が心に言訳をしながら、隙《ひま》さえあれば、ソッと邸を抜け出して例の土蔵の裏手へ廻るのであった。

ところが二度目にそこへ行った時、それは最初秀ちゃんを垣間見た日の夕方であったが、私にとって、一層困ったことが起った。というのは、その時、秀ちゃんの方でも、一方《ひとかた》ならず私を好いていることがわかったのだ。何という因果なことだ。

たそがれの霞の中に、土蔵の窓がパックリと黒い口を開いていた。私はその下に立って、辛抱強く娘の顔の覗くのを待っていた。待っても待っても、黒い窓にはいつまでたっても何の影もささぬので、もどかしさに、不良少年みたいに、私は口笛を吹いたものだ。すると、寝そべっていたのが、いきなり飛び起きた感じで、秀ちゃんのほの白い顔が、チラと覗き、アッと思う間に、何かに引《ひっ》ぱられでもしたように、引込んでしまった。一瞬間ではあったが、私は秀ちゃんの顔が、私に向ってニッコリ笑いかけたのを見逃がさなかった。そして「吉ちゃんの方がやいていて、秀ちゃんを覗かせまいとするんだな」と想像すると、何とやらくすぐったい感じがした。

秀ちゃんの顔が引込んでしまっても、私はその場を立去る気にはなれず、未練らしくじっと同じ窓を見上げていたが、ややあって、窓から私を目がけて、白いものが飛出して来た。紙つぶてだ。足元に落ちたのを拾い上げて、開いて見ると、次のような鉛筆書きの手紙であった。

ワタシノコトワ、本ヲヒロウタ人ニキイテ下サイ、ソウシテワタシヲココカラ、ダシテ下サイ、アナタワ、キレイデ、カシコイ人デスカラ、キット助ケテ下サイマス。

非常に読みにくい字だったけれど、私は幾度も読み直してやっと意味をとることが出来た。「アナタワ、キレイデ」というあからさまな表現には驚いた。例の日記帳の記事から想像しても、秀ちゃんの綺麗という意味は、我々のとは少しちがっているのだけれど。

それから、同じ土蔵の窓に、実に意外なものを発見するまでの三日間、私は五六度もそこへ行って（たった五六度の外出に私はどんな苦心をしたことだろう）人知れず秀ちゃんと会った。家人に悟られるのを恐れて、お互いに言葉をかわすことは控えたが、私達は一度ごとに、双方の目使いの意味に通暁《つうぎょう》して行った。そして、ずいぶん複雑な微妙な眼の会話を取かわすことが出来た。秀ちゃんは字は書けなかったけれど、又世間知らずであったけれど、生れつき非常にかしこい娘であることがわかった。

目の会話によって、吉ちゃんが秀ちゃんをどんなにひどい目に合わせるかがわかった。ことに私が現われてからはやきもちを焼いて、一層ひどくするらしい。秀ちゃんはそれを目と手真似で私に訴えた。

ある時秀ちゃんをつきのけて、吉ちゃんの青黒い醜い顔が恐ろしい目で長い間私の方を睨むようなこともあった。その顔の不快な表情を、私は今でも忘れない、ひがみとねたみと無智と不潔との、獣のように醜悪無類な表情であった。それが、まるで睨みっこみたいに、瞬きもせず、執念深く私の方を見つめているのだ。

双生児の片割れが醜悪な獣《けだもの》であることが、秀ちゃんへの憐みの情を一倍深めた。私は一日一日と、この片輪娘が好きになって行くのをどうすることも出来なかった。それが私には何だか前世からの不幸なる約束事のようにも感じられた。顔を見かわすたびごとに、秀ちゃんは早く救い出して下さいと催促した。私は何の当てがあるでもないのに、「大丈夫、大丈夫、今にきっと救って上げるから、もう少し辛抱して下さい」と胸をたたいて、可哀そうな秀ちゃんを安心させるようにした。

諸戸屋敷には幾つかの開かずの部屋があって、土蔵はいうまでもなく、そのほかにも、入口の板戸に古風な錠前のかかった座敷があちこちに見えた。諸戸の母親や男の召使などが、それとなく絶えず私達の行動を見張っていたので、自由に家の中を歩き廻ることも出来なかったが、私はある時廊下を間違ったと見せかけて、ソッと奥の方へ踏み込んで行き、開かずの部屋のあることを確かめることが出来た。ある部屋では、気味のわるい唸り声が聞えた。ある部屋では何かが絶えずゴトゴト動いている気配がした。それらはすべて、動物のように監禁された人間共の立てる物音としか考えられなかった。

薄暗い廊下にたたずんで、じっと聞き耳を立てているといい知れぬ鬼気に襲われた。諸戸はこの屋敷には片輪者がウジャウジャしているといったが、開かずの部屋には、土蔵の中の怪物（ああ、その怪物に私は心を奪われているのだ）にもました、恐ろしい片輪者どもが監禁されているのではなかろうか。諸戸屋敷は片輪屋敷であったのか。だが丈五郎氏は、なぜなれば、そのように片輪者ばかり集めているのであろう。

平穏であった三日間には、秀ちゃんの顔を見たり、開かずの部屋を発見したほか、もう一つ変った事があった。ある日私は諸戸が父親の所へ行ったきり、いつまでも帰らぬ退屈さに、少し遠出をして、海岸の船着場まで散歩したことがあった。

来た時には夕闇のために気づかなかったが、その道の中ほどの岩山の麓《ふもと》に、ちょっとした林があって、その奥に一軒の小さなあばら家が見えていた。この島の人家はすべて離れ離れに建っているのだが、そのあばら家は、ことに孤立している感じだった。どんな人が住んでいるのかと、ふと出来心で私は道をそれて林の中へはいって行った。

その家は、家というよりも小屋といった方がふさわしいほどの小さな建物で、しかも、到底住むに耐えぬほど荒れすさんでいた。その小屋の所は小高くなっていたので、海も、例の対岸の牛の寝た形の岬も、さては、魔の淵といわれる洞窟さえも、すべて一望のうちにあった。岩屋島の断崖は複雑な凹凸《おうとつ》をなしていて、その一ばん出張《でば》った部分に魔の淵の洞穴があった。

奥底の知れぬ洞穴は、魔物の黒い口のようで、そこに打寄せる波頭が、恐ろしい牙に見えた。見つめていると、上部の断崖に魔物の目や鼻さえも想像されて来る。都に生れ育った世間知らずの私には、この南海の一孤島は、あまりにも奇怪なる別世界であった。数えるほどしか人家のない離れ島、古城のような諸戸屋敷、土蔵にとじこめられた双生児、開かずの部屋に監禁された片輪者、人を呑む魔の淵の洞窟、すべてこれらのものは、都会の子には、奇怪なるお伽噺でしかなかったのだ。

単調な波の音のほかには、島全体が死んだように静まり返って、見渡す限り人影もなく、白っぽい小石道に、夏の日がジリジリと焦げついていた。

その時、ごく間近い所で咳払いの音がして、私の夢見心地を破った。振向くと、小屋の窓に一人の老人が寄りかかって、じっと私の方を見つめていた。思い出すと、それは、私達がこの島に着いた日、この辺の岸にうずくまって、諸戸の顔をジロジロと眺めていた、かの不思議な老人に相違なかった。

「お前さん、諸戸屋敷の客人かな？」

老人は私がふり向くのを待っていたように話しかけた。

「そうです。諸戸道雄さんの友達ですよ。あなたは、道雄さんをご存じでしょうね」

私は老人の正体を知りたくて、聞き返した。

「知ってますとも。わしはな、昔諸戸屋敷に奉公しておって、道雄さんの小さい時分抱いたり負んぶしたりしたほどじゃもの、知らいでか。じゃがわしも年をとりましたでな。道雄さんはすっかり見忘れておいでのようじゃ」

「そうですか。じゃ、なぜ諸戸屋敷へ来て、道雄さんに会わないのです。道雄さんもきっと懐かしがるでしょうに」

「わしは御免じゃ。いくら道雄さんにあいとうても、あの人畜生《にんちくしょう》の屋敷の敷居を跨《また》ぐのは御免じゃ。お前さんは知りなさるまいが、諸戸の傴僂夫婦は、人間の姿をした鬼、けだものやぞ」

「そんなにひどい人ですか。何か悪いことでもしているのですかね」

「いやいやそれは聞いて下さるな、同じ島に住んでいる間は迂闊《うかつ》なことをいおうものなら、わが身が危ない。あの傴僂さんにかかっては人間の命は塵芥《ちりあくた》やでな。ただ、用心をすることや。旦那方はこれから出世する尊い身体や。こんな離れ島の老人に構って、危ない目を見ぬように用心が肝腎やな」

「でも丈五郎さんと道雄さんは親子の間柄だし、私にしてもその道雄さんの友達なんだから、いくら悪い人だと云って、危ないことはありますまい」

「いや、それがそうでないのじゃ。現に今から十年ばかり前に、似たようなことがありました。その人も都から遙々《はるばる》諸戸屋敷を訪ねて来た。聞けば丈五郎の従兄弟《いとこ》とかいうことであったが、まだ若い老先の長い身で、可哀そうに、見なされ、あの洞穴の側の魔の淵という所へ、死骸になって浮き上がりました。わしはそれが丈五郎さんの仕業だとは云わぬ。じゃが、その人は諸戸屋敷に逗留していられたのや。屋敷の外へ出たり、舟に乗ったりしたのを見たものは誰もないのや。わかったかな。老人の云うことに間違いはない。用心しなさるがよい」

老人はなおも、諄々《じゅんじゅん》として諸戸屋敷の恐怖を説くのであったが、彼の口ぶりは何となく、私達も、十年以前の丈五郎の従兄弟という人と同じ運命におちいるのだ、用心せよといわぬばかりであった。まさかそんなばかなことがと思う一方では、都での三重の人殺しの手並を知っている私は、もしやこの老人の不吉な言葉が(注23)讖《しん》をなすのではあるまいかと、いやな予感に、目の先が暗くなって、ゾッと身震いを感じるのであった。

さて、その三日の間、当の諸戸道雄はどうしていたかというと、私達は、毎晩枕を並べて寝たが、彼は妙に無口であった。口に出して喋るには心の苦悶があまりに生々し過ぎたのかも知れない。昼間も、彼は私とは別になって、どこかの部屋で、終日傴僂の父親と睨み合っているらしかった。長い用談をすませて、私達の部屋へ帰って来るたびにゲッソリと窶《やつ》れが見え、青ざめた顔に目ばかり血走っている。そしてムッツリと黙り込んで、私が何を尋ねても、ろくろく返事もしないのだ。

だが、三日目の夜、ついに耐え難くなったのか、彼はむずかった子供みたいに蒲団の上をゴロゴロ転がりながら、こんなことを口走った。

「ああ、恐ろしい。まさかまさかと思っていたことが、ほんとうだった。もういよいよおしまいだ」

「やっぱり、僕達が疑っていた通りだったの」

私は声を低めて尋ねてみた。

「そうだよ。そして、もっとひどい事さえあったのだよ」

諸戸は土色の顔をゆがめて、悲しげにいった。私は、いろいろと彼のいわゆる「もっとひどいこと」について尋ねたけれど、彼はそれ以上何もいわなかった。ただ、

「明日はキッパリと断わってやる。そうすればいよいよ破裂だ。蓑浦君、僕は君の味方だよ。力をあわせて悪魔と戦おうよ。ね、戦おうよ」

といって、手を延ばして私の手首を握りしめるのだった。だが、勇ましい言葉に引きかえて、彼の姿の何とみじめであったことか。無理もない、彼の実の父親を悪魔と呼び、敵に廻して戦おうとしているのだ。やつれもしよう。私は慰める言葉もなく、わずかに彼の手を握り返して、千万の言葉にかえた。

影武者

その翌日とうとう恐ろしい破滅が来た。

お午過ぎ、私がひとりで啞の女中のお給仕で（これが秀ちゃんの日記にあったおとしさんだ）ご飯をすませても、諸戸が父親の部屋から帰って来ぬので、ひとりで考えていても気が滅入るばかりだものだから、食後の散歩かたがた私は又しても土蔵の裏手へ秀ちゃんと目の話をしに出掛けた。

窓を見上げてしばらく立っていても、秀ちゃんも吉ちゃんも顔を見せぬので、私はいつもの合図の口笛を吹いた。すると、黒い窓の鉄格子の所へ、ヒョイと一つの顔が現われたが、私はそれを見て、ハッとして、自分の頭がどうかしたのではないかと疑った。なぜといって、そこに現われた顔は秀ちゃんのでも吉ちゃんのでもなく、父親の部屋にいるとばかり思っていた、諸戸道雄の引きゆがんだ顔であったからだ。

何度見直しても、私の幻ではなかった。まぎれもない道雄が、双生児の檻《おり》に同居しているのだった。それがわかった刹那《せつな》、私は思わず大声に叫びそうになったのを、すばやく諸戸が口に指を当てて注意してくれたので、やっと食い止めることが出来た。

私の驚き顔を見て、諸戸は狭い窓の中から、しきりと手真似で何か話すのだが、秀ちゃんの微妙な目とは違って、それに話す事柄が複雑過ぎるものだから、どうも意味が取れぬ。諸戸はもどかしがって、ちょっと待てという合図をして首を引込めたが、やがて、丸めた紙切れを私の方へ投げてよこした。

拾い上げてひろげて見ると、多分秀ちゃんのを借りたのであろう、鉛筆の走り書きで、次のように認《したた》めてあった。

「少しの油断から丈五郎の奸計《かんけい》におちいり、双生児と同じ監禁の身の上となった。非常に厳重な見張りだから、到底急に逃げ出す見込みはない。だが、僕よりも心配なのは君だ。君は他人だから一層危険だ。早くこの島から逃げ出したまえ。僕はもう諦《あきら》めた。すべてを諦めた。探偵も、復讐も、僕自身の人生も。

「君との約束にそむくのを責めないでくれたまえ、最初の意気込みに似ず気の弱い僕を笑わないでくれたまえ、僕は丈五郎の子なのだ。

「懐かしき君とも永遠におさらばだ。諸戸道雄を忘れてくれたまえ。岩屋島を忘れてくれたまえ。そして無理な願いだけれど、初代さんの復讐などということも。

「本土に渡っても警察に告げることだけは止《よ》して下さい。長年の交誼《こうぎ》にかけて、僕の最後のお頼みだ。」

　読み終って顔を上げると、諸戸は涙ぐんだ目で、じっと私を見おろしていた。悪魔の父はついにその子を監禁したのだ。私は道雄の豹変《ひょうへん》を責めるよりも、丈五郎の暴虐を恨むよりも、形容の出来ない悲愁に打たれて、胸の中が空虚《うつろ》になった感じだった。

　諸戸は親子というかりそめの絆《きずな》に、幾度心を乱したことであろう。遙々この岩屋島を訪れたのも、深く思えば私のためでもなく、初代の復讐などのためではむろんなく、その実は、親子という絆のさせた業であったかも知れないのだ。そして、最後の土壇場になって、彼はついに負けた。異様なる父と子の戦いは、かくして終局をつげたのであろうか。

　長い長い間、土蔵の中の諸戸と目を見かわしていたが、とうとう彼の方から、もう行けという合図をしたので、私は別段の考えもなく、ほとんど機械的に諸戸屋敷の門の方へ歩いて行った。立去る時、諸戸の青ざめた顔のうしろの薄暗い中に、秀ちゃんの怪訝《けげん》な顔がじっと私を見つめているのに気づいた。それが一層私を果敢《はか》ない気持にした。

　だが、私はむろん帰る気になれなかった。道雄を救わねばならぬ。秀ちゃんを助け出さねばならぬ。たとい道雄が如何《いか》に反対しようとも、私は初代の敵を見捨てこの島を立去ることは出来ぬ。そして、あわよくば、なき初代のために彼女の財宝を発見してやらねばならぬ（不思議なことに私は何の矛盾をも感じないで、初代と秀ちゃんとを、同時に思うことが出来た）。諸戸の頼みがなくても、警察の力を借りるのは最後の場合だ。私はこの島に踏み止まって、もっと深く探って見よう。滅入《めい》っている諸戸を力づけて、正義の味方にしよう。そして、彼の優れた智恵を借りて、悪魔と戦おう。

　私は諸戸屋敷の自分の居間に帰るまでに、雄々《おお》しくもこのように心をきめた。

　部屋に帰ってしばらくすると、久しぶりで傴僂の丈五郎が醜い姿を現わした。彼は私の部屋にはいると、立ちはだかったまま、

「お前さんは、すぐに帰る支度をなさるがいい。もう一時でもここの家には、いや、この岩屋島には置いておけぬ。さあ支度をなさるがいい」

　と呶鳴《どな》った。

「帰れとおっしゃれば帰りますが、道雄さんはどこにいるのです。道雄さんも一緒で

なければ」

「息子は都合があってあわせるわけにはいかぬ。が、あれもむろん承知の上じゃ。さあ用意をするのだ」

争っても無駄だと思ったので、私は一と先ず諸戸屋敷を引上げることにした。むろんこの島を立去るつもりはない。島のどこかに隠れていて、道雄なり秀ちゃんなりを、救い出す手だてを、講じなければならぬ。

だが、困ったことには、丈五郎の方でも抜け目なく、一人の屈強な下男をつけて、私の行先を見届けさせた。

下男は私の荷物を持って先に立って歩いて行った。先日私に話しかけた不思議な老人の小屋の所へ来ると、いきなりそこへはいって行って、声をかけた。

「徳《とく》さん、おるかな。諸戸の旦那のいいつけだ、舟を出しておくれ。この人をKまで渡すのや」

「この客一人で帰るのかな」

老人はやっぱり、此のあいだの窓から半身を出して、私の顔をジロジロ眺めながら答えた。

そこで結局、下男は私を、その徳さんという老人に預けて帰ってしまったのだが、丈五郎が、いわば裏切者であるこの老人に私を託したのは、意外でもあり、薄気味わるくもあった。

とはいえ、この老人が選ばれたことは、私にとって非常な好都合である。私は大《たい》略《りゃく》ことの仔細《しさい》を打ちあけて老人の助力を乞うた。どうしても今しばらく、この島に踏み留まっていたいと云い張った。

老人は先日と同じ筆法で、私の計画の無謀なことを説いたが、私があくまでも自説をまげぬので、ついに我を折って、私の乞いを容《い》れてくれたばかりか、丈五郎をたばかる一つの名案をさえ持ち出した。

その名案というのは。

疑い深い丈五郎のことだから、私がこのまま島に留まったのでは、承知する筈もなく、ひいては私を預かった老人が恨みを買うことになるから、ともかく一度本土まで舟を渡して見せなければならぬ。

それも、徳さんが一人で舟を漕いで行ったのでは、何の利き目もないのだが、幸い徳さんの息子が私と年齢も、背恰好も似寄りだから、その息子に私の洋服を着せ、遠目には私と見えるように仕立てて本土へ渡すことにしよう。私は息子の着物を着て徳さんの小屋に隠れていればよいというのであった。

「お前さんの用事が済むまで、息子にはお伊勢《いせ》参りでもさせてやりましょう」

徳さんは、そんなことを云って笑った。

夕方頃徳さんの息子は私の洋服を着込んで、そり身になって徳さんの持ち舟に乗り込んだ。

私の影武者を乗せた小舟は、徳さんを漕ぎ手にして、行手にどのような恐ろしい運命が待ち構えているかも知らず夕闇せまる海面を、島の切岸に沿って進んで行った。

殺人遠景

今や私は一篇の冒険小説の主人公であった。

二人を送り出して、今まで徳さんの息子が着ていた磯臭いボロ布子《ぬのこ》を身につけると、私は小屋の窓際にうずくまって、障子の蔭から目ばかり出して、小舟の行手を見守っていた。

牛の寝た姿の岬は、夕もやに霞んで、黒ずんだ海が、鼠色の空と溶け合い、空には一つ二つ星の光さえ見えた。風が凪《な》いで海面は黒い油のように静かであったが、ちょうど満ち潮時で、例の魔の淵の所は遠目にも渦をなして、海水が洞穴の中へ流れ込んでいるのが見えた。

小舟は凹凸《おうとつ》のはげしい断崖に沿って、隠れたかと思うと又切岸の彼方《かなた》に現われて、だんだん魔の淵へ近づいて行った。数丈の断崖は、まっ黒な壁のようで、その下を、おもちゃみたいな小舟が、あぶなげに進んで行く。時たま海面を伝って、虫の鳴くような艪《ろ》の音が聞こえて来た。徳さんも、息子の洋服姿も、夕闇にぼかされて、もう豆のような輪郭だけしか見えなかった。

もう一つ岩鼻《いわばな》を曲ると、魔の淵の洞穴にさしかかる。ちょうどその角に達した時、私はふと小舟の真上の切岸の頂に何かしらうごめくもののあるのに気づいた。ハッとして見直すと、それはまぎれもなく一人の男、しかも背中が瘤《こぶ》のようにもり上がった傴僂の老人であることがわかった。あの醜い姿をどうして見違えるものか。たしかに丈五郎だ。だが、諸戸屋敷の主人公が、今頃何用あってあんな断崖の縁へ出て来たのであろう。

その傴僂男は、鶴嘴《つるはし》のようなものを手にして、うつむいて熱心に何事かやっている。鶴嘴に力をこめるたびに、鶴嘴のほかに、動くものがある。よく見ると、それは断崖の端に危く乗っている一つの大岩であることがわかった。

ああ、読めた。丈五郎は、徳さんの舟がちょうどその下を通りかかる折を見計らって、あの大岩を押し落し、小舟を顚覆《てんぷく》させようとしているのだ。危ない。もっと岸を離れなければ危ない。だがここから叫んだところで、徳さんに聞こえるはずもない。私はみすみす丈五郎の恐ろしい企らみを知りながら、犠牲者を救う道がないのだ。天運を祈るほかにせんすべがないのだ。

偪僂の影が一つ大きく動いたかと見ると、大岩がグラグラと揺れて、アッと思う間に、非常な速度で、岩角に当っては、無数のかけらとなって飛び散りながら、小舟を目がけて転落して行った。

大きな水煙が上がって、しばらくするとガラガラという音が、私の所まで伝わって来た。

小舟は丈五郎の図に当って顚覆した。二人の乗り手は影もない。岩に当って即死したのか。それとも舟を捨てて泳いでいるのか。残念ながら遠目にはそこまでわからぬ。丈五郎はと見ると、執念深い偪僂男は、ただ舟を顚覆しただけではあきたらぬと見え、恐ろしい勢いで鶴嘴を使い次から次とその辺の大岩小岩を押し落している。すると、まるで海戦の絵でも見るように、海面一帯に幾つもの水煙が立っては崩れるのだ。

やがて、彼は鶴嘴の手をやめて、じっと下の様子をうかがっていたが、犠牲者の最期を見届けて安心したのか、そのまま向うへ立去った。

すべては一瞬間の出来事だった。そして、あまりに遠いので、何かしらおもちゃの芝居みたいで、可愛らしい感じがして、二人の生命を奪ったこの悲惨事が、それほど恐ろしいこととは思えなかった。だが、これは夢でも幻でもない、厳然たる事実なのだ。徳さんと息子とは、人鬼《ひとおに》の奸計によって、恐らくは魔の淵の藻屑と消えてしまったのだ。

今こそ丈五郎の悪企《わるだく》みがわかった。彼は最初から私をなきものにする積りだったのだ。それを屋敷内で手を下しては何かと危険だものだから、舟にのせて、島との縁を切っておいて、舟の通路になっている断崖の上に待伏せ、魔の淵の迷信を利用して、徳さんの舟が、人間以上のものの魔力によって顚覆した如く装わんとしたのだ。それ故彼は便利な銃器を使わず、難儀をして大岩を押し落したりしたのである。

渡船《とせん》をほかの漁師に頼まず、不仲《ふなか》の徳さんを選んだのにも理由があった。彼は一石にして二鳥を落そうとしたのだ。彼の悪事を感づいている私をなきものにすると同時に以前の召使で彼に反旗をひるがえした、それ故彼の所業をある程度まで知っている徳さんを、事のついでに殺してしまおうと企らんだのだ。そして、それが見事図に当ったのだ。

丈五郎の殺人は、私の知っているだけでも、これでちょうど五人目である。しかもよく考えて見ると、恐ろしいことに、その五つの場合は、ことごとく、間接ながらこの私が殺人の動機を作ったと云ってもよいのだ。初代さんは私がなかったら諸戸の求婚に応じたかも知れない。諸戸と結婚さえすれば、彼女は殺されなくて済んだのだ。深山木氏は、云うまでもなく、私さえ探偵を依頼しなければ、丈五郎の魔手にかかるようなことはなかった。少年軽業師もそうだ。又徳にしろ、その息子にしろ、私がこの島へ来なかったら、又影武者なぞを頼まなかったら、まさかこんなみじめな最期をとげることはなかったであろう。

考えるほど、私は空恐ろしさに身震いした。そして、殺人鬼丈五郎を憎む心が、昨日に幾倍するのを覚えた。もう初代さんのためばかりではない、ほかの四人の霊のためにも、私はあくまでこの島に踏み留まって、悪魔の所業をあばき、復讐の念願をとげないではおかぬ。私の力はあまりにも弱いかも知れない。警察の助力を乞うのが万全の策かも知れない。だが、この稀代の悪魔が、ただ国家の法律で審《さば》かれたのでは満足が出来ぬ。古めかしい言葉ではあるが、目には目を、歯には歯を、そして、彼奴の犯した罪業と同じ分量の苦痛をなめさせないでは、此の私の腹が癒《い》えぬのだ。

それには、丈五郎が私をなきものにしたと思い込んでいるのを幸い、先ず出来るだけ巧みに、徳さんの息子に化けおおせて、彼の目を逃れることが肝要だ。そして、ひそかに土蔵の中の道雄としめし合せて、復讐の手段を考えるのだ。道雄とても、今度の殺人を聞いたなら、それでも親の味方をしようとは云わぬであろう。又、たとい道雄が不同意でも、そんなことに構ってはおられぬ。私はあくまでも念願を果すために努力する決心だ。

仕合せなことに、その後《のち》幾日たっても、ふたりの死骸は発見されなかった。恐らく、魔の洞穴の奥深く吸込まれてしまったのでもあろう。それ故、私は首尾よく徳さんの息子に化けおおせることが出来た。もっとも、いつまでたっても徳さんの舟が帰らぬので、不審がって私の小屋を見舞いに来る漁師もないではなかったが、私は病気だといって部屋の隅の薄暗い所に二つ折の屏風を立てて、顔をかくしてごまかしてしまった。

昼間は大抵小屋にとじこもって人目を避け、夜になると闇にまぎれて私は島中を歩き廻った。土蔵の窓の道雄や秀ちゃんを訪ねるのはもちろん、島の地理に通暁《つうぎょう》して、何かの折に役に立てることを心掛けた。諸戸屋敷の様子に心を配ったのは云うまでもないが、時には、人なき折を見すまして門内に忍び入り、開かずの部屋の外側に廻って、密閉された戸の隙間から、内部の物音の正体を窺《うかが》いさえした。

さて読者諸君、私はかようにして、無謀にも世に類なき殺人魔を向うに廻して、戦いの第一歩を踏み出したのである。私の行手にどのような生き地獄が存在したか。どのような人外境が待ち構えていたか。この記録の冒頭に述べた一夜にして私の頭髪を雪のようにした、あの大恐怖について書き記すのも、左《さ》ほど遠いことではないのである。

屋上の怪老人

私は影武者のお蔭で危く難を逃れたが、少しも助かったという気持はしなかった。徳さんの息子に化けている私はうっかり小屋の外へ姿を現わすことも出来ず、まして舟を漕いで島を抜け出すなんて思いも寄らぬことであった。私はまるで、私の方が犯罪人でもあるように、昼間はじっと徳さんの小屋の中に隠れて、夜になるとコソコソ外気を呼吸したり、縮んでいた手足を伸ばすために小屋を這い出すのであった。

食物は、まずいのさえ我慢すれば、当分しのぐだけのものはあった。不便な島のことだから、徳さんの小屋には、米も麦も味噌も、薪《まき》もたっぷり買いためてあったのだ。私はそれから数日の間、えたいの知れぬ干魚をかじり、味噌をなめて暮した。

私は当時の経験から、どんな冒険でも苦難でも、実際ぶつかって見ると、そんなでもない、想像している方がずっと恐ろしいのだ、ということを悟った。

東京の会社で算盤をはじいていた頃の私には、まるで想像もつかない、架空のお話か夢のような境遇である。真実私は一人ぼっちで、徳さんのむさくるしい小屋の隅に寝転んで天井板のない屋根裏を眺め、絶間ない波の音を聞き、磯の香を嗅ぎながら、此のあいだからの出来事を、みんな夢ではないかと変な気持になったことも度々であった。それでいて、そんな恐ろしい境遇にいながら、私の心臓はいつもの通りしっかりと脈うっていたし、私の頭は狂ったようにも思われぬ。人間は、どんな恐ろしい事柄でも、いざぶつかって見ると、思ったほどでもなく平気で堪えて行けるものである。兵士が鉄砲玉に向って突貫出来るのも、これだなと思って、私は陰気な境遇にもかかわらず、妙に晴々した気持ちにさえなるのであった。

それはとも角、私は先ず第一に諸戸屋敷の土蔵の中に幽閉されている諸戸道雄に、事の仔細《しさい》を告げて、善後の処置を相談しなければならなかった。昼間が怖いと云って、暮れきってしまっては、電燈もない島のことだから、どうすることも出来ない。私は黄昏時《たそがれどき》の、遠目には人顔もさだかに分らぬ時分を見計らって、例の土蔵の下へ行った。心配したほどのこともなく、島中の人が死に絶えたかと思うように、どこにも人影はなかった。でも私は目的の土蔵の窓の下にたどりつくと、ちょうどその土塀の際《きわ》にあった一つの岩を小楯《こだて》に身を隠して、じっと、あたりの様子をうかがった。塀の中や土蔵の窓から人声でも漏れはせぬかと聞き耳を立てた。

夕闇の中に、蔵の窓は、ポッカリと黒い口を開けて、黙りこんでいる。遠くの波打際から響いて来る単調な波の音のほかには何の物音もない。「やっぱり夢を見ているのではないか」と思うほど、すべてが灰色で、声も色もない、うら淋しい景色であった。

長い躊躇《ちゅうちょ》の後、私はやっと勇気を出して、用意して来た紙つぶてを、狙い定めて投げると、白い玉が、うまく窓の中へ飛び込んだ。その紙に、私は昨日からの出来事をすっかり書き記し、私達はこれからどうすればいいのかと、諸戸の意見を聞いてやったのである。

投げてしまうと、又元の岩の蔭に隠れて、じっと待っていたが、諸戸の返事はなかなか戻って来ぬ。もしかしたら彼は私がこの島を立去らなかったのを怒っているのではないかと心配し始めた頃、もうほとんど暮れきって、土蔵の窓を見分けるのもむずかしくなった時分に、やっと、その窓のところへボンヤリと白い物が現われ、紙つぶてを私の方へ投げてよこした。

その白いものは、よく見ると諸戸ではなくて、懐かしい双生児の秀ちゃんの顔らしかったが、それが、闇の中でも何となく悲しげに打沈んでいるのが察しられた。秀ちゃんはすでに諸戸から委細のことを聞き知ったのであろうか。

紙つぶてをひろげて見ると、薄闇の中でも読めるように大きな字の鉛筆書きで、簡単にこんなことを記してあった。云うまでもなく諸戸の筆跡である。

「今は何も考えられぬ。明日もう一度来て下さい」

それを読んで、私は暗然《あんぜん》とした。諸戸は彼の父親ののっぴきならぬ罪状を聞かされて、どんなにか驚き悲しんだことであろう。私と顔を合わせることさえ避けて、秀ちゃんに紙つぶてを投げさせたのを見ても、彼の気持がわかるのだ。

私は、土蔵の窓からじっと、私の方を見つめているらしいボンヤリと白い秀ちゃんの顔に、うなずいて見せて、夕闇の中をトボトボ徳さんの小屋に帰った。そして燈火《ともしび》もつけず、獣のようにゴロリと横になったまま、何を考えるともなく考えつづけていた。

翌日の夕方、土蔵の下へ行って合図すると、今度は諸戸の顔が現われて、左のような文句をしたためた紙切れをひょいと投げてよこした。

こんなになった私を見捨てないで、いろいろ苦労をしてくれたのは、感謝の言葉もない。ほんとうのことを云うと僕は、君がこの島を去ったものと思って、どんなにか失望していただろう。僕は君と離れては、淋しくて生きていられないことが、しみじみわかった。丈五郎の悪事もはっきりした。僕はもう親子というようなことを考えないことにしよう。父は憎いばかりだ。愛情なんて少しも感じない。かえって他人の君にはげしい執着を覚える。君の助けを借りてこの土蔵を抜け出そう。そして、可愛そうな人達を救わねばならぬ。初代さんの財産も発見せねばならぬ。それはつまり君を富ませることだからね。土蔵を抜け出すについては僕に考えがある。少し時期を待たねばならぬ。その計画については、追々《おいおい》に知らせることにしよう。毎日人目のない折を見計らって、出来るだけたびたび土蔵の下へ来て下さい。昼間でもここへは滅多《めった》に人も来ないから大丈夫です。

諸戸は一度ぐらついた決心をひるがえして、親子の義理を断ったのである。だが、その裏には、私に対する不倫なる愛情が、重大な動機になっていることを思うと、私は非常に変てこな気持になった。諸戸の不思議な熱情は、私には到底理解が出来なかった。むしろ怖いようにさえ思われた。

それから五日の間、私達はこの不自由な逢瀬《おうせ》を続けた（逢瀬とは変な言葉だが、その間の諸戸の態度は、何となくこの言葉にふさわしかった）。その五日間の私の心持なり行動なりを詳しく思い出せば、ずいぶん書くこともあるけれど、全体のお話には大して関係のないことだから、すべて略することにして、要点だけをつまんでみると、あの謎のような出来事を発見したのは、三日目の早朝、諸戸と紙つぶての文通をするために、私が何気なく土蔵に近づいた時であった。

まだ朝日の昇らぬ前で、薄暗くもあったし、それに島全体を朝もやが覆っていて、遠目が利かなんだせいもあるが、何よりもそれがあまり意外な場所であったために、私は例の塀外の岩の五六間手前まで、まるで気づかないでいたが、ふと見ると、土蔵の屋根の上に、黒い人影がモゴモゴとうごめいているではないか。

ハッとして、やにわにあと戻りをして、土塀の角になった所へ身を隠して、よく見ると、屋根の上の人物というのは、ほかならぬ傴僂の丈五郎であることがわかった。顔を見ずとも、身体全体の輪郭でたちまちそれとわかるのだ。

私はそれを見ると、諸戸道雄の身の上を気遣わないではいられなかった。この片輪の怪物が姿を見せるところ、必ず凶事が伴なった。初代が殺される前に怪老人を見た。友之助が殺された晩には、私はその醜い後姿を目撃した。そしてついこのあいだは、彼が断崖の上で鶴嘴を揮《ふる》うと見るや、徳さん親子が魔の淵の藻屑と消えたではないか。

だが、まさか息子を殺すことはあるまい。殺し得ないからこそ、土蔵に幽閉するような手ぬるい手段をとったのではないか。

いやいや、そうではない、道雄の方でさえ親に敵対しようとしているのだ。それをあの怪物が我子の命を奪うくらい、何を躊躇するものか。道雄があくまで敵対すると見きわめがついたものだから、いよいよ彼をなきものにしようと企らんでいるに相違ない。

私が塀の蔭に身を隠して、やきもきとそんなことを考えている間に、怪物丈五郎は、少しずつ薄らいで行く朝もやの中にだんだんその醜怪な姿を、ハッキリさせながら、屋根の棟の一方の端に跨《また》がって、頻《しき》りと何かやっていた。

ああ、わかった。鬼瓦をはずそうとしているのだ。

そこには、土蔵の大きさにふさわしい、立派な鬼瓦が、屋根の両端に、いかめしくすえてあった。東京あたりではちょっと見られぬような、古風な珍しい型だ。

土蔵の二階には天井が張ってないだろうから、あの鬼瓦をはがせば屋根板一枚の下は、すぐ諸戸道雄の幽閉された部屋である。危ない危ない、頭の上で恐ろしい企らみが行われているとも知らず、諸戸はあの下でまだ眠っているかも知れない。と云って、あの怪物のいる前で、口笛を吹いて合図をすることも出来ず、私はイライラするばかりで何とせん術《すべ》もないのである。

やがて、丈五郎はその鬼瓦をすっかりはずして小脇にかかえた。二尺以上もある大瓦なので、片輪者には抱えるのもやっとのことである。

さて、次には鬼瓦の下の屋根板をめくって、道雄と双生児の真上から丈五郎の醜い顔がヒョイと覗いて、ニヤニヤ笑いながら、いよいよ残虐な殺人にとりかかる。

私はそんな幻を描いて、腋の下に冷汗を流しながら、立竦《たちすく》んでいたのだが、意外なことには、丈五郎は、その鬼瓦を抱えたまま、屋根の向う側へおりて行ってしまった。邪魔な鬼瓦をどこかに運んでおいて、身軽になって元のところへ戻って来るのかと、いつまで待っていても、そんな様子はないのである。

私はオズオズと塀の蔭から例の岩のところまで進んで、そこに身を隠して、なおも様子をうかがっていたが、そのうちに朝もやはすっかり晴れ渡り、岩山の頂上から大きな太陽が覗き、土蔵の壁を赤々と照らす頃になっても、丈五郎はついに再び姿を見せなかったのである。

神と仏

先程から、たっぷり三十分はたっているので、もう大丈夫だろうと、私は岩蔭に身を潜めたまま、思い切って、小さく口笛を吹いて見た。諸戸を呼出す合図である。するとか待ち構えていたように、蔵の窓に諸戸の顔が現われた。

岩蔭から首を出して、大丈夫かと目で尋ねると、諸戸は首肯《うなず》いて見せたので、私は用意の手帳を裂いて、手早く丈五郎の不思議な仕草について書き記し、その辺の小石を包んで、窓を目がけて投げ込んだ。

しばらく待つと諸戸の返事が来た。その文句。

僕は君の手紙を見て、非常な発見をした。喜んでくれたまえ。僕らの目的の一つは、間もなく成就することが出来そうだ。又、僕の身にさし当り危険はないから安心したまえ。詳しく書いている暇はないから、ただ君にしてもらいたいことだけ書く。それによって、君は充分僕の考えを察することが出来よう。

(1) 危険を冒《おか》さぬ範囲で、この島のあらゆる隅々を歩き廻り、何か祭ってあるもの、たとえば稲荷《いなり》様の祠《ほこら》とか、地蔵様とか、神仏に縁あるものを探し出して、知らせて下さい。

(2) 近いうちに諸戸屋敷の雇人《やといにん》達が、何かの荷物を積んで舟を出すはずだ。それを見つけたら、すぐに知らせて下さい。その時に人数も調べて下さい。

私はこの異様な命令を受取って、一応は考えて見たけれど、むろん諸戸の真意を悟ることは出来なかったが、それ以上つぶて問答をくりかえしては危険なので、私は一応その場を立去った。

それから諸戸の命令に従って、なるべく人家のないところ、人通りのないところと、まるで泥棒のように隠れ廻って、終日島の中を歩き廻った。たとい人に会っても化けの皮がはげぬよう、頬冠りをし、着物はむろん徳さんの息子の古布子《ふるぬのこ》で、手先や足に泥を塗って、ちょっと見たのではわからぬようにしてはいたが、それでも、昼日中、野外を歩き廻るのだから、私の気苦労は一と通りではなかった。それに、海辺とはいえもう八月に入っていたので、炎天を歩き廻るのはずいぶん苦しかったけれど、このような非常の場合、暑さなど気にしている隙《ひま》はなかった。だが、そうして歩いて見てわかったことだが、この島は何というさびれ果てた場所であろう。人家はあっても、人がいるのかいないのか、長いあいだ歩いていて、遠目に二三人の漁師の姿を見たほかには、終日誰にも出会わないのだ。これなら何も用心することはないと、私はいささか安堵《あんど》することが出来た。

私はその夕方までに、島を一周してしまったが、結局神仏に縁のあるらしいものを二つだけ発見した。

岩屋島の西側の海岸で、それは諸戸屋敷とは中央の岩山を隔てて反対の側なのだが、ほとんど人家はなく、断崖の凸凹が殊に烈しくて、波打際にさまざまの形の奇岩がそそり立っている。その中に一と際目立つ烏帽子型《えぼしがた》の大岩があって、その大岩の頂きに、ちょうど二見《ふたみ》が浦《うら》の夫婦岩《めおといわ》のように、石に刻んだ小さい鳥居が建ててある。何百年前、この島がもっと賑やかであった時分、諸戸屋敷の主《あるじ》が城主のような威勢をふるっていた時分、この海岸の平穏を祈るために建てられたものであろう。御影石《みかげいし》の鳥居は薄暗い苔に蔽《おお》われて、今ではその大岩の一部分と見誤まるほどに古びていた。

もう一つは、同じ西側の海岸の、その烏帽子岩と向き合った小高い所に、これも非常に古い石地蔵が立っていた。昔はこの島を一周して完全な道路が出来ていたらしく、所々その跡が残っているのだが、石地蔵はその道路に沿って道しるべのように立っているのだ。むろんお詣《まい》りする人なぞはないものだから、奉納物もなく、地蔵尊というよりは人間の形をした石塊《いしころ》であった。目も鼻も口も、磨滅して、のっぺらぼうで、それが無人の境にチョコンと立っている姿を見た時には、ギョッとして思わず立止まったほどである。台座にかなり大きな石が使ってあるので、転びもせずに、幾年月を元の位置に立ち尽していたものであろう。

あとで考えたことだけれど、この石地蔵は、昔は島の諸所に立っていたものらしく、現に北側の海岸などには、石地蔵の台座とおぼしきものが残っていたほどである。それが子供の悪戯などで、いつとなく姿を消して行き、最も不便な場所であるこの西側の海岸の分だけが、幸運にもいまだに取残されていたものに相違ない。

　私の歩き廻ったところでは、島中に、神仏に縁のあるものといっては右の二つだけで、そのほかには諸戸屋敷の広い庭に、何様の祠だか知らぬけれど、可なり立派な社《やしろ》が建ててあったのを覚えているくらいである。だが、諸戸が私に探せといったのは、諸戸屋敷の内部のものではなかったであろう。

　烏帽子岩の鳥居は「神」である。石地蔵は「仏」である。神と仏。ああ、私は何だか諸戸の考えがわかりだして来たようだ。それはいうまでもなく、例の呪文のような暗号文に関連しているのだ。私はその暗号文を思い出して見た。

　神と仏がおうたなら
　巽の鬼をうちやぶり
　弥陀の利益をさぐるべし
　六道の辻に迷うなよ

　この「神」とは烏帽子岩の鳥居を指し、「仏」とは例の石地蔵を意味するのではあるまいか。それから、ああ、だんだんわかって来たぞ。この「鬼」というのは、今朝丈五郎が取りはずして行った土蔵の屋根の鬼瓦に一致するのではないかしら。そうだ。

あの鬼瓦は土蔵の東南の端にのせてあった。東南は巽の方角に当るのではないか。あの鬼瓦こそ「巽の鬼」だ。

呪文には「巽の鬼を打破り」とある。ではあの鬼瓦の内部に財宝が隠してあったのかしら。もしそうだとすれば、丈五郎はもうとっくに、あの鬼瓦を打割って、中の財宝を取出してしまったのではあるまいか。

だが、諸戸がそこへ気のつかぬはずはない。丈五郎が鬼瓦を持ち去ったことは、私がちゃんと通信したのだし、その通信を読んで、彼は初めて何事かに気づいたらしいのだから、この呪文にはもっと別の意味があるに相違ない。瓦を割るだけならば、第一の文句は不必要になってしまうのだから。

それにしても「神と仏と会う」というのは一体全体何のことだろう。たといその「神」が烏帽子岩の鳥居であり、「仏」が石地蔵であったとしたところで、その二つのものが、どうして会うことが出来るのであろう。やっぱりこの「神仏」というのは、もっと全く別なものを意味しているのではあるまいか。

私はいろいろと考えてみたが、どうしてもこの謎を解くことは出来なかった。ただ今日の出来事でハッキリしたのは、私達がかつて東京の神田の西洋料理店の二階へ隠しておいた暗号文と、双生児の日記帳とを盗んだ奴は、当時想像した通りやっぱり怪老人丈五郎であったということである。そうでなければ、彼が鬼瓦をはずした意味を解くことが出来ない。彼はそれまでは、庭を掘り返したりして、無闇に諸戸屋敷を家探ししていたのだが、暗号文を手に入れると、一生懸命にその意味を研究して、ついに「巽の鬼」というのが土蔵の鬼瓦に一致することを発見したものに相違ない。

もしや丈五郎の解釈が図に当って、彼はすでに財宝を手に入れてしまったのではあるまいか。それとも、彼の解釈には、非常な間違いがあって、鬼瓦の中には何もはいっていなかったかも知れない。諸戸は果してあの暗号文を正しく理解しているのかしら。私はやきもきしないではいられなかった。

片輪者の群れ

同じ日の夕方、私は土蔵の下へ行って、例の紙つぶてによって、私の発見した事柄を諸戸に通信した。その紙切れには、念のために烏帽子岩と石地蔵の位置を示す略図まで書き加えておいた。

しばらく待つと、諸戸が窓のところに顔を出して、左のような手紙を投げた。

「君は時計を持っているか、時間は合っているか」

突飛な質問である。だが、いつ私の身に危険が迫るかも知れないし、不自由きわまる通信なのだから、前後の事情を説明している暇のないのも無理ではない。私はそれらの簡単な文句から彼の意のあるところを推察しなければならないのだ。

幸い私は腕時計を、二の腕深く隠し持っていた。ネジも注意して巻いていたから、多分大した時間の違いはなかろう。私は窓の諸戸に腕をまくって見せて、手真似で時間の合っていることを知らせた。

すると、諸戸は満足らしく首肯《うなず》いて、首を引込めたが、しばらく待つと、今度は少し長い手紙を投げてよこした。

大切なことだから間違いなくやってくれたまえ。大方察しているだろうが、宝の隠し場所がわかりそうなのだ。丈五郎も気づき始めたけれど、大変な間違いをやっている。僕らの手で探し出そう。確かに見込みがある。明日空が晴れていたら、午後四時頃、烏帽子岩へ行って、石の鳥居の影を注意してくれたまえ、多分その影が石地蔵と重なるはずだ。重なったら、その時間を正確に記憶して帰ってくれたまえ。

私はこの命令を受取ると、急いで徳さんの小屋へ帰ったが、その晩は呪文のことのほかは何も考えなかった。

今こそ私は、呪文の「神と仏が会う」という意味を明かにすることが出来た。ほんとうに会うのではなくて、神の影が仏に重なるのだ。鳥居の影が石地蔵に射すのだ。何というまい思いつきだろう。私は今更のように、諸戸道雄の想像力を讃嘆しないではいられなかった。

だが、そこまではわかるけれど「神と仏が会うたなら、巽の鬼を打破り」という巽の鬼が、今度はわからなくなって来る。丈五郎が大間違いをやっているというのだから、土蔵の鬼瓦ではないらしい。といって、そのほかに「鬼」と名のつくものが、一体どこにあるのだろう。

その晩は、つい疑問の解けぬままにいつか眠ってしまったが、翌朝、この島には珍しいガヤガヤという人声に、ふと眼を覚ますと、小屋の前を、船着場の方へ聞き覚えのある声が通り過ぎて行く。疑いもない諸戸屋敷の雇人達。

私は諸戸に命じられていたことがあるものだから、急いで起き上がって、窓を細目に開いて覗くと、遠ざかって行く三人の後姿が見えた。二人が大きな木箱を吊って、一人がその脇につき添って行く。それが双生児の日記にあった助八爺さんで、あとの二人は、諸戸屋敷で見かけた屈強な男達だ。

諸戸が先日「近いうちに諸戸屋敷の雇人達が、荷物を積んで、舟を出すはずだ」と書いたのはこれだなと思った。私はその人数を彼に知らせることを頼まれているのだ。

窓を開いてじっと見ていると、三人連れはだんだん小さくなってついに岩蔭に隠れてしまったが、待つほどもなく船着場の方から一艘《そう》の帆前船《ほまえせん》が、帆をおろしたまま、私の眼界へ漕ぎ出して来た。遠いけれど、乗っているのはさっきの三人と、荷物の木箱であることはよくわかった。少し沖に出ると、スルスルと帆が上がって、舟は朝風に追われ見る見る島を遠ざかって行った。

私は約束に従って、早速このことを諸戸に知らせなければならぬ。もうその頃は、昼間出歩くことに馴れてしまって、滅多に人通りなぞありはしないと、多寡《たか》をくくっていたので、何の躊躇もなく、私はすぐさま小屋を出て、土蔵の下へ行った。紙つぶてで事の仔細を告げると、諸戸から、勇ましい返事が来た。

彼らは一週間ほど帰らぬはずだ。彼らが何をしに行ったかもわかっている。もう邸の中には手強い奴はいない。逃げるのは今だ。助力を頼む。君は一時間ばかりその岩蔭に隠れて僕の合図を待ってくれたまえ。僕がこの窓から手を振ったら、大急ぎで表門へ駈けつけ、邸内を逃げ出す奴があったら引っ捉《とら》えてくれたまえ。女と片輪ばかりだから、大丈夫だ。いよいよ戦争だよ。

この不意の出来事のために、私達の宝探しは一時中止となった。私は諸戸の勇ましい手紙に胸をおどらせながら、窓の合図を待ち構えた。諸戸の計画がうまく行けば、私達は間もなく、久し振りで口をきき合うことが出来るのだ。そして、私がこの島に来るときあこがれていた秀ちゃんの顔を、間近に見、声を聞くことさえ出来るのだ。この日頃の奇怪なる経験は、いつの間にか、私を冒険好きにしてしまった。戦争と聞いて肉がおどった。

諸戸は親達と戦おうとしている。世の常のことではない。彼の気持はどんなだろうと思うと、その刹那の来るのをじっと待っている私も、心臓が空っぽになったような感じである。それにしても、彼は腕力で親達に手向うつもりなのであろうか。

長い長い間、私は岩蔭にすくんでいた。暑い日だった。岩の日蔭ではあったけれど、足元の砂が触《さわ》れないほど焼けていた。いつもは涼しい浜風も、その日はそよともなく、波の音も、私自身聾になったのではないかと怪しむほど、少しも聞こえて来なかった。何とも底知れぬ静寂の中に、ただジリジリと夏の日が輝いていた。

クラクラと眩暈《めまい》がしそうになるのを、こらえこらえしてじっと土蔵の窓を見つめていると、とうとう合図があった。鉄棒の間から、腕が出て、二三度ヒラヒラと上下するのが見えた。

私はやにわに駈け出して、土塀を一と廻りすると、表門から諸戸屋敷へ踏み込んで行った。

玄関の土間へはいって、奥の方を覗いて見たが、ヒッソリとして人気《ひとけ》もない。たとい対手《あいて》は片輪者とはいえ、奸智《かんち》にたけた兇悪無残な丈五郎のことだ。諸戸の身の上が気遣われた。あべこべにひどい目に会っているのではあるまいか。邸内が静まり返っているのが何となく不気味である。

私は玄関を上がって、曲りくねった長い廊下を、ソロソロとたどって行った。一つの角を曲ると、十間ほども続いた長い廊下に出た。幅は一間以上もあって、昔風に赤茶けた畳が敷いてある。屋根の深い窓の少い古風な建物なので、廊下は夕方のように薄暗かった。

私がその廊下へヒョイと曲った時、私と同時に、やっぱり向うの端に現われたものがあった。それが恐ろしい勢いで、もつれ合いながら私の方へ走って来るのだ。あまり変な恰好をしているので、私は急にはその正体がわからなかったが、そのものが見る見る私に接近して、私にぶつかり妙な叫び声をたてた時、初めて私は双生児の秀ちゃんと吉ちゃんであることを悟った。

彼等はボロボロになった布切れを身にまとい、秀ちゃんは簡単に髪をうしろで結んでいたが、吉ちゃんの方は、時々は散髪をしてもらうのか、(注24)百日蔓《ひゃくにちかつら》のような不気味な頭であった。二人とも監禁を解かれたことを、無性に喜んで、子供のように踊っていた。私の前で、私の方へ笑いかけながら、踊り狂う二人を見ていると、妙な形の獣みたいな感じがした。

私は知らぬまに秀ちゃんの手をつかんでいた。秀ちゃんの方でも、無邪気に笑いかけながら、懐かしそうに私の手を握り返していた。あんな境遇にいながら、秀ちゃんの爪が綺麗に切ってあったのが、非常にいい感じを与えた。そんなちょっとしたことに、私はひどく心を動かすのだ。

野蛮人のような吉ちゃんは、私と秀ちゃんが仲よくするのを見てたちまち怒り出した。教養を知らぬ生地《きじ》のままの人間は、猿と同じことで、怒った時に歯をむきだすものだということを、私はその時知った。吉ちゃんはゴリラみたいに歯をむき出して、身体全体の力で、秀ちゃんを私から引離そうと、もがいた。

そうしているところへ、騒ぎを聞きつけたのか、私のうしろの方の部屋から、一人の女が飛び出して来た。唖のおとしさんである。彼女は双生児が土蔵を抜け出したことを知ると、まっ青になって、やにわに秀ちゃん達を奥の方へ押し戻す恰好をした。

私は最初の敵を、苦もなく取押えた。対手は手をねじられながら、首を曲げて私を見、たちまち私の正体を悟るとギョッとして力が抜けてしまった。彼女は何が何だか少しも訳がわからぬらしく、従ってあくまで抵抗しようともしなかった。

そこへ、さっき双生児が走って来た方角から、奇妙な一団が現われて来た。先頭に立っているのは、諸戸道雄、そのあとに不思議な生物が五六人、ウヨウヨと従っていた。

私は諸戸屋敷に片輪者がいることを聞いていたが、皆開かずの部屋にとじ籠められていたので、まだ一度も見たことがなかった。多分諸戸は、今その開かずの部屋を開いてこの一群の生物に自由を与えたのであろう。彼らはそれぞれの仕方で、喜びの情を表わし、諸戸になついているように見えた。

顔半面に墨を塗ったように毛の生えた、俗に熊娘という片輪者がいた。手足は尋常であったが、栄養不良らしく青ざめていた。何か口の中でブツブツいいながら、それでも嬉しそうに見えた。

足の関節が反対に曲った蛙のような子供がいた。十歳ばかりで可愛い顔をしていたが、そんな不自由な足で、活溌《かっぱつ》にピョンピョンと飛び廻っていた。

小人島が三人いた。大人の首が幼児の身体に乗っているところは普通の一寸法師であったが、見世物などで見かけるのと違って非常に弱々しく、くらげのように手足に力がなくて、歩くのも難儀らしく見えた。一人などは、立つことが出来ず、可愛そうに三つ子のように畳の上をはっていた。三人共、弱々しい身体で大きな頭を支えているのがやっとであった。

薄暗い長廊下に、二身一体の双生児を初めとして、それらの不具者どもが、ウジャウジャかたまっているのを見ると、何とも云えぬ変な感じがした。見た目はむしろ滑稽であったが、滑稽なだけに、かえってゾッとするようなところがあった。

「ああ、蓑浦君、とうとうやっつけた」

諸戸が私に近寄って、つけ元気みたいな顔で云った。

「やっつけたって、あの人たちをですか」

私は諸戸が丈五郎夫婦を殺したのではないかと思った。

「僕達の代りにあの二人を土蔵の中へ締め込んでしまった」

彼は両親に話しがあると偽って、蔵の中へおびき寄せ、咄嗟《とっさ》のまに双生児と共に外へ出て、うろたえている二人の片輪者を、土蔵の中へとじこめてしまったのである。丈五郎がどうして易々と、彼の策略に乗ったかというに、それには充分理由があったのだ。私は後になってそのことを知った。

「この人たちは」

私は化物の群を指さして尋ねた。

「片輪者さ」

「だが、どうして、こんなに片輪者を養っておくのでしょう」

「同類だからだろう。詳しいことはあとで話そうよ。それより僕達は急がなければならない。三人の奴らが帰るまでにこの島を出発したいのだ。一度出て行ったら五六日は大丈夫帰らない。その間に、例の宝探しをやるのだ。そして、この連中をこの恐ろしい島から救い出すのだ」

「あの人たちはどうするのです」

「丈五郎かい。どうしていいかわからない。卑怯《ひきょう》だけれど僕は逃げ出すつもりだ。財産を奪い、この片輪の連中を連れ去ったらどうすることも出来ないだろう。自然悪事を止すかも知れない。ともかく僕にはあの人達を訴えたり、あの人達の命を縮めたりする力はない。卑怯だけれど、置去りにして逃げるのだ。これだけは見逃してくれたまえ」

諸戸は黯然《あんぜん》として云った。

三角形の頂点

片輪者は皆おとなしかったので、その見張りを秀ちゃんと吉ちゃんに頼んだ。性悪の吉ちゃんも、自由を与えてくれた諸戸の云いつけには、よく従った。

啞のおとしさんには、秀ちゃんの手まねで諸戸の命令を伝えた。おとしさんの役目は、土蔵の中の丈五郎夫婦と片輪者のために、三度三度の食事を用意することだった。土蔵の戸は決して開いてはならぬこと、食事は庭の窓から差入れることなどをくり返し命じた。彼女は丈五郎夫婦に心服していたわけではなく、むしろ暴虐な主人を恐れ憎んでいたくらいだから、わけを聞くと少しも反抗しなかった。

諸戸がテキパキと事を運んだので、午後にはもう、この騒動のあと始末が出来てしまった。諸戸屋敷には男の雇人は三人しかいず、それが皆出払っていたので、私達はあっけなく戦いに勝つことが出来たのだ。丈五郎にして見れば私はすでにないものと思っているし、土蔵の中の道雄はまさか親に対してこんな反抗をしようとは思いがけぬものだから、つい油断をして肝腎の護衛兵を皆出してやったのであろうが、その虚《きょ》に乗じた諸戸の思いきったやり口が、見事に功《こう》を奏《そう》したわけである。

三人の男が何をしに出掛けたのか、どうして五六日帰って来ないのか、私が尋ねても、諸戸はなぜかハッキリした答えをしなかった。そして、「奴等の仕事が五六日以上かかることは、ある理由で僕はよく知っているのだ。それは確かだから安心したまえ」と云うばかりであった。

その午後、私達は連れ立って、例の烏帽子岩のところへ出掛けた。宝探しを続けるためである。

「僕は二度とこのいやな島へ来たくない。と云って、このまま逃げ出してしまっては、あの人たちに悪事の資金を与えるようなものだ。もし宝が隠してあるものなら、僕達の手で探出《さがしだ》したい。そうすれば、東京にいる初代さんの母親も仕合せになるだろうし、また沢山の片輪者を幸福にする道も立つ。僕としてもせめてもの罪亡ぼしだ。僕が宝探しを急いでいるのは、そういう気持からだよ。一体なれば、これを世間に公表して、官憲の手を煩《わずら》わすのがほんとうだろうが、それは出来ない。そうすれば僕の父親を断頭台に送ることになるんだからね」

烏帽子岩への道で、諸戸は、弁解するように、そんなことをいった。

「それはわかっていますよ。ほかに方法のないことは僕にもよくわかっていますよ」

私は真実そのように思っていた。しばらくして私は当面の宝探しの方へ話題を持って行った。

「僕は宝そのものよりも、暗号を解いて、それを探し出すことに、非常な興味を感じているのです。だが、僕にはまだよくわかりません。あなたはすっかり、あの暗号を解いてしまったのですか」

「やって見なければわからないけれど、何だか解けたように思うのだが、君にも、僕の考えていることが大体わかったでしょう」

「そうですね。呪文の『神と仏が会うたなら』というのは烏帽子岩の鳥居の影と石地蔵とが一つになる時という意味だ、というくらいのことしかわからない」

「そんなら、わかっているんじゃないか」

「でも巽の鬼を打破りってのが、見当がつかないのです」

「巽の鬼というのは、むろん、土蔵の鬼瓦のことさ。それは君が僕に教えてくれたんじゃありませんか」

「すると、あの鬼瓦を打破れば、中に宝が隠されているのですか。まさかそうじゃないでしょう」

「鳥居と石地蔵の場合と同じ考え方をすればいいのさ。つまり、鬼瓦そのものでなくて、鬼瓦の影を考えるのだ。そうでなければ、第一句が無意味になるからね。それを丈五郎は、鬼瓦そのものだと思って、屋根へ上がってとりはずしたりしたんだ。僕は蔵の窓からあの人が鬼瓦を割っているのを見たよ。むろん何も出やしなかった。しかし、そのお蔭で僕は暗号を解く手がかりが出来たんだけれど」

私はそれを聞くと、何だか自分が笑われているように感じて、思わず赤面した。

「ばかですね。僕はそこへ気がつかなかったのです。するとちょうど鳥居の影が石地蔵に一致した時、鬼瓦の影の射す場所を探せばいいわけですね」

私は、諸戸が私の時計について尋ねたことを思い出しながらいった。

「間違っているかも知れないけれど、僕にはそんなふうに思われるね」

私達は長い道をこんな会話を取かわした他《ほか》は、多く黙り込んで歩いた。諸戸が非常に不愛想《ぶあいそう》で、私を黙らせてしまったのだ。彼は父親を押籠《おしこ》めた不倫について考えているに相違ない。父という言葉を使わないで、丈五郎と呼び捨てにしていた彼ではあるが、それが親だと思うと、打沈むのはすこしも無理ではなかった。

私達が目的の海岸へ着いた時は、少し時間が早すぎて、烏帽子岩の鳥居の形は、まだ切岸の端にあった。

私達は時計のネジを巻いて、時の移るのを待った。

日蔭を選んで腰をおろしていたけれど、珍しく風のない日でジリジリと背中や胸を汗が流れた。

動かないようでも、鳥居の影は、目に見えぬ早さで、地面を這って、少しずつ少しずつ、丘の方へ近づいて行った。

だが、それが石地蔵の数間《すうけん》手前まで迫った時、私はふとある事に気づいて、思わず諸戸の顔を見た。すると、諸戸も同じことを考えたと見えて、変な顔をしているのだ。

「この調子で進むと、鳥居の影は石地蔵には射さないじゃありませんか」

「二三間《げん》横にそれているね」

諸戸はがっかりした調子でいった。

「すると僕の考え違いかしら」

「あの暗号の書かれた時分には、神仏に縁のあるものが、ほかにもあったかも知れませんね。現に別の海岸にも、石地蔵の跡があるくらいだから」

「だが、影を投げる方のものは、高いところにある筈《はず》だからね。ほかの海岸にこんな高い岩はないし、島のまん中の山には神社の跡らしいものも見えない。どうも『神』というのはこの鳥居としか思えないのだが」

諸戸は未練らしくいった。

そうしているうちに、影の方はグングン進んで、ほとんど石地蔵と肩を並べる高さに達した。見ると丘の中腹に投じた鳥居の影と、石地蔵との間には、二間ばかりの隔《へだた》りがある。

諸戸はそれをじっと眺めていたが、何を思ったか、突然笑い出した。

「ばかばかしい。子供だって知っていることだ。僕達は少しどうかしているね」云いさして彼は又ゲラゲラ笑った。

「夏は日が長い。冬は日が短い。君、これは何だね。ハハハ、地球に対して太陽の位置が変るからだ。つまり、物の影は、正確に云えば、一日だって同じ場所へ射さないということだ。同じ場所へ射す時は、夏至《げし》と冬至《とうじ》のほかは、一年に二度しかない。太陽が赤道へ近づくとき、赤道を離れる時、その往復に一度ずつ。ね、わかりきったことだ」

「なるほど、ほんとうに僕達はどうかしていましたね。すると宝探しの機会も一年に二度しかないということでしょうか」

「隠した人はそう思ったかも知れない。そして、それが宝を掘出しにくくする屈強の方法だと誤解したかも知れない。だが、果してこの鳥居と石地蔵が、宝探しの目印なら何も実際影の重なるのを待たなくても、いくらも手段はあるよ」

「三角形を書けばいいわけですね。鳥居の影と石地蔵を二つの頂点にして」

「そうだ。そして、鳥居の影と石地蔵との開きの角度を見つけて、鬼瓦の影を計る時にも、同じ角度だけ離れた場所に見当をつければいいのだ」

私達はそんな小さな発見にも、目的が宝探しだけに、かなり興奮していた。そこで、鳥居の影が正しく石地蔵の高さに来た時の時間を見ると、私の腕時計はちょうど五時二十五分を指していたので、私はそれを手帳に控えた。

それから、私達は崖を伝い降りたり、岩によじ昇ったりいろいろ骨を折った末、鳥居と石地蔵の距離を計り鳥居の影と石地蔵との隔りも正確に調べて、そのものの作りなす三角形の縮図を、手帳に書き記した。この上は明日の午後五時二十五分、諸戸屋敷の土蔵の屋根の影がどこに射すかを確かめ、今日調べた角度によって、誤差を計れば、いよいよ宝の隠し場所を発見することが出来るわけである。

だが、読者諸君、私達はまだ完全に例の呪文を解読していたわけではなかった。呪文の最後には「六道の辻に迷うなよ」という不気味な一句があった。六道の辻とは一体何を指すのか。私達の行手には、もしやそのような地獄の迷路が待ち構えているのではあるまいか。

古井戸の底

私達は、その夜は諸戸屋敷の一と間に枕を並べて寝たが、私はたびたび諸戸の声に目を覚まさなければならなかった。彼は夜中悪夢にうなされ続けていたのだった。親と名のつく人を、監禁しなければならぬような、この日頃の心痛に、彼の神経が平静を失っていたのは無理もないことである。寝言の中で、彼はたびたび私の名を口にした。私というものが彼の潜在意識中にそんなにも大きな大きな場所を占めているのかと思うと、私は何だかそら恐ろしくなった。たとい同性にもしろ、それほど私のことを思い続けている彼と、こうして、そしらぬ顔で行動を共にしているのは、あまりに罪深い業《わざ》ではあるまいかと、私は寝られぬままにそんなことをまじめに考えていた。

翌日も、例の五時二十五分が来るまでは、私達は何の用事もないからだであった。諸戸には、かえってそれが苦痛らしく、一人で海岸を行ったり来たりして時間をつぶしていた。彼は土蔵のそばへ近寄ることすら恐れているように見えた。

土蔵の中の丈五郎夫婦は、あきらめたのか、それとも三人の男の帰るのを心待ちにしているのか、案外おとなしくしていた。私は気になるものだから、たびたび土蔵の前へ行って、耳をすましたり、窓から覗いて見たりしたが、彼等の姿も見えず、話声さえしなかった。唖のおとしさんが窓からご飯を差入れる時には、母親の方が、階段をおりておとなしく受取りに来た。

片輪者たちも、一と間に集まって、おとなしくしていた。ただ私が時々秀ちゃんと話をしに行くものだから、吉ちゃんの方が腹を立てて、わけのわからぬことを吸鳴るくらいのものであった。秀ちゃんは話して見ると、一層優しくかしこい娘であることがわかって、私達はだんだん仲よしになって行った。秀ちゃんは智恵のつき始めた子供のように次から次と、私に質問をあびせた。私は親切にそれに答えてやった。私は獣みたいな吉ちゃんが、小面憎《こづらにく》いものだから、わざと秀ちゃんと仲よくして、見せびらかしたりした。吉ちゃんはそれを見ると、まっ赤に怒って、身体を捻《ひね》って秀ちゃんに痛い目を見せるのだ。

秀ちゃんはすっかり私になついてしまった。私に逢いたさに、えらい力で吉ちゃんを引きずって、私のいる部屋へやって来たことさえある。それを見て、私はどんなに嬉しかったであろう。あとで考えると、秀ちゃんが私をこんなに慕うようになったことが、とんだ禍《わざわい》の元となったのである。

片輪者の中では、蛙みたいに四つ足で飛んで歩く、十歳ばかりの可愛らしい子供が、一ばん私になついていた。シゲという名前だったが、快活な奴で、一人ではしゃいで、廊下などを飛び廻っていた。頭には別状ないらしく、片言まじりでなかなかませたことを喋った。

余談はさておき、夕方の五時になると、私と諸戸とは、塀外《へいそと》の、いつも私が身を隠した岩蔭へ出かけて、土蔵の屋根を見上げながら、時間の来るのを待った。心配していた雲も出ず、土蔵の屋根の東南の棟は、塀外に長く影を投げていた。

「鬼瓦がなくなっているから、二尺ほど余計に見なければいけないね」

諸戸は私の腕時計を覗きながら云った。

「そうですね。五時二十分、あと五分です。だが、一体こんな岩で出来た地面に、そんなものが隠してあるんでしょうか。何だか嘘みたいですね」

「しかし、あすこに、ちょっとした林があるね、どうも、僕の目分量では、あの辺に当りやしないかと思うのだが」

「ああ、あれですか。あの林の中には、大きな古井戸があるんですよ。僕はここへ来た最初の日に、あすこを通って覗いて見たことがあります」

私はいかめしい石の井桁《いげた》を思い出した。

「ホウ、古井戸、妙な所にあるんだね。水はあるの」

「すっかり涸《か》れているようです。ずいぶん深いですよ」

「以前あすこに別に邸《やしき》があったのだろうか。それとも、昔はあの辺もこの邸内だったのかも知れないね」

私達がそんなことを話し合っているうちに、時間が来た。私の腕時計が五時二十五分を示した。

「昨日と今日では、幾分影の位置が違うだろうけれど、大した間違いが生じることもあるまい」

諸戸は影の地点へ走って行って、地面に石で印をつけると独り言のように云った。それから私達は手帳を出して、土蔵と影の地点との距離を書き入れ、角度を計算して、三角形の第三の頂点を計って見ると、諸戸が想像した通り、そこの林の中にあることがわかった。

私達は茂った枝をかきわけて、古井戸のところへ行った。四方をコンモリと樹枝が包んでいるので、その中はジメジメとして薄暗かった。石の井桁によりかかって、井戸の中を覗くと、まっ暗な地の底から、気味のわるい冷気が頬をうった。

私達はもう一度正確に距離を測って、問題の地点は、その古井戸に相違ないことを確かめた。

「こんなあけっ放しの井戸の中なんて、おかしいですね。底の土の中にでも埋めてあるのでしょうか。それにしてもこの井戸を使っていた時分には、井戸さらいもやったでしょうから、井戸の中なんて、実に危険な隠し場所ですね」

私は何となく腑に落ちなかった。

「さあそこだよ。単純な井戸の中では、あんまり曲《きょく》がなさ過ぎる。あの用意周到な人物が、そんなたやすい場所へ隠しておくはずがない。君は呪文の最後の文句を覚えているでしょう。ホラ、六道の辻に迷うなよ。この井戸の底には横穴があるんじゃないかしら。その横穴がいわゆる「六道の辻」で、迷路みたいに曲りくねっているのかも知れない」

「あんまりお話みたいですね」

「いや、そうじゃない。こんな岩で出来た島には、よくそんな洞穴があるものだよ。現に魔の淵の洞穴だってそうだが、地中の石灰岩の層を、雨水が浸蝕して、とんでもない地下の通路が出来たのだ。この井戸の底は、その地下道の入口になっているんじゃないかしら」

「その自然の迷路を、宝の隠し場所に利用したというわけですね。もしそうだとすれば、実際念に念を入れたやり方ですね」

「それほどにして隠したとすれば、宝というのは、非常に貴重なものに相違ないね。だが、それにしても、僕はあの呪文にたった一つわからない点があるのだが」

「そうですか。僕は、今のあなたの説明で全体がわかったように思うのだけれど」

「ほんのちょっとしたことだがね。ホラ、巽の鬼を打破りとあっただろう。この『打破り』なんだ。地面を掘って探すのだったら、打破ることになるけれど、井戸からはいるのでは、何も打破りやしないんだからね。それが変なんだよ。あの呪文はちょっと見ると幼稚のようで、その実なかなかよく考えてあるからね。あの作者が不必要な文句などを書くはずがない。打破る必要のないところへ『打破り』なんて書くはずがない」

私達は薄暗い林の下でしばらくそんなことを話し合っていたが、考えていても仕様がないから、ともかく、井戸の中へはいって、横穴があるかどうかを調べてみようということになり、諸戸は私を残しておいて、邸に取って返し、丈夫な長い縄を探し出して来た。漁具に使われていたものである。

「僕がはいって見ましょう」

私は、諸戸より身体が小さくて軽いので、横穴を見届ける仕事を引受けた。

諸戸は縄の端で私の身体を厳重にしばり、縄の中程を井桁の石に一と巻きして、その端を両手で握った。私が降りるに従って、縄をのばしていくわけである。

私は諸戸が持って来てくれたマッチを懐中すると、しっかりと縄をつかんで、井戸端へ足をかけて、少しずつまっ暗な地底へと下《くだ》って行った。

井戸の中は、ずっと下まで、でこぼこの石畳になっていたが、それに一面苔《こけ》が生えていて、足をかけると、ズルズルと辷《すべ》った。

一間ほど下った時、私はマッチをすって、下の方を覗いて見たが、マッチの光ぐらいでは深い底の様子はわからなかった。燃えかすを捨てると、一丈あまり下の方で、光が消えた。多少水が残っているのだ。

さらに四五尺下ると、私は又マッチをすった。そして、底を覗こうとした途端、妙な風が起ってマッチが消えた。変だなと思ってマッチをすると、それが吹き消されぬ先に私は風の吹き込む箇所を発見した。横穴があったのだ。

よく見ると、底から二三尺のところで、二尺四方ばかり石畳が破れて、奥底の知れぬまっ暗な横穴があいている。不恰好な穴の様子だが、以前にはその部分にもちゃんと石畳があったのを、何者かが破ったものに相違ない。その辺一体に石畳がゆるんで、一度はずしたのを又差込んだように見える部分もある。気がつくと、井戸の底の水の中から楔型《くさびがた》の石ころが三つ四つ首を出している。明かに横穴の通路を破ったものがあるのだ。

諸戸の予想は恐ろしいほど的中した。横穴もあったし、呪文の「打破る」という文句も決して不必要ではなかったのだ。

私は大急ぎで縄をたぐって、地上に帰ると、諸戸に事の次第を告げた。

「それはおかしいね。すると僕達の先《せん》を越して、横穴へはいった奴があるんだね、その石畳のとれた跡は新しいの」

　諸戸がやや興奮して尋ねた。

「いや、大分以前らしいですよ。苔なんかのぐあいが」

　私は見たままを答えた。

「変だな。確かにはいった奴がある。まさか呪文を書いた人が、わざわざ石畳を破ってはいるわけはないから、別の人物だ。むろん丈五郎ではない。これはひょっとすると、僕達より以前にあの呪文を解いた奴があるんだよ。そして、横穴まで発見したとすると、宝はもう運び出されてしまったのではあるまいか」

「でも、こんな小さな島で、そんなことがあればすぐわかるでしょうがね。船着場だって一箇所しかないんだし、他国者が入り込めば、諸戸の屋敷の人たちだって、見逃すはずはないでしょうからね」

「そうだ。第一丈五郎ほどの悪者が、ありもしない宝のために、あんな危ない人殺しまでするはずがないよ。あの人には、きっと宝のあることだけは、ハッキリわかっていたに相違ない。何にしても、僕にはどうも宝が取出されたとは思えないね」

　私達はこの異様な事実をどう解くすべもなく、出ばなをくじかれた形で、しばらく思い惑っていた。だがその時、私達がもしいつか船頭に聞いた話を思い出したならば、そして、それとこれとを考え合わせたならば、宝が持出されたなどと心配することは少しもなかったのだが、私はもちろん、さすがの諸戸もそこまでは考え及ばなかった。

船頭の話というのは、読者は記憶せられるであろう。十年以前、丈五郎の従兄弟と称する他国人が、この島に渡ったが、間もなくその死骸が魔の淵の洞穴の入口に浮き上がったという、あの不思議な事実である。

しかし、そこへ気づかなかったのが、結句《けっく》よかったのかも知れない。なぜといって、もしその他国人の死因について深く想像をめぐらしたならば、私達はよもや地底の宝探しを企てる勇気はなかったであろうから。

八幡の藪知らず

ともかく横穴へはいって、宝がすでに持出されたかどうかを確かめて見るほかはなかった。私達は一度諸戸屋敷に帰って、横穴探検に必要な品々を取揃えた。数挺の蠟燭、マッチ、漁業用の大ナイフ、長い麻縄（網に使用する細い麻縄を、出来るだけつなぎ合わせて、玉をこしらえた）などの品々である。

「あの横穴は存外深いかも知れない。『六道の辻』なんて形容してあるところを見ると、深いばかりでなく、枝道があって、八幡《やわた》(注25)の藪不知《やぶしらず》みたいになっているのかも知れない。ホラ『即興詩人《そっきょうしじん》』にローマのカタコンバへはいるところがあるだろう。僕にあれから思いついて、この麻縄を用意したんだ。フェデリゴという画工の真似なんだよ」

諸戸は大げさな用意を弁解するように云った。

私はその後「即興詩人」を読み返して、かの隧道《トンネル》の条に至るごとに、当時を回想して、戦慄を新たにしないではいられぬのだ。

「深きところには、軟《やわら》かなる土に掘りこみたる道の行き違いたるあり。その枝の多さ、その様の相似たる、おもなる筋を知りたる人も踏み迷ふべきほどなり。われは稚心《おさなごころ》に何とも思わず。画工はまた予《あらかじ》め其心《そのこころ》して、我を伴ひ入りぬ。先づ蠟燭一つともし一つをば衣《ころも》のかくしの中に貯へおき、一巻の絲《いと》の端を入口に結びつけ、さて我手を引きて進み入りぬ。忽《たちま》ち天井低くなりて、われのみ立ちて歩まるるところあり……」

画工と少年とは、かようにして地下の迷路に踏み入ったのであるが、私達もちょうどそのようであった。

私達はさっきの太い縄にすがって次々と井戸の底に降り立った。水はやっと、踝《くるぶし》を隠すほどしかなかったけれど、その冷たさは氷のようである。横穴は、そうして立った私達の腰の辺《あたり》にあいているのだ。

諸戸はフェデリゴの真似をして、先ず一本の蠟燭をともし、麻縄の玉の端を、横穴の入口の石畳の一つに、しっかりと結びつけた。そして、縄の玉を少しずつほぐしながら、進んで行くのだ。

諸戸が先に立って、蠟燭を振りかざして、這って行くと、私が縄の玉を持って、そのあとに続いた、二匹の熊のように。

「やっぱり、なかなか深そうだよ」

「息がつまるようですね」

私達はソロソロと這いながら、小声で話し合った。

五六間行くと穴が少し広くなって、腰をかがめて歩けるくらいになったが、すると間もなく、洞穴の横腹に又別の洞穴が口を開いているところに来た。

「枝道だ。案の定八幡の藪不知だよ。だが、しるべの縄を握ってさえいれば、道に迷うことはない、先ず本通りの方へ進んで行こうよ」

諸戸はそう言って、横穴に構わず、歩いて行ったが、二間も行くと、又別の穴がまっ黒な口を開いていた。蠟燭をさし入れて覗いて見ると、横穴の方が広そうなので、諸戸はその方へ曲って行った。

道はのたうち廻る蛇のように、曲りくねっていた。左右に曲るだけではなくて、上下にも、或る時は下り、或る時は上った。低い部分には、浅い沼のように水の溜《たま》っているところもあった。

横穴や枝道は覚えきれないほどあった。それに人間の造った坑道などとは違って、這っても通れないほど狭い部分もあれば、岩の割れ目のように縦に細長く裂けた部分もあり、そうかと思うと、突然非常に大きな広間のようなところへ出た。その広間には、五つも六つもの洞穴が、四方から集まって来て、複雑きわまる迷路を作っている。

「驚いたね。蜘蛛手《くもで》のようにひろがっている。こんなに大がかりだとは思わなかった。この調子だとこの洞穴は島じゅう、端から端まで続いているのかも知れないよ」

諸戸はうんざりした調子でいった。

「もう麻縄が残り少なですよ。これが尽きるまでに行止まりへ出るでしょうか」

「駄目かも知れない。仕方がないから、縄が尽きたらもう一度引返して、もっと長いのを持って来るんだね。だが、その縄を離さないようにし給えよ。大事の道しるべをなくしたら、僕等はこの地の底で迷子になってしまうからね」

諸戸の顔は赤黒く光って見えた。それに、蠟燭の火が顎《あご》の下にあるものだから、顔の陰影が逆になって、頰と目の上に、見馴れぬ影が出来、何だか別人の感じがした。

物云うたびに、黒い穴のような口が、異様に大きく開いた。

蠟燭の弱い光はやっと一間四方を明るくするだけで、岩の色も定かにはわからなかったが、まっ白な天井が気味わるくでこぼこになって、その突出した部分からボタリボタリと雫《しずく》が垂れているような箇所もあった。一種の鍾乳洞である。

やがて道は下り坂になった。気味のわるいほど、いつまでも下へ下へと降りて行った。

私の目の前に、諸戸のまっ黒な姿が、左右に揺れながら進んで行った。左右に揺れるたびに彼の手にした蠟燭の焔《ほのお》がチロチロと隠顕《いんけん》した。ボンヤリと赤黒く見えるでこぼこの岩肌が、あとへあとへと、頭の上を通り越して行くように見えた。

しばらくすると、進むに従って、上も横も、岩肌が眼界から遠ざかって行くように見えた。地底の広間の一つにぶっつかったのである。ふと気がつくとその時私の手の縄の玉はほとんどなくなっていた。

「アッ、縄がない」

私は思わず口走った。そんなに大きな声を出したのでなかったのに、ガーンと耳に響いて、大きな音がした。そして、すぐさま、どこか向うの方から、小さな声で、

「アッ、縄がない」

と答えるものがあった。地の底の谺《こだま》である。

諸戸はその声に、驚いてうしろをふり返って、「エ、なに」と私の方へ蠟燭をさしつけた。

焰がユラユラと揺れて、彼の全身が明るくなった。その途端、「アッ」という叫び声がしたかと思うと、諸戸の身体が、突然私の眼界から消えてしまった。蠟燭の光も同時に見えなくなった。そして、遠くの方から、「アッ、アッ、アッ……」と諸戸の叫び声がだんだん小さく、幾つも重なり合って聞こえて来た。

「道雄さん、道雄さん」

私はあわてて諸戸の名を呼んだ。

「道雄さん、道雄さん、道雄さん、道雄さん」と谺がばかにして答えた。

私は非常な恐怖に襲われ、手さぐりで諸戸のあとを追ったが、ハッと思う間に、足をふみはずして、前へのめった。

「痛い」

私の身体の下で、諸戸が叫んだ。

なんのことだ。そこは、突然二尺ばかり地面が低くなっていて、私達は折重なって、倒れたのである。諸戸は転落した拍子に、ひどく膝をうって、急に返事することが出来なかったのだ。

「ひどい目にあったね」

闇の中で諸戸が云った。そして、起き上がる様子であったが、やがて、シュッという音がしたかと思うと、諸戸の姿が闇に浮いた。

「怪我をしなかった？」

「大丈夫です」

諸戸は蠟燭に火を点じて、又歩き出した。私も彼のあとに続いた。だが、一二間進んだ時、私はふと立止まってしまった。右手に何も持っていないことに気づいたから、

「道雄さん、ちょっと蠟燭を貸して下さい」

私は胸がドキドキして来るのを、じっと堪《こら》えて、諸戸を呼んだ。

「どうしたの」

諸戸が不審そうに、蠟燭をさしつけたので、私はいきなりそれを取って、地面を照らしながら、あちこちと歩き廻った。そして、

「何でもないんですよ。何でもないんですよ」

と云い続けた。

だがいくら探しても、薄暗い蠟燭の光では、細い麻縄を発見することは出来なかった。

私は広い洞窟を、未練らしく、どこまでも探して行った。

諸戸は気がついたのか、いきなり走り寄って、私の腕をつかむと、ただならぬ調子で叫んだ。

「縄を見失ったの？」

「ええ」

私はみじめな声で答えた。

「大変だ、あれをなくしたら、僕達はひょっとすると、一生涯この地の底で、どうどうめぐりをしなければならないかも知れぬよ」

私達はだんだんあわて出しながら、一生懸命探し廻った。

地面の段になっているところで転んだのだから、そこを探せばよいというので、蠟燭で地面を見て歩くのだが、だんだんになった箇所は方々にあるし、その洞窟に口を開いている狭い横穴も一つや二つではないので、つい、どれが今来た道だかわからなくなってしまって、探し物をしているうちにも、いつ路をふみ迷うかも知れないような有様なので、探せば探すほど、心細くなるばかりであった。

後日、私は「即興詩人」の主人公も同じ経験をなめたことを思い出した。鷗外《おうがい》の名訳が、少年の恐怖をまざまざと描き出している。

「その時われらの周囲には、寂《せき》として何の声も聞こえず、唯忽《ただ》ち断え忽ち続く、物寂しき岩間の雫《しづく》の響を聞くのみなりき。……ふと心づきて画工の方を見やれば、あな訝《いぶ》かし画工は大息つきて一つところを馳せめぐりたり……。その気色《けしき》ただならず覚えければ、われも立上りて泣き出《いだ》しつ。……われは画工の手に取りすがりて、もはや登り行くべし、ここには居《を》りたくなしとむづかりたり。画工は、そちはよき子なり、画《えが》きて遣《や》らむ、菓子をや与へむ、ここに銭もあり、といひつつ衣のかくしを探して、財布を取り出し、中なる銭をば、ことごとく我に与へき。我はこれを受くる時、画工の手の氷の如く冷《ひややか》になりて、いたく震ひたるに心づきぬ。……さし俯《ふ》してあまたたび我に接吻し、かはゆき子なり、そちも聖母に願へといいき。絲《いと》をや失ひ給ひし、と我は叫びぬ」

「即興詩人」の主人公たちは、間もなく糸の端を発見して、無事にカタコンバを立出でることが出来たのである。だが、同じ幸運が私達にも恵まれたであろうか。

麻縄の切口

画工フェデリゴと違って、私達は神を祈ることはしなかった。そのためであるか、彼等のようにたやすく糸の端を見つけることは出来なかった。

一時間以上も、私達は冷やかな地底にもかかわらず、全身に汗を流して、物狂わしく探し廻った。私は絶望と、諸戸に対する申訳なさに、幾度も、冷たい岩の上に身を投げて、泣き出したくなった。諸戸の強烈な意志が、私を励ましてくれなかったら、恐らく私は探索を思い切って、洞穴の中に坐ったまま、餓死を待ったかも知れない。

私達は何度となく、洞窟に住む大蝙蝠《こうもり》のために、蠟燭の光を消された。奴等は不気味な毛むくじゃらのからだを、蠟燭ばかりでなく、私達の顔にぶっつけた。

諸戸は辛抱強く、蠟燭を点じては、次から次と、洞窟の中を組織的に探し廻った。

「あわててはいけない。落ちついていさえしたら、ここにあるに相違ないものが、見つからぬという道理はないのだから」

彼は驚くべき執拗さで、捜索を続けた。

そして、ついに、諸戸の沈着のお蔭で、麻縄の端は発見された。が、それは何という悲しい発見であったろう。

それを摑んだ時、諸戸も私も、無上の歓喜に、思わず小躍りして「バンザイ」と叫びそうにさえなった。私は喜びのあまり、つかんだ縄をグングンと手元へたぐり寄せた。そして、それが何時《いつ》まででもズルズルと伸びて来るのを、怪しむ暇もなかった。

「変だね。手答えがないの？」

側《そば》で見ていた諸戸が、ふと気づいて云った。云われてみると変である。私はそれがどのような不幸を意味するかも知らないで、勢いこめて、引き試みた。すると、縄は蛇のように波うって、私を目がけて飛びかかり、私ははずみを食って、尻餅《しりもち》をついてしまった。

「引っぱっちゃいけない」

私が尻餅をついたのと、諸戸が叫んだのと同時だった。

「縄が切れてるんだ。引張っちゃいけない、そのままソッとしておいて、縄を目印にして入口の方へ出て見るんだ。中途で切れたんでなければ、入口の近くまで行けるだろう」

諸戸の意見に従って、蠟燭を地につけ、横たわっている縄を見ながら、元の道を引きかえした。だが、ああ、何という事だ。二つ目の広間の入口の所で、私達の道しるべは、プッツリと断ち切れていた。

諸戸はその麻縄の端を拾って、火に近づけてしばらく見ていたが、それを私の方へ差出して、

「この切り口を見たまえ」

と云った。私が彼の意味を悟りかねて、もじもじしていると、彼はそれを説明した。

「君は、さっき転んだ時、縄を強く引張ったために、中途で切れたと思っているだろう。そして、僕に済まなく思っているだろう。安心したまえ、そうではないのだ。だが、我々にとっては、もっと恐ろしいことなんだ。見たまえ、この切り口は決して岩角で擦り切れたものじゃない。鋭利な刃物で切断した跡だ。第一、引張った勢いで擦り切れたものなら、我々から一ばん近い岩角のところで切れているはずだ。ところが、これはほとんど入口の辺で切断されたものらしい」

切り口を調べてみると、なるほど、諸戸のいう通りであった。さらに私達は、入口の所で、つまり私達がこの地底にはいる時、井戸の中の石畳に結びつけて来た、その近くで切断されたものであるかどうかを確かめるために、縄を元のような玉に巻き直して見た。すると、ちょうど元々通りの大きさになったではないか。もはや疑うところはなかった。何者かが、入口の近くで、この縄を切断したのである。

最初私がたぐり寄せた部分がどれほどあったか、ハッキリしないけれど、恐らく八

間ぐらいはあっただろう。だが私達が転ぶ以前に切断されたものとすると、私達は端の止まっていない縄を、ズルズルと引きずって歩いていたかも知れないのだから、現在の位置から入口まで、どれほどの距離があるか、ほとんど想像がつかなかった。

「だが、こうしていたって仕様がない。行けるところまで行って見よう」

諸戸はそういって、蠟燭を新しいのと取換え、先に立って歩き出した。その広い洞窟には幾つもの枝道があったが、私達は縄の終っているところからまっすぐに歩いて、つき当りに開いている穴にはいって行った。入口は多分その方角であろうと思ったからである。

私達はたびたび枝道にぶっつかった。穴の行止まりになっているところもあった。そこを引返すと、今度は以前に通った路がわからなくなった。

広い洞窟へも一度ならず出たが、それが最初出発した洞窟かどうかさえわからなかった。

一つの洞窟を一周しさえすれば必ず見つかる麻縄の端を発見するのでも、あんなに骨を折ったのだ。それが枝道から枝道へと、八幡の藪知らずに踏み込んでしまっては、もうどうすることも出来なかった。

諸戸は「少しでも光を発見すればいいのだ。光のさす方へ向いて行けば、必ず入口に出られるのだから」と云ったが、豆粒ほどのかすかな光さえ発見することが出来なかった。

そうして滅茶苦茶に一時間ほども歩き続けているうちに現在入口に向っているのだか、反対に奥へ奥へと進んでいるのだか、島のどの辺をさまよっているのだか、さっぱりわからなくなってしまった。

又しても、ひどい下り坂であった。それを降りきるとそこにも地底の広間があった。広間の中ほどから、少しつまさき上がりになって来たが、構わず進んで行くと、小高く段になったところがあって、それを登ると行止まりの壁になっていた。私達はあきれ果ててその段の上に腰をおろしてしまった。

「さっきから同じ道をグルグル廻っていたのかも知れませんね」私はほんとうにそんな気がした。「人間て実に腑甲斐《ふがい》ないもんですね。多寡《たか》がこんな小さな島じゃないか、端から端まで歩いたって知れたものです。又僕達の頭のすぐ上には、太陽が輝いて家もあれば人もいるんです。十間あるか二十間あるか知らないが、たったそれだけのところを突き抜ける力もないんですからね」

「そこが迷路の恐ろしさだよ。八幡の藪不知っていう見世物があるね。せいぜい十間四方くらいの竹藪なんだが、竹の隙間から出口が見えていて、いくら歩いても出られない。僕等は今、あいつの魔法にかかっているんだよ」諸戸はすっかり落着いていた。「こんな時には、ただあせったって仕方がない。ゆっくり考えるんだね。足で出ようとせず、頭で出ようとするんだ。迷路というものの性質をよく考えて見るんだ」

彼はそう云って、穴へはいって初めて煙草をくわえて、蠟燭の火をうつしたが、「蠟燭も倹約しなくちゃあ」といって、そのまま吹き消してしまった。文目《あやめ》もわかぬ闇の中に、彼の煙草の火が、ポツリと赤い点を打っていた。

煙草好きの彼は、井戸へはいる前、トランクの中に貯えてあったウェストミンスタアを一と箱取出して、懐中して来たのだ。一本目を吸ってしまうと、彼はマッチを費さずその火で二本目の煙草をつけた。そして、それがなかば燃えてしまうまで、私達は闇の中で、黙っていた。諸戸は何か考えているらしかったが、私は考える気力もなく、ぐったりとうしろの壁によりかかっていた。

魔の淵の主

「このほかに方法はない」闇の中から、突然諸戸の声がした。「君はこの洞窟の、すべての枝道の長さを合わせるとどのくらいあると思う。一里か二里か、まさかそれ以上ではあるまい。もし二里あるとすれば、我々はその倍の四里歩けばよいのだ。四里歩きさえすれば確実に外《そと》へ出ることが出来るのだ。迷路という怪物を征服する方法は、このほかにないと思うのだよ」

「でも、同じところをどうどうめぐりしていたら、何里歩いたって仕様がないでしょう」

私はもうほとんど絶望していた。

「でも、そのどうどうめぐりを防ぐ手段があるのだよ。僕はこういうことを考えて見たんだ。長い糸で一つの輪を作る。それを板の上に置いて、指で沢山のくびれをこしらえるのだ。つまり糸の輪を紅葉《もみじ》の葉みたいに、もっと複雑に入組んだ形にするのだ。この洞穴がちょうどそれと同じことじゃないか。いわばこの洞穴の両側の壁が、糸に当るわけだ。そこで、もしこの洞穴が糸みたいに自由になるものだったら、すべての枝道の両側の壁を引きのばすと、一つの大きな円形になる。ね、そうだろう。でこぼこになった糸を元の輪に返すのと同じことだ。

「で、もし僕等が、たとえば右の手で右の壁にさわりながら、どこまでも歩いて行くとしたら、右側を伝《つたわ》って行止まれば、左側を、やっぱり右手でさわって、一つ道を二度歩くようにして、どこまでもどこまでも伝って行けば、壁が大きな円周を作っている以上は、必ず出口に達するわけだ。糸の例で考えると、それがハッキリわかる。で、枝道のすべての延長が二里あるものなら、その倍の四里歩きさえすれば、ひとりでに元の出口に達する。迂遠《うえん》なようだがこのほかに方法はないのだよ」

ほとんど絶望におちいっていた私は、この妙案を聞かされて、思わず上体をしゃんとして、いそいそといった。

「そうだそうだ。じゃ、今からすぐそれをやって見ようじゃありませんか」

「むろんやって見るほかはないが、何もあわてることはないよ。何里という道を歩かなければならないのだから。充分休んでからにした方がいい」

諸戸はそう云いながら、短くなった煙草を投げ捨てた。

赤い火が鼠《ねずみ》花火のように、クルクルと廻って二三間向うまで転がって行ったかと思うと、ジュッといって消えてしまった。

「おや、あんなところに水溜《みずたま》りがあったかしら」

諸戸が不安らしく云った。それと同時に、私は妙な物音を聞きつけた。ゴボゴボッという、瓶《かめ》の口から水の出るような、一種異様な音であった。

「変な音がしますね」

「何だろう」

私達はじっと耳をすました。音はますます大きくなって来る。諸戸は急いで蠟燭を点し、それを高く掲げて、前の方をすかして見ていたが、やがて驚いて叫んだ。

「水だ、水だ、この洞穴は、どっかで海に通じているんだ。潮が満ちて来たんだ」

考えて見ると、さっき私達はひどい坂を下って来た。ひょっとすると、ここは水面よりも低くなっているのかも知れない。もし水面よりも低いとすると、満潮のため海水が侵入すれば、外の海面と平均するまでは、ドシドシ水嵩《みずかさ》が増すに相違ない。

私達の坐っていた部分は、その洞窟の中で一ばん高い段の上であったから、つい気づかないでいたけれど、見ると水はもう一二間のところまで迫って来ていた。

私達は段を降りると、ジャブジャブと水の中を歩いて、大急ぎで元来た方へ引返そうとしたけれど、ああ、すでに時機を失していた。諸戸の沈着がかえって禍をなしたのだ。水は進むに従って深く、もと来た穴は、すでに水中に埋没してしまっていた。

「別の穴を探そう」

私達は、わけのわからぬことを、わめきながら、洞窟の周囲を駈け廻って、別の出口を探したが、不思議にも、水上に現われた部分には、一つの穴もなかった。私達は不幸なことには、偶然寒暖計の水銀溜《すいぎんだめ》のような、袋小路へ入り込んでいたのだ。想像するに、海水は我々の通って来た穴の向う側から曲折して流れ込んで来たものであろう。その水の増す勢いが非常に早いことが、私達を不安にした。潮の満ちるに従ってはいってくる水ならこんなに早く増すはずがない。これはこの洞窟が海面下にある証拠だ。引潮の時わずかに海上に現われているような岩の裂け目から、満潮になるや否や、一度にドッと流れ込む水だ。

そんなことを考えている間に、水は、いつか私達の避難していた段のすぐ下まで押し寄せていた。

ふと気がつくと、私達の周囲を、ゴソゴソと不気味にはい廻るものがあった。蠟燭をさしつけて見ると、五六匹の巨大な蟹《かに》が、水に追われてはい上がって来たのであった。

「ああ、そうだ。あれがきっとそうだ。蓑浦君、もう僕らは助からぬよ」

何を思い出したのか、諸戸が突然悲しげに叫んだ。私はその悲痛な声を聞いただけで、胸が空っぽになったように感じた。

「魔の淵の渦がここに流れ込むのだ。この水の元はあの魔の淵なんだ。それですっかり事情がわかったよ」諸戸はうわずった声で喋りつづけた、「いつか船頭が話したね、丈五郎の従兄弟という男が諸戸屋敷を尋ねて来て、間もなく魔の淵へ浮き上がったって。その男がどうかしてあの呪文を読んで、その秘密を悟り、私達のようにこの洞穴へはいったのだ。井戸の石畳を破ったのもその男だ。そして、やっぱりこの洞窟へ迷い込み、我々と同じように水攻めにあって、死んでしまったのだ。それが引潮と共に、魔の淵へ流れ出したんだ。船頭がいっていたじゃないか、ちょうど洞穴から流れ出した恰好で浮き上がっていたって。あの魔の淵の主というのは、つまりは、この洞窟のことなんだよ」

そう云ううちにも、水ははや私達の膝を濡らすまでに迫って来た。私達は仕方なく、立上がって、一刻でも水におぼれる時をおくらそうとした。

暗中の水泳

私は子供の時分、金網の鼠取り器にかかった鼠を、金網の中にはいったまま、盥《たらい》の中へ入れ、上から水をかけて殺したことがある。ほかの殺し方、たとえば火箸《ひばし》を鼠の口から突き刺す、というようなことは恐ろしくて出来なかったからだ。だが水攻めもずいぶん残酷だった。盥に水が満ちて行くに従って、鼠は恐怖のあまり、狭い金網の中を、縦横無尽に駈け廻り、昇りついた。「あいつは今どんなにか鼠取りの餌にかかったことを後悔しているだろう」と思うと、云うに云えない変な気持ちになった。

でも、鼠を生かしておくわけにはいかぬので、私はドンドン水を入れた。水面と金網の上部とがスレスレになると、鼠は薄赤い吻《くちさき》を亀甲《きっこう》型の網の間から、出来るだけ上方に突き出して、悲しい呼吸を続けた、悲痛なあわただしい泣声を発しながら。

私は目をつむって、最後の一杯を汲《く》み込むと、盥から眼をそらしたまま、部屋へ逃げ込んだ。十分ばかりして恐々《こわごわ》行って見ると、鼠は網の中でふくれ上がって浮いていた。

岩屋島の洞窟の中の私達は、ちょうどこの鼠と同じ境涯であった。私は洞窟の小高くなった部分に立上がって、暗闇の中で、足の方からだんだん這い上がってくる水面を感じながら、ふとその時の鼠のことを思い出していた。

「満潮の水面と、この洞穴の天井と、どちらが高いでしょう」

私は手探りで、諸戸の腕をつかんで叫んだ。

「僕も今それを考えていたところだよ」

諸戸は静かに答えた。

「それには、僕達が下《くだ》った坂道と、昇った坂道とどちらが多かったか、その差を考えて見ればいいのだ」

「降った方が、ずっと多いんじゃありませんか」

「僕もそんなに感じる。地上と水面との距離を差引いても、まだ下った方が多いような気がする」

「すると、もう助かりませんね」

諸戸は何とも答えなかった。私達は墓穴のような暗闇と沈黙の中に茫然と立ちつくしていた。水面は、徐々に、だが確実に高さを増して、膝を越え、腰に及んだ。

「君の智恵で何とかして下さい。僕はもう、こうして死を待っていることは、耐えられません」

私は寒さにガタガタ震えながら、悲鳴を上げた。

「待ちたまえ、絶望するには早い。僕はさっき、蠟燭の光でよく調べて見たんだが、ここの天井は上に行くほど狭く、不規則な円錐《えんすい》形になっている。この天井の狭いことが、もしそこに岩の割れ目なんかがなかったら、一縷《いちる》の望みだよ」

諸戸は考え考えそんなことをいった。私は彼の意味がよくわからなかったけれど、それを問い返す元気もなく、今はもう腹の辺までヒタヒタと押し寄せて来た水に、ふらつきながら、諸戸の肩にしがみついていた。うっかりしていると、足がすべって、横ざまに水に浮きそうな気がするのだ。

諸戸は私の腰のところまで手をまわして、しっかり抱いていてくれた。真の闇で、二三寸しか隔たっていない相手の顔も見えなかったけれど、規則正しく強い呼吸が聞こえ、その暖かい息が頬に当った。水にしめった洋服を通して彼のひきしまった筋肉が、暖く私を抱擁《ほうよう》しているのが感じられた。諸戸の体臭が、それは決していやな感じのものでなかったが、私の身近かに漂っていた。それらのすべてが、闇の中の私を力強くした。諸戸のお蔭で私は立っていることが出来た。もし彼がいなかったら私はとつくの昔に水におぼれてしまったかも知れないのだ。

だが、増水はいつやむとも見えなかった。またたく間に腹を越し、胸に及び、喉《のど》に迫った。もう一分もすれば、鼻も口も水につかって、呼吸を続けるためには、我々は泳ぎでもするほかはないのだ。

「もう駄目だ。諸戸さん、僕達は死んでしまう」

私は喉のさけるような声を出した。

「絶望しちゃいけない。最後の一秒まで、絶望しちゃいけない」諸戸も不必要に大きな声を出した。「君は泳げるかい」

「泳げることは泳げるけれど、もう僕は駄目ですよ。僕はもう一と思いに死んでしまいたい」

「何を弱いことをいっているんだ。何でもないんだよ。暗闇が、人間を臆病《おくびょう》にするんだ。しっかりしたまえ。生きられるだけ生きるんだ」

そして、ついに私達は水に身体を浮かして軽く立泳ぎをしながら呼吸を続けねばならなかった。

そのうちに手足が疲れて来るだろう。夏とはいえ地底の寒さに、身体が凍えて来るだろう。そうでなくても、この水が天井まで一杯になったら、どうするのだ。私達は水ばかりで生きられる魚類ではないのだ。愚かにも私はそんなふうに考えて、いくら絶望するなと云われても、絶望しないわけには行かなんだ。

「蓑浦君、蓑浦君」

諸戸に手を強く引かれて、ハッと気がつくと、私はいつか夢心地に、水中にもぐっているのであった。

「こんなことを繰返しているうちに、だんだん意識がぼんやりして、そのまま死んでしまうのに違いない。なあんだ。死ぬなんて存外呑気《のんき》な楽なことだな」

私はウツラウツラと寝入りばなのような気持で、そんなことを考えていた。

それから、どのくらい時間がたったか、非常に長いようでもあり、又一瞬間のようにも思われるのだが、諸戸の狂気のような叫び声に私はふと目を醒《さ》ました。

「蓑浦君、助かった。僕らは助かったよ」

だが、私は返事をする元気がなかった。ただ、その言葉がわかったしるしに、力なく諸戸の身体を抱きしめた。

「君、君」諸戸は水中で、私を揺り動かしながら「いきが変じゃないかね。空気の様子が普通とは違って感じられやしないかね」

「ウン、ウン」

私はぼんやりして、返事をした。

「水が増さなくなったのだよ。水が止まったのだよ」

「引潮《ひきしお》になったの」

この吉報に、私の頭はややハッキリして来た。

「そうかも知れない。だが、僕はもっと別の理由だと思うのだ。空気が変なんだ。つまり空気の逃げ場がなくて、その圧力でこれ以上水が上がれなくなったのじゃないかと思うのだよ。そら、さっき天井が狭いから、もし裂け目がないとしたら、助かるって言っただろう。僕は初めそれを考えていたんだよ。空気の圧力のお蔭だよ」

洞窟は私達をとじこめた代りには、洞窟そのものの性質によって、私達を助けてくれたのだ。

その後の次第を詳しく書いていては退屈だ。手っ取り早く片付けよう。結局私達は水攻めを逃れて、再び地底の旅行を続けることが出来たのだ。

引潮まではしばらく間《ま》があったけれど、助かるとわかれば、私達は元気が出た。その間水《あいだ》に浮いていることくらいなんでもなかった。やがて引潮が来た。増した時と同じくらいの速度で、水はグングン引いて行った。もっとも、水の入口に、洞窟よりも高い箇所にあるらしく（それがある水準まで潮が満ちた時、一度に水がはいって来たのだが）その入口から水が引くのでなかったけれど、洞窟の地面に、気づかぬほどの裂け目が沢山あって、そこからグングン流れ出して行くのだ。もしそれがなかったら、この洞窟には絶えず海水が満ちていたであろう。さて数十分の後、私達は水のかれた洞窟の地面に立つことが出来た。助かったのだ。だが、講釈師ではないけれど、一難去って又一難だ。私達は今の水騒ぎでマッチをぬらしてしまった。蠟燭はあっても、点火することが出来ない。それに気づいた時、闇のため見えはしなかったけれど、私達はきっとまっ青になったことに相違ない。

「手さぐりだ。なあに、光なんかなくったって、僕らはもう闇になれてしまった。手さぐりの方がかえって方角に敏感かも知れない」

諸戸は泣きそうな声で、負けおしみをいった。

絶　望

そこで、私達はさい前の諸戸の考案に従って、右手で右側の壁に触りながら、突当ったら又反対側の壁を後戻りするようにして、どこまでも右手を離さず、歩いて見ることにした。これが最後に残された、唯一の迷路脱出法であった。

私達ははぐれぬために、時々呼び合うほかには、黙々として果知らぬ暗闇をたどって行った。私達は疲れていた。耐えられぬほどの空腹に襲われていた。そして、いつ果つべしとも定めぬ旅路である。私は歩きながら、（それが闇の中では一カ所で足踏みをしているときと同じ感じだったが）ともすれば夢心地になって行った。

春の野に、盛り花のような百花が乱れ咲いていた。空には白い雲がフワリと浮かんで、雲雀《ひばり》がほがらかに鳴きかわしていた。そこで地平線から浮き上がるようなあざやかな姿で、花を摘んでいるのは死んだ初代さんである。双生児の秀ちゃんである。秀ちゃんには、もうあのいやな吉ちゃんのからだがついていない。普通の美しい娘さんだ。

幻というものは、死に瀕《ひん》した人間への、一種の安全弁であろうか。幻が苦痛を中絶してくれたお蔭で私の神経はやっと死なないでいた。殺人的絶望がやわらげられた。だが私がそんな幻を見ながら歩いていたということは、とりも直さず、当時の私が、死と紙ひと重であったことを語るものであろう。

どれほどの時間、どれほどの道のりを歩いたか、私には何もわからなかった。絶えず壁にさわっていたので、右手の指先が擦りむけてしまったほどだ。足は自動機械になってしまった。自分の力で歩いているとは思えなかった。この足が、止めようとしたら止まるのかしらと、疑われるほどであった。

恐らく、まる一日は歩いたであろう。ひょっとしたら二日も三日も歩き続けていたかも知れない。何かにつまずいて、倒れるたびに、そのままグーグー寝入ってしまうのを諸戸に起されて又歩行を続けた。

だが、その諸戸でさえ、とうとう力の尽きる時が来た。突然彼は「もう止《よ》そう」と叫んで、そこへうずくまってしまった。

「とうとう死ねるんだね」

私はそれを待ちこがれていたように尋ねた。

「ああ、そうだよ」

諸戸は、当り前のことみたいに答えた。

「よく考えて見ると、僕らは、いくら歩いたって、出られやしないんだよ。もうたっぷり五里以上歩いている。いくら長い地下道だって、そんなばかばかしいことはないよ。これにはわけがあるんだ。そのわけを、僕はやっと悟ることが出来たんだよ。なんて間抜けだろう」

彼は烈しい息づかいの下から、瀕死の病人みたいな哀れな声で話しつづけた。

「僕は大《だい》ぶ前から、指先に注意を集中して、岩壁の恰好を記憶するようにしていた。そんなことがハッキリわかるわけもないし、又僕の錯覚かも知れぬけれど、何だか、一時間ほど間をおいては、全く同じ恰好の岩肌に触るような気がするのだ。ということは、僕達は余程以前から、同じ道をグルグル廻っているのではないかと思うのだよ」

私は、もうそんなことはどうでもよかった。言葉は聞取れるけれど、意味なんか考えていなかった。でも、諸戸は遺言みたいに喋っている。

「この複雑した迷路の中に、突当りのない、つまり完全な輪になった道がないと思っているなんて、僕はよっぽど間抜けだね。いわば迷路の中の離れ島だ。糸の輪の喩《たと》えで云うと、大きなギザギザの輪の中に、小さい輪があるんだ。で、もし僕達の出発点が、その小さい方の輪の壁であったとすると、その壁はギザギザにはなっているけれど、結局行き止まりというものがないのだ。僕達は離れ島のまわりをどうどう巡りしているばかりだ。それじゃ、右手を離して、反対の左側を左手でさわって行けばいいようなものだけれど、だが離れ島は一つとは限っていない。それが又別の離れ島の壁だったら、やっぱり果しもないどうどう廻りだ」

こうして書くと、ハッキリしているようだけれど、諸戸は、それを考え考え、寝言みたいに喋っていたのだし、私は私でわけもわからず、夢のように聞いていたのだから、今考えてみると滑稽である。

「理論では、百に一つは出られる可能性はある。まぐれ当りで一ばん外側の大きな糸の輪にぶつかればいいのだからね。しかし、僕達はもうそんな根気がありゃしない。これ以上一と足だって歩けやしない。いよいよ絶望だよ。君一緒に死んじまおうよ」

「ああ死のう。それが一ばんいいよ」

私は寝入りばなのどうでもなれという気持で、呑気な返事をした。

「死のうよ。死のうよ」

諸戸も同じ不吉な言葉を繰返しているうちに、麻酔剤の効いて来るように、だんだん呂律《ろれつ》が廻らなくなってきて、そのままグッタリとなってしまった。

だが、執念深い生活力は、そのくらいのことで私達を殺しはしなかった。私達は眠ったのだ。穴へはいってから一睡もしなかった疲れが、絶望とわかって、一度に襲いかかったのだ。

復讐鬼

どれほど眠ったのか、胃袋が、焼けるような夢を見て、目を醒ました。身動きすると、身体の節々が、神経痛みたいにズキンズキンした。

「目がさめたかい。僕らは相変らず、穴の中にいるんだよ。まだ生きているんだよ」

先に起きていた諸戸が、私の身動きを感じて、物やさしく話しかけた。

私は、水も食物もなく永久に抜け出す見込のない闇の中に、まだ生きていることをハッキリ意識すると、ガタガタ震い出すほどの恐怖に襲われた。睡眠のために思考力が戻って来たのが、呪《のろ》わしかった。

「怖い。僕、怖い」

私は諸戸の身体をさぐって、すり寄って行った。

「蓑浦君、僕達はもう再び地上へ出ることはない。誰も僕達を見ているものはない。僕達自身だって、お互いの顔さえ見えぬのだ。そして、ここで死んでしまってからも、僕らのむくろは、恐らく永久に、誰にも見られはしないのだ。ここには、光がないと同じように、法律も道徳も、習慣も、なんにもない。人類が全滅したのだ。別の世界なのだ。僕は、せめて死ぬまでのわずかの間でも、あんなものを忘れてしまいたい。

今僕らには羞恥も、礼儀も、虚飾も、猜疑も、なんにもないのだ。僕らはこの闇の世界へ生れて来た二人きりの赤ん坊なんだ」

諸戸は散文詩《さんぶんし》でも朗読するように、こんなことを喋りつづけながら、私を引寄せて、肩に手を廻して、しっかりと抱いた。彼が首を動かすたびに、二人の頬と頬が擦れ合った。

「僕は君に隠していたことがある。だがそんなことは人類社会の習慣だ、虚飾だ。ここでは隠すことも、恥かしいこともありゃしない。親爺のことだよ。アン畜生の悪口だよ。こんなに云っても、君は僕を軽蔑するようなことはあるまいね。だって、僕達に親だとか友達があったのは、ここでは、みんな前世の夢みたいなもんだからね」

そして、諸戸はこの世のものとも思われぬ、醜悪怪奇なる大陰謀について語り始めたのであった。

「諸戸屋敷に滞在していた頃、毎日別室で、丈五郎の奴と口論していたのを、君も知っているだろう。あの時、すっかり奴の秘密を聞いてしまったのだよ。

「諸戸家の先代が、化物みたいな、傴僂の下女に手をつけて生れたのが、丈五郎なのだ。むろん正妻はあったし、そんな化物に手をつけたのは、ほんの物好きの出来心だったから、因果と母親に輪をかけた片輪の子供が生れると、丈五郎の父親は、彼等親子をいとい憎んで、金をつけて島の外へ追放してしまった。母親は正妻でないので、親の姓を名乗っていた。それが諸戸なのだ。丈五郎は今では樋口家《ひぐちけ》の主だけれど、あたりまえの人間を呪うのあまり、姓まで樋口を嫌い、諸戸で押し通しているのだ。

「母親は生れたばかりの丈五郎をつれて、本土の山奥で乞食みたいな生活をしながら、世を呪い、人を呪った。丈五郎は幾年月この呪いの声を子守歌として育った。彼等はまるで別の獣ででもあるように、あたり前の人間を恐れ憎んだ。

「丈五郎は成人するまでの、数々の悩み苦しみ、人間どもの迫害について、長い物語を聞かせてくれた。母親は彼に呪いの言葉を残して死んでいった。成人すると、彼はどうしたきっかけでか、この岩屋島へ渡ったが、ちょうどその頃樋口家の世継ぎ、つまり丈五郎の異母兄に当る人が、美しい妻と生れたばかりの女の子を残して死んでしまった。丈五郎はそこへ乗込んで行って、とうとう居坐ってしまったのだ。

「丈五郎は因果なことに、この兄の妻を恋した。後見役といった立場に在るのを幸い、手を尽してその婦人を口説いたが、婦人は『片輪者の意に従うくらいなら、死んだ方がましだ』という無情な一言を残して、子供をつれて、ひそかに島を逃げ出してしまった。丈五郎はまっ青になって、歯を食いしばって、ブルブル震えながら、その話をした。それまでとても片輪のひがみから、常人を呪っていた彼はその時から、ほんとうに世を呪う鬼と変ってしまった。

「彼は方々《ほうぼう》探し廻って、自分以上にひどい片輪娘を見つけ出し、それと結婚した。全人類に対する復讐の第一歩を踏んだのだ。その上、片輪者と見れば、家に連れ戻って、養うことを始めた。もし子供が出来るなら、当り前の人間でなくて、ひどいひどい片輪者が生れますようにと、祈りさえした。

「だが、何という運命のいたずらであろう。片輪の両親の間に生れたのは僕だった。似もつかぬごく当り前の人間だった。両親はそれが通常の人間であるというだけで、我子さえも憎んだ。

「僕が成長するにつれて、彼等の人間憎悪はますます深まっていった。そして、ついに身の毛もよだつ陰謀を企らむようになったのだ。彼等は手を廻して、遠方の生れたばかりの貧乏人の子を買って歩いた。その赤ん坊が美しくて可愛いほど、彼等は歯をむき出して喜んだ。

「蓑浦君、この死の暗闇の中だから、打明けるのだけれど彼等は不具者製造を思い立ったのだよ。

「君は支那の虞初新志《ぐしょしんし》という本を読んだことがあるかい。あの中に見世物に売るために赤ん坊を箱詰めにして不具者を作る話が書いてある。又、僕はユーゴーの小説に、昔フランスの医者が同じような商売をしていたように書いてあるのを読んだ覚えがある。不具者製造というのは、どこの国にもあったことかも知れない。

「丈五郎はむろんそんなことを知りやしない。人間の考え出すことを、あいつも考え出したに過ぎない。だが、丈五郎のは金儲《かねもう》けが主眼ではなく、正常人類への復讐なんだから、そんな商売人の幾層倍も執拗で深刻なはずだ。子供を首だけ出る箱の中へ入れて、成長を止め、一寸法師を作った。顔の皮をはいで、別の皮を植え、熊娘を作った。指を切断して三つ指を作った。そして出来上がったものを興行師に売出した。此の間三人の男が、箱を舟につんで出帆したのも、人造不具者輸出なんだ。彼等は港でない荒磯へあの舟をつけ、山越しに町に出て、悪人どもと取引をするのだ。僕が奴らは数日帰って来ないといったのは、それを知っていたからだよ。

「そういうことを始めているところへ、僕が東京の学校へ入れてくれと云い出したんだ。親爺は外科医者になるならという条件で僕の申出を許した。そして、僕が何も気づいていないのを幸い、不具者の治療を研究しろなんて、体《てい》のいいことを云って、その実不具者の製造を研究させていたのだ。頭の二つある蛙や、尻尾が鼻の上についた鼠を作ると、親爺はヤンヤと手紙で激励して来たものだ。

「奴がなぜ僕の帰省を許さなかったかというに、思慮の出来た僕に不具者製造の陰謀を発見されることを恐れたんだ。打明けるにはまだ早過ぎると思ったんだ。又、曲馬団の友之助少年を手先に使った順序も容易に想像がつく。奴は不具者ばかりでなく、血に餓えた人間をさえ製造しているのだ。

「今度僕が突然帰って来て、親爺を人殺しだと云って責めた。そこで、奴は初めて、不具者の呪いを打ちあけて、親の生涯の復讐事業を助けてくれと、僕の前に手をついて、涙を流して頼んだ。僕の外科医の知識を応用してくれと云うのだ。

「恐ろしい妄想だ。親爺は日本じゅうから健全な人間を一人もなくして、片輪者ばかりで埋めることを考えているんだ。不具者の国を作ろうとしているのだ。それが子々孫々の遵守《じゅんしゅ》すべき諸戸家の掟《おきて》だと云うのだ。上州辺《じょうしゅうへん》で天然の大岩を刻んで、岩屋ホテルを作っている親爺さんみたいに、子孫幾代の継続事業として、この大復讐をなしとげようと云うのだ。悪魔の妄想だ。鬼のユートピアだ。

「そりゃ、親爺の身の上は気の毒だ。しかし、いくら気の毒だって、罪もない人の子を箱詰めにしたり、皮をはいだりして、見世物小屋に曝《さら》すなんて、そんな残酷な、地獄の陰謀に荷担出来ると思うか。それに、あいつを気の毒だと思うのは、理窟の上だけで、僕はどういうわけか、真から同情出来ないのだ。変だけれど、親のような気がしないのだ。母にしたって同じことだ。我子をいどむ母親なんてあるものか。あいつら夫婦は生れながらの鬼だ。畜生だ。身体と同じに心まで曲りくねっているんだ。

「蓑浦君、これが僕の親の正体だ。僕は奴らの子だ。人殺しよりも幾層倍も残酷なことを、一生の念願としている悪魔の子なのだ。僕はどうすればいいのだ。悲しむのか。だが悲しむにはあまりに大きな悲しみだ。怒るのか。だが怒るにはあまりに深い憎みだ。

「ほんとうのことを云うとね。この穴の中で道しるべの糸を見失った時、僕は心の隅でホッと重荷をおろしたように感じた。もう永久にこの暗闇から出なくてもすむかと思うと、いっそ嬉しかった」

諸戸はガタガタ震える両手で、私の肩を力一杯抱きしめて、夢中に喋り続けた。しっかりと押しつけ合った頬に彼の涙がしとど降りそそいだ。

あまりの異常事に、批判力を失った私は、諸戸のなすがままに任せて、じっと身を縮めているほかはなかった。

生地獄

私は尋ねたくてウズウズする一事があった。だが、自分のことばかり考えているように思われるのがいやだったから、しばらく諸戸の興奮の鎮まるのを待った。

私達は闇の中で、抱き合ったまま黙り込んでいた。

「ばかだね、僕は、この地下の別世界には、親もなし、道徳も羞恥もなかったはずだね。今さら興奮してみたところで、始まらぬことだ」

やっとして、冷静に返った諸戸が、低い声でいった。

「すると、あの秀ちゃん吉ちゃんの双生児も」私は機会を見出して尋ねた。「やっぱり作られた不具者だったの」

「むろんさ」諸戸ははき出すように云った。「そのことは僕には、例の変な日記帳を読んだ時からわかっていた。同時に、僕は日記帳で、親爺のやっている事柄を薄々感づいたのだ。なぜ僕に変な解剖学を研究させているかって云うこともね。だが、そいつを君に云うのはいやだった。親を人殺しだと云うことは出来ても、人体変形のことはどうにも口に出せなかった。言葉につづるさえ恐ろしかった。

「秀ちゃん吉ちゃんが、生れつきの双生児でないことはね、君は医者でないから知らぬけれど、僕等の方では常識なんだよ。癒合双体《ゆごうそうたい》は必ず同性であるという動かすことの出来ない原則があるんだ。同一受精卵の場合は男と女の双生児なんて生れっこないのだよ。それにあんな顔も体質も違う双生児なんてあるものかね。

「赤ん坊の時分に、双方の皮をはぎ、肉をそいで、無理にくっつけたものだよ。条件さえよければつかぬことはない。運がよければ素人にだってやれぬとも限らぬ。だが、当人たちが考えているほど芯からくっついているのではないから、切離そうと思えば造作もないのだよ」

「じゃ、あれも見世物に売るために作ったのだね」

「そうさ、ああして三味線を習わせて、一ばん高く売れる時期を待っていたのだよ。君は秀ちゃんが片輪でないことが判って嬉しいだろうね。嬉しいかい」

「君は嫉妬しているの」

人外境が私を大胆にした。諸戸のいった通り礼儀も羞恥もなかった。どうせ今に死んじまうんだ。何を云ったたって構うものかと思っていた。

「嫉妬している。そうだよ。ああ、僕はどんなに長い間嫉妬し続けて来ただろう。初代さんとの結婚を争ったのも、一つはそのためだった。あの人が死んでからも、君の限りない悲嘆を見て僕はどれほどせつない思いをしていただろう。だが、もう君、初代さんも秀ちゃんも、そのほかのどんな女性とも、再び会うことは出来ないのだ。この世界では、君と僕とが全人類なのだ」

諸戸が何か云いつづけようとした時、ちょうどその時、非常に変なことが起った。洞窟の他の端で、変な物音がしたのだ。蝙蝠や蟹《かに》には馴れていたが、その物音はそんな小動物の立てたものではなかった。もっとずっと大きな生物がうごめいている気配なのだ。

諸戸は私を摑んでいる手をゆるめて、じっと聞き耳を立てた。

意外の人物

諸戸は私を離した。私達は動物の本能で、敵に対して身構えをした。耳をすますと、生物の呼吸が聞こえる。

「シッ」

諸戸は犬を叱るように叱った。

「やっぱりそうだ。人間がいるんだ。オイ、そうだろう」

意外にも、その生き物が人間の言葉を喋った。年とった人間の声だ。

「君は誰だ。どうしてこんなところへ来たんだ」

諸戸が聞き返した。

「お前は誰だ。どうしてこんなところにいるんだ」

相手も同じことをいった。

洞窟の反響で、声が変って聞こえるせいか、何となく聞き覚えのある声のようでいて、その人を思い出すのに骨が折れた。しばらくの間、双方探り合いの形で、黙っていた。

相手の呼吸がだんだんハッキリ聞こえる。ジリジリと、こちらへ近寄って来る様子だ。

「もしや、お前さんは、諸戸屋敷の客人ではないかね」

一間ばかりの近さで、そんな声が聞こえた。今度は低い声だったので、その調子がよくわかった。

私はハッと或る人を思い出した。だが、その人はすでに死んだはずだ。丈五郎のために殺されたはずだ。……死人の声だ。一刹那、私はこの洞窟がほんとうの地獄ではないか、私達はすでに死んでしまったのではないか、という錯覚を感じた。

「君は誰だ。もしや……」

私が云いかけると、相手は嬉しそうに叫び出した。

「ああ、そうだ。お前さんは蓑浦さんだね。もう一人は、道雄さんだろうね。わしは丈五郎に殺された徳だよ」

「ああ、徳さんだ。君、どうしてこんなところに」

私達は思わず声を目当てに走り寄って、お互いの身体を探り合った。

徳さんの舟は魔の淵のところで、丈五郎の落した大石のために、顚覆《てんぷく》した。だが、徳さんは死ななかったのだ。ちょうど満潮の時だったので、彼の身体は、魔の淵の洞窟の中へ吸い込まれた。そして、潮が引き去るとただ一人闇の迷路にとり残された。それから今日まで、彼は地下に生きながらえていたのだった。

「で、息子さんは？　私の影武者を勤めてくれた息子さんは？」

「わからないよ、大方鮫にでも食われてしまったのだろうよ」

徳さんはあきらめ果てた調子であった。無理もない。徳さん自身、再び地上に出る見込みもない、まるで死人同然の身の上なんだから。

「僕のために、君たちをあんな目に合わせてしまって、さぞ僕を恨んでいるだろうね」

私はともかくも詫言《わびごと》を云った。だが、この死の洞窟の中では、そんな詫言が、何だか空々しく聞こえた。徳さんはそれについては、何とも答えなかった。

「お前達、ひどく弱っている塩梅《あんばい》だね。腹がへっているんじゃないかね。それなら、ここにわしの食い残りがあるから、たべなさるがいい。食い物の心配はいらないよ、ここには大蟹がウジャウジャいるんだからね」

徳さんがどうして生きていたかと、不審に耐えなかったが、なるほど、彼は蟹の生肉で飢《うえ》をいやしていたのだ。私達はそれを徳さんに貰ってたべた。冷たくドロドロした、塩っぽい寒天みたいなものだったが、実にうまかった。私はあとにも先にも、あんなうまい物をたべたことがない。

僕達は徳さんにせがんで、さらに幾匹かの大蟹を捕えてもらい、岩にぶつけて甲羅を割って、ペロペロと平らげた。今考えると不気味にも汚なくも思われるが、その時は、まだモヤモヤと動いている太い足をつぶして、その中のドロドロしたものを啜《すす》るのが、何とも云えずうまかった。

飢餓《きが》が回復すると、私達は少し元気になって、徳さんとお互いの身の上を話し合った。

「そうすると、わしらは死ぬまでこの穴を出る見込みはないのだね」

私達の苦心談を聞いた徳さんが、絶望の溜息を吐いた。

「わしは残念なことをしたよ。命がけで、元の穴から海へ泳ぎ出せばよかったのだ。それを、渦巻《うずまき》に巻き込まれて、とても命がないと思ったものだから、海へ出ないで穴の中へ泳ぎ込んでしまったのだよ。まさかこの穴が、渦巻よりも恐ろしい、八幡の藪知らずだとは思わなかったからね。あとで気がついて引返して見たが、路に迷うばかりで、とても元の穴へ出られやしない。だが、何が幸いになるか、そうしてわしが、さ迷い歩いたお蔭で、お前さん達に逢えたわけだね」

「こうして食物が出来たからには、僕達は何も絶望してしまうことはないよ。百に一つ、まぐれ当りで外へ出られるものなら、九十九へんまで、無駄に歩いて見ようじゃないか、何日かかろうとも、幾月《いくつき》かかろうとも」

人数がふえたのと、蟹の生肉のお蔭で、にわかに威勢がよくなった。

「ああ、君達はもう一度娑婆《しゃば》の風に当りたいだろうね。僕は君達が羨ましいよ」

諸戸が突然悲しげにいった。

「変なことを云いなさるね。お前さんは命が惜しくはないのかね」

徳さんが不審そうに尋ねた。

「僕は丈五郎の子なんだ。人殺しの、片輪者製造人の、悪魔の子なんだ。僕はお陽様が怖い。娑婆に出て、正しい人達に顔を見られるのが恐ろしい。この暗闇の地の底こそ悪魔の子にはふさわしい住家かも知れない」

可哀そうな諸戸。彼はその上に、私に対する、さっきのあさましい所行を恥じているのだ。

「もっともだ。お前さんは何にも知らないだろうからね。わしはお前さん達が島へ来た時に、よっぽどそれを知らせてやろうかと思った。あの夕方、わしが海辺にうずくまって、お前さん達を見送っていたのを覚えていなさるかね。だが、わしは丈五郎の返報が恐ろしかった。丈五郎を怒らせては一時もこの島に住んではいられなくなるのだからね」

徳さんが妙なことを言い出した。彼は以前諸戸屋敷の召使であったから、ある点まで丈五郎の秘密を知っているはずだ。

「僕に知らせるって、何をだね」

諸戸が身動きをして、聞き返した。

「お前さんが、丈五郎のほんとうの子ではないということをさ。もうこうなったら何を喋っても構わない。お前さんは丈五郎が本土からかどわかして来たよその子供だよ。考えても見るがいい、あの片輪者の汚ならしい夫婦に、お前さんのような綺麗な子供が生れるものかね。あいつのほんとうの子は、見世物を持って方々巡業しているんだよ。丈五郎に生写しの傴僂だ」

読者は知っている、かつて北川刑事が、尾崎曲馬団を追って静岡県のある町へ行き、一寸法師に取入って、「お父つぁん」のことを尋ねた時、一寸法師が「お父つぁんとは別の若い傴僂が曲馬団の親方である」と云ったその親方が、丈五郎の実の子だったのだ。

徳さんは語りつづける。

「お前さんもどうせ片輪者に仕込むつもりだったのだろうが、あの傴僂のお袋がお前さんを可愛がってね、あたり前の子供に育て上げてしまった。そこへもって来てお前さんが、なかなか利口者だとわかったものだから、丈五郎も我を折って、自分の子として学問を仕込む気になったのだよ」

なぜ自分の子にしたか。彼は悪魔の目的を遂行する上に真実の親子という、切っても切れぬ関係が必要だったのだ。

諸戸道雄は悪魔丈五郎の実子ではなかったのである。驚くべき事実だ。

霊の導き

「もっと詳しく、もっと詳しく話して下さい」

諸戸がかすれた声で、せき込んで尋ねた。

「わしは親爺の代からの、樋口家の家来で、七年前に、傴僂さんの遣《や》り方を見るに見かねて暇《いとま》を取るまで、わしは今年ちょうど六十だから、五十年というもの樋口一家のいざこざを見て来たわけだよ。順序を追って話して見るから、聞きなさるがいい」

そこで、徳さんは思い出し思い出し、五十年の過去に遡《さかのぼ》って、樋口家、即ち今の諸戸屋敷の歴史を物語ったのであるが、それを詳しく書いていては退屈だから、左に一と目でわかる表にして掲げておく。

（慶応《けいおう》年代）樋口家の先代万兵衛《まんべえ》、醜き片輪の女中に手をつけ海二《かいじ》が生れた。これが母に輪をかけた傴僂の醜い子だったので、万兵衛は見るに耐えず、母子を追放した。彼等は本土の山中に隠れて獣のような生活を続けてきた。母は世を呪い人を呪ってその山中に死亡した。

（明治十年）万兵衛の正妻の子春雄《はるお》が、対岸の娘琴平梅野《ことひらうめの》と結婚した。

（明治十二年）春雄梅野の間に春代《はるよ》生る。間もなく春雄病死す。

（明治二十年）海二が諸戸丈五郎という名で島に帰り、樋口家に入って、梅野が女主人であるを幸い、ほしいままに振舞った。その上梅野に不倫なる恋を仕掛けるので、彼女は春代を伴なって、実家に逃げ帰った。

（明治二十三年）恋に破れ世を呪う丈五郎は、醜い傴僂娘を探し出して結婚した。

（明治二十五年）丈五郎夫妻の間に一子生る。因果とその子も傴僂であった。丈五郎は歯をむき出して喜んだ。彼は同じ年当歳の道雄をどこからか誘拐して来た。

（明治三十三年）実家に帰った梅野の子春代（春雄の実子樋口家の正統）同村の青年と結婚す。

（明治三十八年）春代長女初代を生む。これが後の木崎初代である。丈五郎に殺された私の恋人木崎初代である。

（明治四十年）春代次女緑《みどり》を生む。同年春代の夫死亡し、実家も死に絶えて身寄りなきため、彼女は母の縁をたよって、岩屋島に渡り、丈五郎の屋敷に寄寓することになった。丈五郎の甘言《かんげん》にのせられたのである。この物語の初めに、初代が荒れ果てた海岸で、赤ちゃんをお守りしていたと語ったのは、この間の出来事で、赤ちゃんというのは次女緑であった。

（明治四十一年）丈五郎の野望が露骨に現われて来た。彼は梅野に破れた恋を、その子の春代によって満たそうとした。春代はついに居たたまらず、ある夜初代を連れて島を抜け出した。その時次女の緑は丈五郎のために奪われてしまった。

春代は流れ流れて大阪に来たが、糊口《ここう》に窮してついに初代を捨てた。それを木崎夫妻が拾ったのである。

以上が徳さんの見聞に私の想像を加えた簡単な樋口家の歴史である。これによって初代さんこそ樋口家の正統であって、丈五郎は下女の子に過ぎないことがわかった。もしこの地底に宝が隠されてあるとすれば、それは当然なき初代さんのものであることが、いよいよ明かになった。

諸戸道雄の実の親が何所《どこ》の誰であるかは、残念ながら少しも分らなかった。それを知っているのは丈五郎だけだ。

「ああ、僕は救われた、それを聞いては、どんなことがあっても、僕はもう一度地上に出る。そして、丈五郎を責めて、僕のほんとうの父や母の居所を白状させないではおかぬ」

道雄はにわかに勇み立った。

だが、私は私で、ある不思議な予感に胸をワクワクさせていた。私はそれを徳さんに聞きただささなければならぬ。

「春代さんに二人の女の子があったのだね。初代と緑。その妹の緑の方は、春代さんが家出をした時、丈五郎に奪われたというのだね。数えて見ると、ちょうど十七になる娘さんだ。その緑はそれからどうしたの。今でも生きているの」

「ああ、それを話すのを忘れたっけ」徳さんが答えた。「生きています。だが、可哀そうに生きているというだけで、まともな人間じゃない。生れもつかぬ双生児の片輪にされちまってね」

「オオ、もしやそれが秀ちゃんでは？」

「そうだよ。あの秀ちゃんが緑さんのなれの果てですよ」

何という不思議な因縁であろう。私は初代さんの実の妹に恋していたのだ。私の心持を地下の初代は恨むだろうか、それとも、このめぐり合わせはすべて、初代さんの霊の導きがあって、彼女は私をこの孤島に渡らせ蔵の窓の秀ちゃんを見せて、私に一と目惚れをさせたのではないだろうか。ああ、何だかそんな気がしてならぬ。もし初代さんの霊にそれほどの力があるのだったら、我々の宝探しも首尾よく目的を果すかも知れない。そして、この地下の迷路を抜け出して、再び秀ちゃんに逢う時が来るかも知れない。

「初代さん、初代さん、どうか私達を守って下さい」

私は心の中で懐かしい彼女の俤《おもかげ》に祈った。

狂える悪魔

それから又、地獄巡りの悩ましい旅が始まった。蟹の生肉に餓えをしのぎ、洞窟の天井から滴り落ちるわずかの清水に渇《かつ》を癒《いや》して、何十時間、私達は果しもしらぬ旅を続けた。その間の苦痛恐怖いろいろあれど、余り管々《くだくだ》しければすべて省く。

地底には夜も昼もなかったけれど、私達は疲労に耐えられなくなると、岩の床に横たわって眠った。その幾度目かの眠りから眼覚めた時、徳さんが頓狂《とんきょう》に叫び立てた。

「紐がある。紐がある。お前さん達が見失ったという麻縄は、これじゃないかね」

私達は思いがけぬ吉報に狂喜して、徳さんの側へはい寄ってさぐって見ると、確かに麻縄だ。それでは、私達はもう入口間近かに来ているのであろうか。

「違うよ、これは僕達が使った麻縄ではないよ。蓑浦君、君はどう思う。僕達のはこんなに太くなかったね」

道雄が不審そうに云った。云われて見ると、なるほど私達の使用した麻縄ではなさそうだ。

「すると僕達のほかにも、誰かしるべの紐を使って、この穴へはいったものがあるのだろうか」

「そうとしか考えられないね。しかも、僕達のあとからだ。なぜといって、僕達がはいった時には、あの井戸の入口に、こんな麻縄なんてくくりつけてなかったからね」

私達のあとを追って、この地底に来たのは、全体何者だろう。敵か味方か。だが、丈五郎夫妻は土蔵にとじ籠められている。あとは片輪者ばかりだ。ああ、もしや先日船出した諸戸屋敷の使用人達が帰って来て、古井戸の入口に気づいたのではあるまいか。

「ともかくも、この縄を伝って、行けるところまで行って見ようじゃないか」

道雄の意見に従って、私達はその縄をしるべにして、どこまでも歩いて行った。

やっぱり、何者かが地底へ入り込んでいたのだ。一時間も歩くと、前方がボンヤリと明るくなって来た。曲りくねった壁に反射して来る蠟燭の光だ。

私達はポケットのナイフを握りしめて、足音の反響を気にしながら、ソロソロと進んで行った。一と曲りするごとにその明るさが増す。

ついに最後の曲り角に達した。その岩角の向う側にはだか蠟燭がゆらいでいる。吉か凶か、私は足がすくんで、もはや前進する力がなかった。

その時、突然、岩の向う側から異様な叫び声が聞こえて来た。よく聞くと単なる叫び声ではない。歌だ。文句も節も滅茶滅茶の、かつて聞いたこともない兇暴な歌だ。それが、洞窟に反響して、一種異様の獣の叫び声とも聞こえたのだ。思いがけぬ場所で、この不思議な歌を聞いて、私はゾッと身の毛もよだつ思いがした。

「丈五郎だよ」

先頭に立った道雄が、ソッと岩角を覗いて、びっくりして首を引込めると、低い声で私達に報告した。

土蔵にとじこめておいたはずの丈五郎が、どうしてここへ来たか、なぜ妙な歌を歌っているのか、私はさっぱりわからなかった。

歌の調子はますます高く、いよいよ兇暴になって行く。そして、歌の伴奏のようにチャリンチャリンと、冴え返った金属の音が聞こえて来る。

道雄が又ソッと岩角から覗いていたが、やがて、

「丈五郎は気が違っているのだ。無理もないよ。見たまえ、あの光景を」

と云いながら、ずんずん岩の向う側へ歩いて行く。気違いと聞いて、私達も彼のあとに従った。

ああ、その時私達の目の前にひらけた、世にも不思議な光景を、私はいつまでも忘れることが出来ない。

醜い傴僂親爺が、赤い蠟燭の光に半面を照らされて、歌とも叫びともつかぬことをわめきながら、気違い踊りを踊っている。その足下は銀杏《いちょう》の落葉のように、一面の金《こん》色《じき》だ。

丈五郎は洞窟の片隅にある幾つかの甕《かめ》の中から、両手につかみ出しては、踊り狂いながら、キラキラとそれを落す。落すに従って、金色の雨はチャリンチャリンと、微妙な音を立てる。

丈五郎は私達の先廻りをして、幸運にも地底の財宝を探り当てたのだ。しるべの縄を失わなかった彼は、私達のように同じ道をどうどう巡りすることなく、案外早く目的の場所に達することが出来たのであろう。だが、それは彼にとって悲しい幸運であった。驚くべき黄金の山が、ついに彼を気違いにしてしまったのだから。

私達は駈け寄って、彼の肩をたたき、正気づけようとしたが、丈五郎は虚《うつ》ろな目で私達を見るばかり、敵意さえも失って、わけのわからぬ歌を歌い続けている。

「わかった、蓑浦君。僕達のしるべの麻縄を切ったのは、この親爺だったのだ。奴はそうして僕達を路に迷わせておいて、自分の別のしるべ縄で、ここまでやって来たのだよ」

道雄がそこに気づいて云った。

「だが、丈五郎がここへ来ているとすると、諸戸屋敷に残しておいた片輪たちが心配だね。もしやひどい目に合わされているんじゃないだろうか」

その実、私は恋人秀ちゃんの安否を気遣っていたのだ。

「もう、この麻縄があるんだから、外へ出るのはわけはない。ともかく一度様子を見に帰ろう」

道雄の指図で、気違い親爺の見張番には徳さんを残しておいて、私達はしるべの縄を伝って、走るように出口に向った。

刑事来《きた》る

私達は無事に井戸を出ることが出来た。久し振りの日光に、目がくらみそうになるのを、こらえこらえ、手を取り合って諸戸屋敷の表門の方へ走って行くと、向うから見馴れぬ洋服紳士がやってくるのにぶつかった。

「オイ、君たちは何だね」

その男は私達を見ると、横柄《おうへい》な調子で呼び止めた。

「君は大体誰です。この島の人じゃないようだが」

道雄が反対に聞き返した。

「僕は警察のものだ。この家を取調べにやって来たのだ。君たちはこの家と関係があるのかね」

洋服紳士は思いがけぬ刑事巡査であった。ちょうど幸いである。私達は銘々《めいめい》名を名乗った。

「嘘を云いたまえ。諸戸、蓑浦の両人がここへ来ていることは知っている。だが、君たちのような老人ではないはずだよ」

刑事は妙なことを云った。私達をとらえて「君たちのような老人」とは一体何を勘違いしているのだろう。

私と道雄とは不審に堪《た》えず、思わずお互いの顔を眺め合った。そして、私達はアッと驚いてしまった。

私の目の前に立っているのは、もはや数日以前までの諸戸道雄ではなかった。乞食みたいなボロボロの服、垢《あか》ついた鉛色の皮膚、おどろに乱れた頭髪、目は窪《くぼ》み、頬骨の突出た骸骨のような顔、なるほど刑事が老人と見違えたのも無理ではない。

「君の頭はまっ白だよ」

道雄はそういって妙な笑い方をした。それが私には泣いているように見えた。

私の変り方は道雄よりひどかった。肉体の憔悴《しょうすい》は彼と大差なかったが、私の頭髪は、あの穴の中の数日間に、全く色素を失って八十歳の老人のようにまっ白に変っていた。

私は極度の精神上の苦痛が、人間の頭髪を一夜にして白くしたという不思議な現象を知らぬではなかった。その実例も二三度読んだことがある。だが、そんな稀有《けう》の現象がかく云う私の身に起ろうとは、全く想像のほかであった。

だが、この数日間、私は幾度死の、或いは死以上の恐怖に脅かされたことであろう。よく気が違わなかったと思う。気が違う代りに頭髪が白くなったのだ。まだしも、仕合せと云わねばならぬ。

同じ人外境を経験しながら、諸戸の頭髪に異常の見えぬのは、さすがに私よりも強い心の持主であったからであろう。

私達は刑事に向って、この島に来るまでの、又来てからの、一切の出来事を、かいつまんで話した。

「なぜ警察の助けを借りなかったのです。君達の苦しみは自業自得というものですよ」

私達の話を聞いた刑事が、最初に発した言葉はこれであった。だが、むろん微笑しながら。

「悪人の丈五郎が、僕の父だと思い込んでいたものですから」

道雄が弁解した。

刑事は一人ではなかった。数人の同僚を従えていた。彼はその中の二人に命じて、地底にはいり、丈五郎と徳さんとを連れてくるように命じた。

「しるべの縄はそのままにしておいて下さい。金貨を取出さなければなりませんから」

道雄がその二人に注意を与えた。

池袋署の北川という刑事が、例の少年軽業師友之助の属していた、尾崎曲馬団を探るために、静岡県まで出掛け、苦心に苦心を重ね、道化役の一寸法師に取入って、その秘密を聞き出したことは、先に読者に告げておいた。その北川刑事の苦心が功を奏し、私達とは全く別の方面から、ついにこの岩屋島の巣窟《そうくつ》をつき止め、かくは諸戸屋敷調査の一団が乗込むことになったのであった。

刑事たちが来て見ると、諸戸屋敷で、男女両頭の怪物が烈しい争闘を演じていた。云うまでもなく、それは秀ちゃんと吉ちゃんの双生児だ。

ともかく、その怪物を取り鎮めて、様子を聞くと、秀ちゃんの方が雄弁に事の仔細を語った。

私達が井戸にはいったあとで、私と秀ちゃんの間を嫉妬した吉ちゃんが、私達を困らせるために、丈五郎に内通して、土蔵の扉を開いたのだ。むろん秀ちゃんは極力それを妨害したが、男の吉ちゃんの馬鹿力には敵わなかった。

自由の身になった丈五郎夫妻は、鞭を振ってたちまち片輪者の一群を、反対に土蔵に押しこめてしまった。吉ちゃんが功労者なので、双生児だけは、その難を免れた。

それから、丈五郎は吉ちゃんの告げ口で私達の行方を察し、不自由な身体で自ら井戸に下り、私達の麻縄を切断しておいて別の縄によって迷路に踏み込んだのであろう。丈五郎の傴僂女房と唖のおとしさんがその手助けをしたに相違ない。

それ以来秀ちゃんと吉ちゃんは、敵同士であった。吉ちゃんは秀ちゃんを自由にしようとする。秀ちゃんは吉ちゃんの裏切りをののしる。口論が嵩《こう》じて、身体と身体の争闘が始まる。そこへ刑事の一行が来合せたわけである。

秀ちゃんの説明によって、事情を知った刑事たちは、ただちに丈五郎の女房とおとしさんに縄をかけ、土蔵の片輪者たちを解放し、丈五郎を捕えるために地底に下ろうと、その用意を始めているところへ、ちょうど私達が現われたのだ。

刑事の物語によって以上の仔細《しさい》がわかった。

大團円

さて、木崎初代（正しくは樋口初代）を初め深山木幸吉、友之助少年の三重の殺人事件の真犯人は明かとなり、私達の復讐を待つまでもなく、彼はすでに狂人になり果ててしまった。又、その殺人事件の動機となった樋口家の財宝の隠し場所もわかった。私の長物語もこの辺で幕をとじるべきであろう。

何か云い残したことはないかしら。そうそう、素人探偵深山木幸吉氏のことである。彼はあの系図帳を見ただけでどうして岩屋島の巣窟を見抜くことが出来たのだろう。いくら名探偵といっても、あんまり超自然な明察だ。

私は事件が終ってから、どうもこのことが不思議でたまらぬものだから、深山木氏の友人が保管していた故人の日記帳を見せてもらって、丹念に探して見たところ、あったあった、大正六年の日記帳に、樋口春代の名が見える。云うまでもなく初代さんの母御だ。

読者も知っている通り、深山木氏は一種の奇人で、妻子がなかった代りに、ずいぶんいろいろな人と親しくなって夫婦みたいに同棲していたことがある。春代さんもそのうちの一人だった。深山木氏は旅先で、困っている春代さんを拾ったのだ。（初代さんを捨て子にした後の話だ）

同棲二年ほどで、春代さんは深山木氏の家で病死している。定めし死ぬ前に、捨児のことも、系図帳のことも、岩屋島のことも、すっかり深山木氏に話したことであろう。これで、後年深山木氏が例の樋口家の系図帳を見るや否や、岩屋島へ駈けつけたわけがわかる。

系図帳は樋口春雄（丈五郎の兄）からその妻の梅野に、梅野からその子の春代に、春代から初代にと伝えられたものであろう。むろん彼等はその系図帳の真価については何事も知らなかった。ただ正統の子が持ち伝えよという先祖の遺志を守ったに過ぎない。

では丈五郎はどうして、あの呪文がその中に隠してあることを知ったか。彼の女房の告白によれば、丈五郎がある日先祖の書き残した日記を読んでいて、ふとその一節を発見したのだ。そこには家に伝わる財宝の秘密が系図帳に封じこめられてあるという意味が記してあった。だが、それは春代の家出後だったので、折角の発見が何にもならなかった。それ以来丈五郎は傴僂息子に命じて、春代の行方探しに努めたが、当てのない探し物ゆえなかなか目的を達しなかった。大正十三年頃に至って、やっと今では初代がその系図帳を持っていることがわかった。それから丈五郎がその系図帳を手に入れるために、どれほど骨を折ったかは、読者の知っている通りである。

樋口家の先祖は、広く倭寇《わこう》と云われている海賊の一類であった。大陸の海辺を掠《かす》めた財宝をおびただしく所持していた。それを領主に没収されることを恐れて、深く地底に蔵し、代々その隠し場所を云い伝えて来たが、春雄の祖父に当る人がそれを呪文に作って系図帳にとじこめたまま、どういうわけであったか、その子に呪文のことを告げずして死んだ。徳さんの聞き伝えたところによると、その人は、卒中で頓死《とんし》をしたらしいということである。

それ以来丈五郎が古い日記帳の一節を発見するまで、樋口の一族はこの財宝について何も知らなかったわけである。

だが、この秘密は、かえって樋口一族以外の人に知られていたと考うべき理由がある。それは十年ほど以前、K港から岩屋島に渡り、諸戸屋敷の客となって、後に魔の淵の藻屑《もくず》と消えたあの妙な男があるからだ。彼は明かに古井戸から地底にはいり込んだ。私達はその跡を見た。丈五郎の女房は、その男を想い出して、あれは樋口家の先祖に使われていた者の子孫であったと語った。それでは多分、その男の先祖が財宝の隠し場所を感づいていて、書き残しでもしたものであろう。

過去のことはそれだけにして、さて最後に、登場人物のその後を、簡単に書き添えてこの物語を終ることにしよう。

先ず第一に記すべきは、私の恋人秀ちゃんのことである。彼女は初代の実妹の緑に相違なく、樋口家の唯一の正統であることがわかったので、地底の財宝はことごとく彼女の所有に帰した。時価に見積って、百万円(注26)（今の四、五億円）に近い財産である。秀ちゃんは百万長者だ。しかも、現在ではもう醜い癒合双体《ゆごうそうたい》ではない。野蛮人の吉ちゃんは、道雄のメスで切断されてしまった。元々ほんとうの癒合双体ではなかったのだから、むろん両人とも何の故障もない、一人前の男女である。秀ちゃんの傷口が癒えてちゃんと髪を結い、お化粧をし、美しい縮緬《ちりめん》の着物を着た彼女が、私の前に現われた時、そして、私に東京弁で話しかけた時、私の喜びがどれほどであったか、ここに管々しく述べるまでもなかろう。

云うまでもなく、私と秀ちゃんとは結婚した。百万円は今では、私と秀ちゃんの共有財産である。

私達は相談をして、湘南片瀬《しょうなんかたせ》の海岸に、立派な不具者の家を建てた。樋口一家に丈五郎のような悪魔が生れた罪亡ぼしの意味で、そこには自活力のない不具者を広く収容して、楽しい余生を送らせるつもりだ。第一番のお客様は諸戸屋敷から連れて来た、人造片輪者の一団であった。丈五郎の女房や唖のおとしさんもその仲間だ。不具者の家に接して、整形外科の病院を建てた。医術の限りを尽して片輪者を正常な人間に造り替えるのが目的だ。

丈五郎、彼の傴僂息子、諸戸屋敷に使われていた一味の者どもは、すべてそれぞれの処刑を受けた。初代さんの養母木崎未亡人は、私達の家に引取った。秀ちゃんは彼女をお母さんお母さんと云って、大切にしている。

道雄は丈五郎の女房の告白によって、実家がわかった。紀州の新宮《しんぐう》に近いある村の豪農で、父も母も兄弟も健在であった。彼は直ちに見知らぬ故郷へ、見知らぬ父母のもとへ三十年振りの帰省をした。

私は彼の上京を待って、私の外科病院の院長になってもらうつもりで、楽しんでいたところ、彼は故郷へ帰って一月もたたぬ間に、病を発してあの世の客となった。すべてすべて好都合に運んだ中で、ただ一事、これだけが残念である。彼の父からの死亡通知状に左の一節があった。

「道雄は最後の息を引取る間際まで、父の名も母の名も呼ばず、ただあなた様のお手紙を抱きしめ、あなた様のお名前のみ呼び続け申候《もうしそうろう》」

（『朝日』昭和四年一月より五年二月まで一年連載）

注1　一かわ目
　ひとえまぶた
注2　セル
　加工した羊毛の和服生地
注3　反古
　書きまちがいなどで不要になった紙
注4　ペーヴメント
　舗装道路
注5　しもた家
　商店以外の普通の家
注6　クルル
　戸締り用の木片
注7　細引き
　麻などをより合わせた細い縄

注8　折釘
　物を掛けるための柱に打ち付けた折れた釘
注9　隠亡
　火葬の作業をするひと
注10　省線
　東京や大阪の近距離専用電車
注11　七宝
　金属に釉薬をのせて焼いたあざやかな焼き物
注12　三尺
　約九十センチ
注13　曲馬団
　サーカス。馬の曲乗り、軽わざ、手品などを興行する一座
注14　おこり
　マラリアの一種で周期的に熱や悪寒、震えを発する病気
注15　根太板
　床板
注16　一尺五寸
　約四十五センチ
注17　チャリネ

サーカス、曲馬団。イタリアのチャリネ曲馬団が来日、有名になったため
注18 和讃
七五調で仏や菩薩などを讃える歌
注19 筆先
神のお告げを書き記したもの
注20 八幡船
戦国時代の海賊船
注21 鹿島立ち
旅立ち
注22 伝馬
親船に搭載された小型の船
注23 讖をなす
予言となる
注24 百日鬘
歌舞伎で盗賊や囚人役に用いる、月代をそらず伸び放題のかつら
注25 八幡の藪不知
迷路のこと。現在の市川市にある、出られないという伝承のある森の名から
注26 百万円（今の四、五億円）
平成二十七年現在では約十億円

「孤島の鬼」解説

落合教幸

「孤島の鬼」は、博文館の雑誌『朝日』に昭和四年一月から昭和五年二月まで連載され、八月に改造社から単行本が刊行された。

この時期、講談社の雑誌『キング』が売れていたため、それに対抗する雑誌として、平凡社の『平凡』、博文館の『朝日』が創刊されたのだった。『平凡』はすぐに廃刊になったが、『朝日』は昭和七年まで続いた。これらは大衆向けの娯楽雑誌だった。

昭和四年の乱歩

大正十二年に「二銭銅貨」を発表した乱歩は、大正十三年末に専業作家となることを決意する。大正十四年には「D坂の殺人事件」「心理試験」「屋根裏の散歩者」「人間椅子」、大正十五年には「踊る一寸法師」「お勢登場」「鏡地獄」といった、のちに代表作とされる作品をつぎつぎと生み出していった。大正十五年には「闇に蠢く」

「湖畔亭事件」「パノラマ島奇譚」といった、中篇・長篇の作品も発表し「第一の多作期」となっていた。

昭和二年には「朝日新聞」に「一寸法師」を連載する。初めての新聞連載で思うように書くことができず、この作品に嫌悪感を抱いた乱歩は、連載終了後に休筆期間に入った。

この期間に乱歩は、妻に下宿を経営させつつ、みずからは放浪の旅などに出て、各地を転々としていた。そして約一年半の休筆期間を経て、昭和三年に『新青年』に「陰獣」を発表し、乱歩は復帰する。

昭和四年からは、再び執筆量を増やすことになる。この時期を乱歩は「第二の多作期」と呼んでいる。この年には、「芋虫」「押絵と旅する男」「虫」といった短篇だけではなく、「孤島の鬼」「蜘蛛男」という長篇作品も発表している。これらの長篇は、多くの読者をもつ雑誌に掲載されていて、自作に対する乱歩の意識も変わっていくことになった。「孤島の鬼」は、そういった時期に書かれた作品である。

白髪鬼

「孤島の鬼」は、三十歳にもならない若者が、ある事件に遭遇して、完全な白髪となってしまったという告白として始まる。

恐怖によって白髪となる物語は、黒岩涙香「白髪鬼」から来ている。イギリスの作家、マリー・コレリの小説「ヴェンデッタ」の翻案である。黒岩涙香は、明治時代に活躍したジャーナリストだが、作家としても活躍した。海外作品を自分流に書きなおした翻案小説は人気を博し、乱歩をはじめ多くの探偵作家にも影響を与えている。

若いころに読んでいたというだけではなく、一般向けの作品を書くにあたって、この時期、乱歩は涙香の小説を強く意識するようになっていたのである。これはのちに乱歩の「白髪鬼」(昭和六年)へとつながっていく。

ウェルズ

孤島で人間を改造するという発想は、H・G・ウェルズの「モロー博士の島」を連想させる。動物を改造して人間のようにする科学者の登場する小説である。

ウェルズについて、乱歩は重要な作家として評価している。若き日に作成した手製本『奇譚』にも、黒岩涙香、エドガー・アラン・ポー、ジュール・ヴェルヌなどと並んで、ウェルズの紹介にページを割いている。また、後年の「怪談入門」(昭和二十三年)では、空想科学小説も怪談ということができるとし、その例として「モロウ博

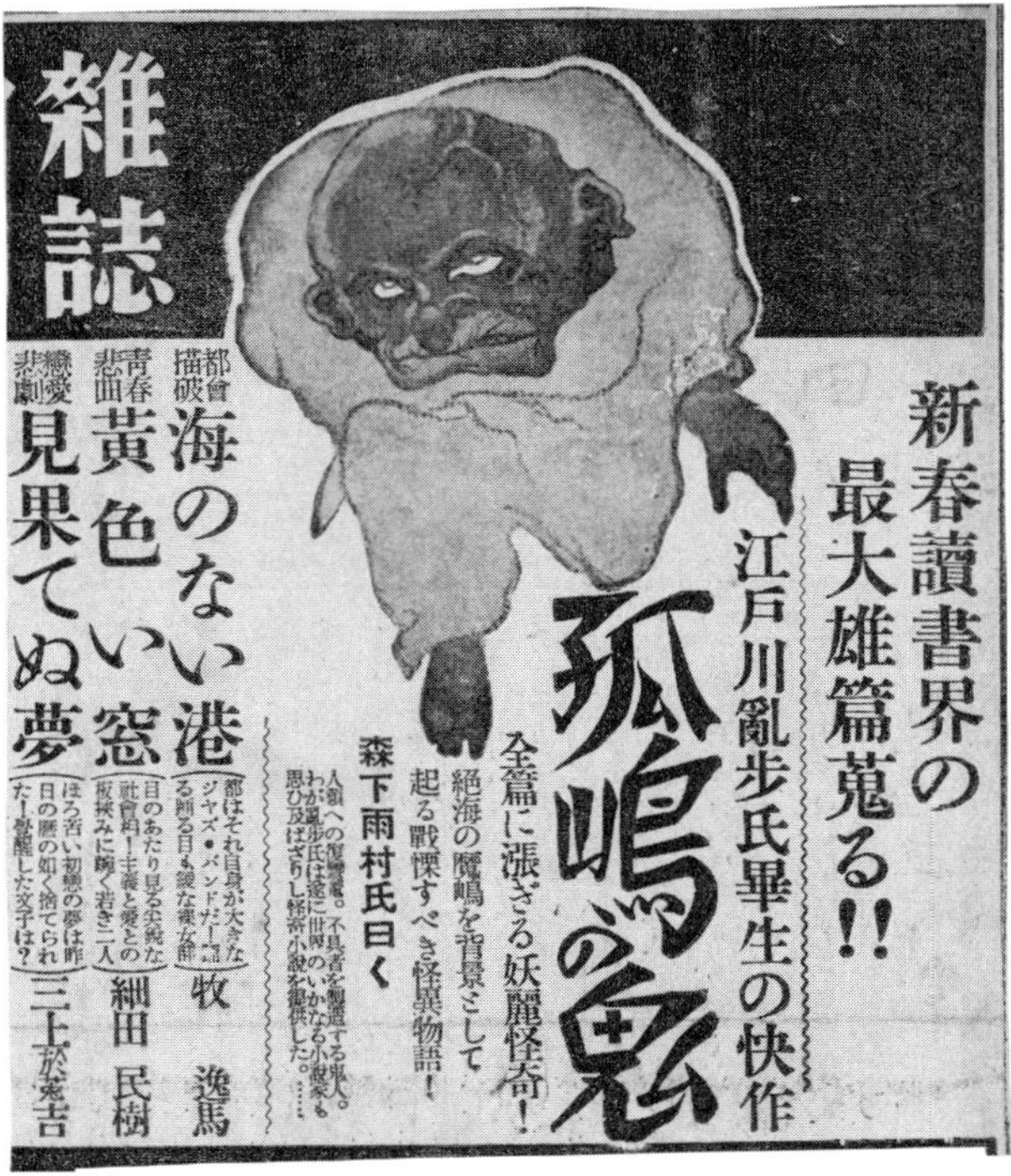

「孤島の鬼」掲載誌『朝日』新聞広告（『貼雑年譜』より）

士の島」を挙げている。

乱歩はこの作品からの影響には言及していないが、脳裡にあったとしても不自然ではない。

自作解説

乱歩は「孤島の鬼」の着想について、「この小説は鷗外全集の随筆の中に、シナで見世物用に不具者を製造する話が書いてあったのにヒントを得て、筋を立てた」（桃源社版『江戸川乱歩全集』あとがき　昭和三十六年）というように説明している。乱歩はその鷗外の随筆のタイトルを明示していないが、小説「キタ・セクスアリス」には、該当する記述がある。

「探偵小説十年」（平凡社『江戸川乱歩全集』第十三巻、昭和七年）には、さらに詳しく説明がある。博文館から新雑誌『朝日』が創刊されることになり、乱歩は連載を引き受けることになった。「そして第一回を書く時分には、もう寒い期節になっていたので、寒さの嫌いな私は三重県の南の方の不便な、併し非常に暖かい漁村へ旅行して、そこで筋を考えた。近くの鳥羽の岩田準一君に、その宿へ来て貰って、毎日舟に乗ったり、村はずれを散歩したり、寝ころんで話しをしたりして日を暮らした。その岩田君が、『鷗外全集』を持って来ていて、その中に何かのついでに二三行書いてあった片輪者製造の話を読んで、非常に面白く感じた。それがマアあの小説の出発点になったのだ。第一回分を書いたあとで、東京へ帰って、古本屋を探して『虞初新誌』を買ったり、西洋の不具者に関する書物を猟ったりした。」

このようにして、不具者製造という発想から構想が練られ、連載の第一回は書かれたのだった。

岩田準一

この物語でもう一つの特徴となっているのは、同性愛的な傾向が描かれていることである。乱歩はまた、このように説明している。

「この小説に同性愛がある。同性愛なんて、ギリシャ、ローマの昔か元禄時代ならいざ知らず、現代では関心を持つ人は殆どないのだから、娯楽雑誌にそんなことを書くのは見当違いだと思ったけれど、その時分岩田君と東西の同性愛の史実について語り合うことが多かったものだから、ついそれが小説に投影したのかもしれない」（「探偵小説十年」）

岩田準一というのは、三重県鳥羽の生まれで、乱歩が鳥羽造船所に勤務していた時期に知り合った友人である。文学や絵画にかかわっていたが、民俗学の方面でも活動した人物だった。岩田は、神宮皇學館の国文科を中退したのち、東京の文化学院の洋画科に入っている。竹久夢二に師事し、評価されてもいた。乱歩の「パノラマ島奇譚」「踊る一寸法師」「鏡地獄」の挿絵も描いている。

同性愛文献研究

ここにあるように、乱歩は同性愛の歴史に興味を持ち、関係する文献を収集して、研究し始めてもいたのであった。その成果はのちにいくつかの随筆にも書かれることになる。

乱歩は探偵作家であった浜尾四郎から、イギリスのエドワード・カーペンターの本を借りている。さらに、同じくイギリスのJ・A・サイモンズ、フランスのアンドレ・ジードなどの本を読んで、古代ギリシャへの興味を持つようになっていく。「J・A・シモンズのひそかなる情熱」という長文の評論を、昭和八年に雑誌『精神分析』で連載することにもなった。

いっぽう、岩田準一の影響によって、日本の前近代についても調べるようになっていった。「同性愛文学史」という文章は、岩田との交流から、この分野の文献についてまとめたものである。ほかにも浅草慶養寺にまつわる話を調べた「もくづ塚」、福島で調査した「白菊塚の調査」といったものもある。

岩田と乱歩は、この昭和四・五年頃から同性愛文献集めをするようになった。乱歩の第二の休筆期間となる昭和七年には、ともに集書の旅に出たりもしている。在野の民俗学者として、岩田は研究を発表するようになり、雑誌『犯罪科学』に「本朝男色考」を連載している。南方熊楠とも文通し、のちに往復書簡集も刊行されている。

このようなものへともつながっていく、岩田の影響が「孤島の鬼」にもあらわれているわけだが、同性愛を取入れたことについては、「だが探偵小説のこと故、この異様な恋愛を思うように書く機会がなかった。それが筋を運ぶ上の邪魔物にさえなった」(「探偵小説十年」)というように、苦心した様子がうかがわれる。

竹中英太郎

『朝日』に連載された「孤島の鬼」は竹中英太郎の挿絵で、単行本の装丁も竹中だった。

竹中英太郎は『新青年』の「陰獣」の挿絵も担当している。この挿絵で注目された竹中は、『新青年』を中心に、探偵小説の挿絵画家として有名になっていった。

讀みましたか？
『朝日』八月號の物凄い小說！
孤島の鬼
江戸川亂步氏の最大傑作！
陰慘！怪奇！
あの得も云はれぬ妖異《えうい》不可《か》思《し》議な怪味《くわいみ》に酔《よ》ふ時《とき》は今《いま》！
鬼才亂步氏が世界的大名作たらしめんと全精力を傾注して執筆《しつぴつ》せる怪奇長篇！
この名作を讀み落して悔を後世に殘す勿れ！
この大作を讀まずして亂步氏を語る勿れ！

広告（『貼雜年譜』より）

「芋虫」」「押絵と旅する男」「江川蘭子」といった、乱歩の執筆したものだけではなく、「押絵の奇蹟」ほか夢野久作のもの、大下宇陀児「魔人」、横溝正史「鬼火」といった作品の挿絵を描いている。

竹中は、『朝日』では「盲獣」の挿絵を描いたほか、平凡社版の乱歩全集附録『探偵趣味』の表紙を担当している。『探偵趣味』表紙について乱歩は「異様な画風の表紙」(『探偵小説四十年』)「毎号変る表紙絵が見事であった」(『幻影城』)というように書いている。

昭和十年に乱歩の「陰獣」より「大江春泥画譜」(『名作挿絵全集　四』平凡社)を発表して、挿絵をやめてしまう。乱歩だけでなく『新青年』の作家たちのイメージ形成に大きく影響した画家であった。

「生きるとは妥協すること」

乱歩の回想録『探偵小説四十年』の、昭和四年の章には「生きるとは妥協すること」という題がつけられている。休筆期間から復帰して書いた「陰獣」は、全く新しいものではなく、「私が従来書いたものの総決算にすぎず」、同じものを書いても仕方がないと乱歩は考えていた。

江戸川亂歩全精力傾注の大作
孤島の鬼
殘虐極まる殺人と謎の花瓶!!
初代の心臓を抉り去った犯人は果して何者?
素人探偵御山木幸吉の不測不知なる活躍と共に忽然として現れし初代殺害に關はる謎の花瓶!而も見よ!謎の花瓶は妖しくも御山木探偵の死を呼んで止まぬ
鬼才亂歩氏が全精力を傾注して執筆さるゝ此の一篇こそ、本誌讀者のみが有する大なる誇りであらう!
因果物語　をやま人形　額田六福
時代傳奇　惡靈　土師清二

広告（『貼雑年譜』より）

生活の方では、それほどの贅沢はしていなかったが、各地に旅行して、休筆が一年半に及んでいたこともあって、蓄えは減少していた。しかし、金儲けをする才能もなく、時間の余裕がなくなることも耐えられなかったので、自分は勤めには向かないと考えていた。乱歩は求められるままに原稿を書いていくことに決めた。

「蜘蛛男」へ

「今考えると、そういう売文主義の皮切りとなったのは長篇「孤島の鬼」であった。」とも書いているように、「孤島の鬼」執筆の段階ではまだその意識は確固としたものではなかった。連載を引き受けたのは、森下雨村への義理からであった。森下雨村は、『新青年』の編集長として、大正十二年の「二銭銅貨」から始まる、乱歩初期の作品の多くにかかわってきた人物である。乱歩にとっては恩人であった。その雨村が、新雑誌として『朝日』を創刊することになったのである。これまでの経験から連載に懲りていた乱歩は、一旦は辞退したものの、雨村との関係上、引き受けざるを得なくなったのだった。

「孤島の鬼」はそのようにして書かれたが、次の「蜘蛛男」は講談社からの依頼であった。それまでに関係のあった博文館の場合とはちがって、講談社の仕事を受ける事には抵抗があった。当時の講談社は、通俗的なものを書かせるということで、それをいさぎよしとしない作家からは敬遠されていた。乱歩にもそういう意識はあったのだが、すでに講談社の『キング』と似た傾向である、博文館の『朝日』に「孤島の鬼」を書いていたということが、その抵抗感を弱めた。『講談倶楽部』の編集者からの熱心な依頼で、乱歩は「蜘蛛男」を連載することになる。

「蜘蛛男」は、いわゆる通俗長篇の一作目とも言われる作品で、探偵小説を読み慣れた読者には新味のない仕掛けだったが、娯楽雑誌を読む多くの読者の反響は大きかった。初期作品で登場した名探偵、明智小五郎が活躍をし、サスペンスに富んだ冒険怪奇小説として歓迎されたのだった。

この「蜘蛛男」から、「魔術師」「黄金仮面」と、講談社の雑誌に娯楽的な長篇を連載するようになっていく。こういった長篇の書き方について「それらの長篇は皆、感興が湧こうが湧くまいが、筋があろうが無かろうが、兎も角も書きはじめたものばかりであった」(「探偵小説十五年」新潮社『江戸川乱歩選集』第三巻、昭和十三年)と乱歩は書いている。

「孤島の鬼」の段階では、まだそういった感覚はなく、ある程度の構想があって書かれたものである。

「私の幾つかの長篇小説の内では、『パノラマ島』とこの『孤島の鬼』の二つが、前以てやや筋が出来ていたのであるが、いざ書いて見ると、朧げに考えていたのが、間違いであったりして、やっぱり毎月の締切ごとに困らなければならなかった。そして、結局あんなものしか出来なかった。」（「探偵小説十年」）

このように、当初乱歩自身としてはそれほど納得のいく作品ではなかったようである。しかし「或る人は、私の長篇のうちでは、これが一番まとまっていると言った。」（桃源社版解説）と乱歩も書いているように、「蜘蛛男」以降のいわゆる通俗長篇に入っていく前の、完成度の高い作品として「孤島の鬼」は評価されている。高木彬光や中井英夫といった戦後の作家をはじめ、多くの読者が乱歩の最高傑作として挙げる作品となった。

作品内の混乱している部分や細かな表現について、乱歩は何度か手を入れている。そのことからしても、乱歩もこの作品に思い入れがあったことがうかがわれるのである。

年代の整合性

この小説を読むときに、最も問題になって来るのが、登場する年の記述である。乱

単行本『孤島の鬼』の広告（『貼雑年譜』より）

歩はこの小説に手を入れた際に、年代も修正している。完全というわけではないが、晩年の乱歩が手を入れた昭和三十七年の桃源社版が、もっとも整合性があると言える。
　事件の発生がここで大正十四年に変更された。それまでの大正十年という設定だと、初代の年齢が、数え年で十三ということになるなど、あまりにも不自然になってしまう。本文庫は春陽堂版全集を底本としているが、この年代については桃源社版に従って修正を加えてある。

（立教大学江戸川乱歩記念大衆文化研究センター）

監修／落合教幸
協力／平井憲太郎
立教大学江戸川乱歩記念大衆文化研究センター

本書は、『江戸川乱歩全集』（春陽堂版　昭和29年～昭和30年刊）収録作品を底本としました。旧仮名づかいで書かれたものは、なるべく新仮名づかいに改め、著者の筆癖はそのままにしました。漢字は変更すると作品の雰囲気を損ねる字は正字体を採用しました。難読と思われる語句には、編集部が適宜、振り仮名を付けました。

本文中には、今日の観点からみると差別的、不適切な表現がありますが、作品発表当時の時代的背景、作品自体のもつ文学性、また著者がすでに故人であるという事情を鑑み、おおむね底本のとおりとしました。

説明が必要と思われる語句には、各作品の最終頁に注釈を付しました。

（編集部）

江戸川乱歩文庫
孤《こ》島《とう》の鬼《おに》
著　者　江《え》戸《ど》川《がわ》乱《らん》歩《ぽ》

2015年2月20日　初版第1刷　発行
2024年10月20日　初版第2刷　発行

発行所　株式会社　春陽堂書店
104-0061　東京都中央区銀座3-10-9
KEC銀座ビル
TEL 03-6264-0855(代)
https://www.shunyodo.co.jp
発行者　伊藤良則

印刷・製本　恵友印刷株式会社

ISBN978-4-394-30147-9　C0193